书房研读

韵来桃李捻东风，半抹馨香争日穷。

执笔春秋培正道，躬行世路拜吴公。

——题诗：梁淑艳

①│②
③

①在庆祝新闻专业创办10周年大会上致辞并做《艰苦创业，砥砺前行》的报告
（1992年摄）

②在全国传播学研讨会上做《新闻传播学研究的创新之路》学术报告（2006年摄）

③与应邀来中文系做报告的著名古文字学家李学勤先生合影（1995年摄，左3为
李学勤、左2为作者）

硕士学位论文答辩会（右 3 为答辩委员会主席方汉奇教授、右 2 为作者）

陪同刘健生副省长考察新闻系（1998 年摄）

▲新闻系党政领导班子成员及张威博士与前来参观访问的澳大利亚客人合影（1998 年摄，左 2 为作者）

◀与日本国信浓每日新闻社资深编辑、河北大学新闻系兼职教授矢岛贞雄先生合影。矢岛先生为我系师生做报告并捐赠 10 万日元用于购买图书资料（1997 年摄）

迎接世界著名电视节目主持人、美籍华人靳羽西女士来新闻系做报告（1998 年摄）

与靳羽西女士话别
后留影（1998 年摄）

◀当选保定市劳动模范（1996年摄）

▼被评为中国新闻教育贡献人物（2008年摄）

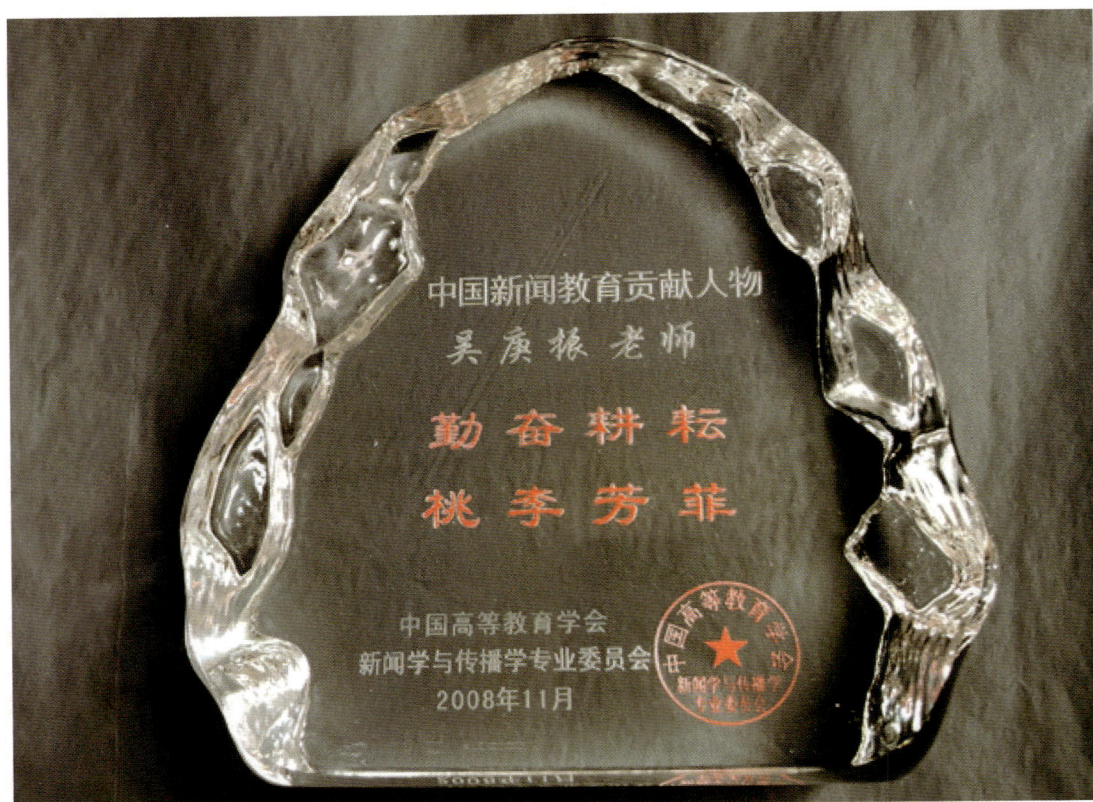

中国新闻教育贡献人物

吴庚振老师

勤奋耕耘

桃李芳菲

中国高等教育学会
新闻学与传播学专业委员会
2008年11月

新婚燕尔（1967 年摄）

相濡以沫（1987 年摄）

心有灵犀　幸福时刻（2003 年摄）

雏燕啾啾口尚甜，双眸灵秀恰如言。

昊天定把丹青染，岁月峥嵘显不凡。

——题诗：史桂森

人生如歌

吴庚振 著

人民日报出版社

图书在版编目（CIP）数据

人生如歌 / 吴庚振著 . —北京：人民日报出版社，2018.12
ISBN 978-7-5115-5780-3

Ⅰ.①人… Ⅱ.①吴… Ⅲ.①回忆录－中国－当代 Ⅳ.① I251

中国版本图书馆 CIP 数据核字（2019）第 001453 号

书　　名：人生如歌
著　　者：吴庚振

出 版 人：董　伟
责任编辑：梁雪云
封面设计：主语设计

出版发行：人民日报 出版社
社　　址：北京金台西路 2 号
邮政编码：100733
发行热线：(010) 65369509　65369527　65369846　65363528
邮购热线：(010) 65369530　65363527
编辑热线：(010) 65369526
网　　址：www.peopledailypress.com
经　　销：新华书店
印　　刷：三河市华东印刷有限公司

开　　本：710mm×1000mm　1/16
字　　数：328 千字
印　　张：22
版　　次：2019 年 4 月第 1 版　　2019 年 4 月第 1 次印刷

书　　号：ISBN 978-7-5115-5780-3
定　　价：85.00 元

自 序

我想说的第一句话是：利用网络博客撰写回忆录，对我来说绝对是一个奇迹。

回想刚刚迈进新世纪那几年，对什么是网络，怎样利用网络，我一窍不通；对什么是博客，我更是闻所未闻。当时，我不懂英语，不会拼音，更不会用电脑打字，但我对传说中的电脑、网络觉得很新奇，很神秘，因而它们对我具有巨大的吸引力。我决心体验一把现代人的生活。我大约用了十天左右的时间自学，初步学会了汉语拼音和英语字母，并开始练习电脑打字。2006 年 6 月 29 日，我的学生帮助我创建了博客。也就是从那一天起，我正式开博了，成了一名"博友"。我高兴，我激动，但是，在博客上写什么呢？我想了一想，决定撰写我的回忆录。历经数载，我利用零碎时间，共撰写出回忆录 170 余篇，其他随笔、杂文等百余篇，也算小有规模了。

人生如歌，有悲歌，也有喜歌。我所走过的人生道路，曲曲折折，所经历的事情，纷繁复杂。"删繁就简三秋树，领异标新二月花。"概而言之，我主要做了三件事：教学、科研、主持创办河北大学新闻传播学系。

（一）教学

1962 年 7 月，我在河北大学中文系毕业后留校任教，便一生许身河北大学。我在河北大学从事教学工作近半个世纪，先后为中文系和新闻系的本科生、专科生、研究生讲授过基础写作、文学创作、文学评论、新闻评论学、新闻学概论、新闻评论学研究、传播学研究、新闻业务专题研究等十几门课程。我所教过的学生，无法精确统计，但可以说数以万计。他们中后来有的成为省部级领导干部，有的成为专家、教授，还有的成为媒体的社长、台长或总编辑。

我在教学上倾注的心血最多，花费的精力也最大。不管是生课还是熟课，讲课前我总是殚精竭虑，认真备课，不但要吃透所讲的内容，补充新的观点和材料，就连怎样起讲，怎样结束，哪里是重点，哪里是铺垫，各个部分讲授的时间怎样搭配，等等，也都精心谋划，精心安排——我这样说是否有点自我标榜，请听过我的课的同学们加以评论。

在历次教学评估中，我的教学均被评为优秀，并多次获得河北大学优秀教学成果奖。《建立实习基地，深化教学改革》项目，1993年获得河北省普通高等学校优秀教学成果一等奖（集体项目，吴庚振为项目主持人）。

（二）科研

在我的工作实践中，教学和科研是相伴而行、相辅相成的，科研是围绕教学展开的。我研究的领域涉及辞章学（写作学）、文艺学和新闻传播学等。到目前为止，我共出版著作23部，其中独著4部，与人合著2部，主编10部，参编7部。在省级以上报刊发表学术论文和学术随笔等文章近200篇。另外还发表杂文、随笔等数十篇。有9项学术成果获得省部级以上奖励，其中中国新闻奖优秀学术论文奖1项，河北省社科优秀成果二等奖3项，三等奖2项，河北省新闻奖优秀学术论文一等奖3项。有两篇文章分别入选人教版高中语文第二册和中等师范学校《阅读与写作》第五册教师教学用书。拙著《新闻评论学通论》出版后在学术界产生较大影响，曾被《新闻战线》《采写编》杂志、河北日报等报刊重点推介，并被多所大学选定为教材或教学参考书。

回顾我的历史，我在科学研究方面虽然并未做出什么突出成绩，但所付出的精力、所花费的心血是相当大的。从上世纪七十年代初至本世纪初的近 30 年中，我慢牛拉车，笔耕不辍，一直在和文字打交道。可以说科研是我人生道路上的一个重要伙伴，也是我人生的一个重要内容。

（三）主持创建河北大学新闻传播学系

1980 年 12 月，我参加河北大学中文系新闻学专业筹备组，谢国捷先生为筹备组组长，楼沪光同志为副组长。1982 年 12 月，我接任新闻专业教研室主任，从此开始了艰难的创业历程。1992 年我又主持创办了广播电视新闻学专业和广告学专业，搭建起新闻传播学一级学科的整体框架。1995 年我以中文系系主任的身份，主持创建了河北大学新闻传播学系，校党委任命我为系主任兼系党总支书记。1998 年我们向国家申请新闻学硕士学位授权点获得成功，翌年开始招收研究生。2000 年我们又获得传播学硕士学位授予权。同年十月，在我和我的同事们极力争取和学校领导的大力支持下，在学校进行管理体制改革时，原新闻传播学系改建为新闻传播学院。那年我已满 63 岁，便顺理成章地结束"超期服役"，卸任新闻系主任。

从 1982 年我担任新闻学专业教研室主任，到 2000 年 10 月建立新闻传播学院，前后共计 19 个年头。在这漫长的历史过程中，我一直主持新闻学专业和新闻传播学系的工作（其间 1991—1995 年，我先后担任中文系副主任和中文系主任后，辞去新闻教研室主任，但在中文系领导班子中分管新闻专业的工作）。我和我的同事们带领广大师生筚路蓝缕，克服了一个又一个难以想象的困难，使新闻专业从无到有，从小到大，从开不出许多专业必修课程，到能够在两个二级学科、十几个研究方向上培养硕士研究生；从没有资料室、没有实验室、没有最基本的教学设备的"三无"新闻专业，到具有较完备的教学条件和教学实验体系；从师资队伍中没有一名教授和副教授、年龄结构极不合理，到具有多名教授和副教授、老中青结合，具有较强实力的师资队伍……每当这一幕幕情景在我脑海中浮现的时候，我都心潮难平。我曾为此而歌哭，而欣慰，而自豪，但是，我不敢为此而骄傲，更不敢贪天之功为己有。这一切都是在党的领导下，我和我的同事们带领新闻系师生艰苦奋斗，共同取得的。

　　如今的河北大学新闻传播学院，在院领导班子的坚强领导下，规模和水平得到跨越式发展和提升，具有学士、硕士和博士学位一级学科授予权，跻身全国数百所新闻院系的"第一方阵"。

　　我不是明星，不是大腕，只是一个普普通通的知识分子。在漫长的人生旅途中，我虽然做了一些工作，也做出了一些成绩，但作为一个具有几十年党龄的共产党员，自己觉得做得还很不够，离党的期望还相差甚远。这本小书记录着我的人生足迹和时代履痕，也寄寓着我对伟大祖国教育事业的一腔情怀。

　　正当我刚刚编完这本小书之际，传来了习近平总书记于 2018 年 5 月 2 日考察北京大学时的重要讲话。我觉得，这篇讲话是划时代的纲领性文献，为我国高等教育事业的发展指明了方向和道路。莘莘学子逐梦圆梦，拼搏奉献，正当其时。我们要用习近平新时代中国特色社会主义思想武装头脑，为我国的高等教育事业做出应有的贡献。

吴庚振

2018 年 5 月于北京寓所

目 录
CONTENTS

中篇　跌宕旋律：许梦河北大学中文系

下篇　华彩乐章：主持创建河北大学新闻传播学系

编外篇　余韵缭绕　知音回响

上篇

人生序曲：艰难求学路

我的童年

有人说，童年是一首纯美的诗，而我的童年却是一首凄美的歌。

（一）我的童年是在劳动中度过的

这需要从我的家庭背景说起。

我出生在河北省定州市阎家庄村的一个普通农民家庭。在村里，我们家算是一个比较大的家庭，除二位高堂之外，我们弟兄6人，我排行老六，我还有一个姐姐。在1940年代前后，我们家有20多口人，十几间房，将近50亩耕地，养着一头"八岁口"的黑色老骡子，土改时被划定为"中农"。大哥、二哥和我们是同父异母的兄弟。人口多，家庭结构又比较复杂，因此大约是在1942年，大哥、二哥和我们分家了。

分家后，我和父母、四哥四嫂、五哥在一起过。父母亲和我们弟兄三个共分得土地约30亩。当时四哥吴庚起（学名惠儒）参加了抗日民兵，一天到晚不在家，根本不能帮父亲种地；五哥吴庚顺（学名惠敏）比我大六岁，当时正读小学，也不可能帮助父亲干活。这样一来，我家的30亩地就全靠年迈的父亲耕种了。

父亲名叫吴园，号洛平。分家时，父亲已年过半百，有肾病，身体很不好。在我的记忆中，父亲花白头发，满脸深深的皱纹，从早到晚，寡言少语，总是默默不停地干活，被累得弯了腰，驼了背。母亲名叫王英，患有肺结核（当时称作"痨病"），不停地咳嗽。我当时因为年龄太小，不能帮父亲干活，但父亲的劳苦，母亲的病痛，我看在眼里，疼在心里，时常暗自落泪。因此，在我七八岁时便经常跟随父亲下地，虽不能干活，有时也能帮大人一点小忙。我长到八九岁时，就经常牵上牲口，拉起水车去浇地了。那时的所谓"水车"，是在水井口安装一个圆形铁架子，铁架子上再挂上一串铁制或木制取水的斗子，然后靠人力或畜力转动铁架子，取水斗子就可以源源不断地将井水取上来。此外，我还经常抽空去野外打草，将打下的草用柳条筐背回家，用来喂牲口喂猪。再稍大，我就经常独自拉土送粪了。十二三岁时，我就基本上学会了全套的农活，诸如锄地、播种、间苗等等。

在劳动中，我对劳动，对劳动果实，产生了一种特殊的感情。1950年姐姐要出嫁，母亲对我说，我打草喂养的那口猪要杀掉，用来办喜事。我听说后难过极了，眼泪涌了出来。母亲安慰我说："猪羊一道菜，总要杀掉的。"我的处女作，1956年发表在河北日报上的小说《割猪草》，就是以此为背景写成的。

（二）我的童年是在战火硝烟中度过的

在日本帝国主义发动全面侵华战争时期，1937年10月10日，我降临到人间。可以说，我来到这个世界上，第一眼所看到的，就是一个硝烟弥漫、民不聊生的战乱世界。我的老家定县阎家庄村，北距平汉线（京广线）4公里，东距定州县城15公里，是日本鬼子和八路军游击队"拉锯"、争夺的地方，因此更加残酷。

我的童年正好跨越了抗日战争和解放战争两个历史时期。逃难、恐惧、饥饿是我童年时代的全部记忆。无数次这样的情景至今记忆犹新：一家人坐下来刚端起碗要吃饭，突然听到枪声，或有人喊鬼子进村了，便放下饭碗拼命向外面跑；劳累一天刚刚睡下，突闻枪声大作，便迅速爬起来，胡乱穿上一件衣服往外面跑；正在下地干活，突然听人说敌人到了邻村了，离这里很近了，便放下手里的活计，夺路而逃。

记得那是在1942年冬天，日本鬼子实行"杀光、烧光、抢光"的"三光政策"，经常来村里"扫荡"。有一天，我们一家人正吃午饭，日本鬼子那"三八大盖"的枪声突然响起，我们放下饭碗就往外面跑。鬼子的枪声越来越密集，越来越近，不时听到子弹从头顶的上空"嗖嗖"地飞过。这时有人喊："鬼子进村了！"全村的男女老幼便沿着村东的一条槽路拼命向南奔跑。当时我很小，正是自己跑不快，大人又背不动的年龄，惊恐、焦急、狼狈之状，可想而知。大人拉着我的手，跌跌撞撞奔跑了十多里，才来到大沙河南边，人们都松了一口气。长大后我才知道，当时大沙河是一道屏障，沙河南边是八路军根据地，沙河北边则是鬼子经常扫荡的地方。当时天黑下来了，到哪里去呢？说来也巧，我们本家哥哥有一位叫吴彦贵的，他媳妇的娘家在沙河南边的某个村庄。这次逃难的人群中也有彦贵媳妇。是她把我们带到她娘家，才算有了安身之处。可是我们十几口人突然来到她家里，吃住都是问题。好在她家有一个地窖，我们勉强住下了。记得她家还给我们煮了一锅红薯，我当时又累又饿，两眼冒金星，脚都站不稳了，便狼吞虎咽般吃了一肚子。第二天，听说鬼子撤走了，我们才回到家中。

不过，鬼子来扫荡，乡亲们能逃出去，还算是幸运的。还有一次，就没有那么幸运了。那一天，记得我们家刚吃完早饭，突然听到有人喊："鬼子进村了！"大人拉我刚跑到大街上，就看到鬼子端着枪正在驱赶乡亲们到郝家打麦场上去。我们一家老少当然也不能幸免。

到了打麦场，只见鬼子端着枪，枪上还有明晃晃的刺刀，我非常害怕，躲在大人的身后，不敢吭声。鬼子恶狠狠地说："谁是八路，快出来，不然通通死了死了的！"乡亲们都低着头，不敢说话。这时一个伪军拉长声音说："大家不要害怕，抬起头来，看看谁的眼窝发黑。"当时人们不知道鬼子是要干什么，后来才知道，他们认为八路军、游击队总是晚上活动，不睡觉，所以眼窝黑。鬼子看到一个叫生儿的眼窝黑，便不由分说，拉出去狠狠打，让他承认是八路军、游击队。其实，生儿是因为长年生病才眼窝黑的。鬼子后来还用木棍打断了他的腿，使他落下终生残疾。

解放战争时期，国民党军队也经常到乡下来烧杀抢掠。我记得定州的国民党军队还成立了由地主富农子弟组成的"还乡团"，专门对土改中分了他们土地和财产的贫下中农反攻倒算，杀了不少人。我家虽然是中农，土改中没有分到土地，但因为我的几个哥哥都是共产党员，所以也是还乡团打击报复的对象。

解放战争时期有一件事至今不能忘怀。那是1947年著名的清风店战役期间，国民党王牌军罗历戎的部队从石家庄调往保定，他们行军正好从我们阎家庄村经过。我不顾大人阻拦，偷着跑到大街上去看国民党的军队。石家庄离我们村130华里。可能是因为长途行军，又累又饿，他们号称是三路纵队行军，实际上不成队形，一个个踉踉跄跄，东倒西歪。他们见到老百姓的鸡、鸭都逮去烧着吃。我家的十几只鸡全被他们扑杀了。另外，我家那头黑色毛驴（我家原有那头黑色老骡子死后，买了一头毛驴），那天被一个叫吴尚勇的借去拉磨，也被罗历戎的部队抢走帮他们去驮东西。吴尚勇觉得驴被抢走无法向我家交代，他就冒死跟着那头驴走到50华里以外的清风店战场。九死一生，吴尚勇和那头驴居然安然无恙。战争结束后，他把那头驴牵了回来，还给了我们家。

清风店战役我军全歼国民党军队一万七千人，生俘军长罗历戎，是我军所打的最漂亮的歼灭战之一。

（三）家庭环境在我心灵中埋下热爱共产党的种子

抗日战争和解放战争时期，我们家在十里八乡是有名的"革命家庭"。在最残酷的抗日战争时期，我大哥吴庚申、二哥吴庚寅、四哥吴庚起、三嫂杜荣芬都加入了共产党。三哥吴庚辰打得一手好算盘，毛笔字写得也很漂亮，他16岁时就去天津药店当学徒。三哥虽没有机会入党，但也热爱共产党。正在读小学的五哥吴庚顺经常参加挖地道、站岗放哨等一些抗日活动。到了解放战争时期，五哥刚满18岁，就加入了中国共产党。

我家还是共产党的"堡垒户"，从抗日战争到解放战争时期，经常有革命干部和军人住在我家。在我的印象中，他们到了我家，总是首先帮我们打扫院子，搞卫生，往水缸里挑水，等等，我母亲和几个嫂子也总是尽可能为他们做好吃的，彼此像是一家人。

记得抗日战争时期，有一个从县里下来的党的女干部，名叫王兰婷，在我家住了长达半年之久。她稍胖，肤色黧黑，脸上总是挂着笑容，说话不紧不慢，非常和气。我们都很喜欢她，她和我们也不见外。我称她"婷姐姐"，她称我"小弟弟"。她还教我识字。她把我的名字的每一笔都写成竹叶形，组合成一个竹形图案，很好看。我高兴极了。

一天晚上，婷姐姐突然走了，而且走后杳无音讯，再也没回来。后来听我四哥说，王兰婷在执行任务时牺牲了。

我难过极了。

我的几个哥哥在抗日战争和解放战争中也都有不俗的表现。

大哥吴庚申，学名惠卿，号洛济，将自己和全家的身家性命置之度外，在1942年前后最残酷的抗战时期，担任阎家庄村地下党支部书记。是年数九寒冬的一个清晨，全家人正在熟睡，一阵急促的砸门声把我们惊醒，听到有人在院里大喊："吴洛济，快出来！"我们知道是鬼子来了。我被吓得往被窝里钻。这时，听到"当啷"的一声，鬼子用枪托将我家窗户棂子上那块玻璃击碎，玻璃碴子掉在五哥的被窝上面。我们一家人战战兢兢，从被窝里爬起来，还没有穿好衣服，一个个就被绳子捆住，带到大街上。在大街上，鬼子强行我们全家人跪下，他们还恶狠狠地高喊："吴洛济，快出来！"这时，一个汉奸小声对鬼子说："这里面确实没有吴洛济。"其实，大哥那天恰好外出，去给八路军通报情况了，没在家。鬼子又说了一些威胁性的话，让我家必须在两天之内交出吴洛济，云云，才把我们放回家。

四哥吴庚起，学名惠儒。解放战争时期，解放军除正规野战军之外，各地方还建立了民兵组织，每个县有民兵县大队（相当于一个团的编制），各个区有民兵区小队，又叫民兵连。当时四哥吴庚起担任定县明月店区民兵连连长。

四哥带领民兵和国民党军队打了许多胜仗，也取得不少战果，但有一次，他所带领的民兵连遭到了灭顶之灾，几乎全军覆没。

有一天上午，国民党还乡团来村里烧杀抢掠了大半天之后，带着大批"战利品"往定州县城回撤。当还乡团行至阎家庄村北边范家坟附近时，四哥带领民兵连对他们进行狙击，袭扰。不料还乡团有一部分是美式装备、机动性很强的骑兵，这些骑兵杀了"回马枪"，瞬间将四哥带领的民兵连包围。之后，还乡团近距离对民兵一个个进行枪杀。

战斗结束后，听说四哥带领的民兵连全部壮烈牺牲，我们全家悲痛万分，以为四哥也肯定牺牲了。枪声刚停，硝烟未散，四嫂刘艳娥就流着眼泪，独自一人跑到战场上，一个个去翻看阵亡民兵的尸体，寻找她的丈夫。但她翻看了许多尸体，最后也没有发现我四哥。全家人焦急万分，悲痛万分！

万万没有想到的是，第二天清晨，四哥一脸疲惫地回到家中。我们都喜出望外。原来，他带领的民兵连被国民党还乡团包围时，他和另外两个民兵藏在一个土堆后面，敌人没发现他们，才侥幸逃脱。

我的几个哥哥为了党的事业和人民的解放，出生入死，对我的影响极大。可以说，早在我孩提时代，就在我心里埋下了热爱党、热爱祖国、热爱社会主义事业的种子。

（四）走上求学之路——无心插柳

踏上人生旅途之后，我不但读了小学、中学，而且读了大学；不但读了大学，而且留校当了大学教师；不但当了大学教师，而且当了大学教授；不但当了大学教授，而且还先后当上了大学中文系和新闻系的系主任。这是我万万没有想到的，也是和我少年时代的愿望不沾边的。少年时代我立下的志向是：长大后下地劳动，当一个优秀的"庄稼把式"，把父母从劳苦中解救出来，撑起这个大而困顿的家。当然，也要像哥哥们那样，一边干活种地，一边参加革命斗争。

我是怎样走上求学道路的呢？其实，在我七八岁时，根本不想上学，只想下地干活。当时父母亲劝我还是上学认识一些字好，免得长大后受人骗，写封信还得求人，在外面连个男女厕所都分不清。就这样，我才每到冬季，去本村小学读书，春夏秋三季都下地干活。即便是在冬季，我和侄子吴金奎也是每天天不亮就起床，起床后到野地里捡一筐树叶或庄稼秸秆背回家，用作做饭的燃料。我始料未及的是，我进了学校门，就踏上了一条漫长的求学之路，一直走了下去。

　　解放前后的小学分为初级小学和高级小学两个阶段，初小学制四年，高小学制两年。我连"三天打鱼，两天晒网"也算不上，在本村读了三年初小之后，正赶上明月店镇的高小招生。我要不要去报考呢？当时刚刚考上定县初级师范的五哥劝我去考一下，母亲也劝我去考。我觉得去考一下也可以，心想自己平时根本没有好好念书，反正也不会考上的。就这样，我平生第一次到离我们阎家庄村四里地以外的明月店镇去"赶考"了。没想到的是，我居然考的成绩还不错，在几百名考生中，以第三名的成绩被学校录取。

　　明月店高小当时是一所远近闻名的区属学校，对学生要求比较严格，不能随意请假了。好在那时有麦假和秋假两个农忙假期，假期中我还可以帮助父亲下地干活的。另外，每天早晨去上学前和下午放学后，我也尽量多干一些农活。就这样，在农忙的季节，有时家人对我总去上学，耽误干活，很不满意，时常在我吃完早饭拿起书本去上学时，唠叨我："不管家里忙不忙，只管上学。"可以说，我去上学总有一种负罪感。

　　两年的高小学习很快就结束了。我的学习成绩还不错，期末考试成绩在班上基本都是第一名。可是，高小毕业后怎么办呢？是回家种地还是去报考初中呢？又为难了。

　　其实，平心而论，我在明月店高小读了两年书，学习成绩又不错，对上学产生了兴趣，是愿意去报考初中的。但考虑到家里的困难，心里的想法难以启齿。

　　在我是否去报考初中这个决定我一生前途命运的问题上，有两位亲人起了决定性作用。

　　一位是我的母亲。母亲思想比较开阔，善于接受新事物。只是因为生过天花，形象受到损害，母亲才下嫁到我们家。母亲非常果断，坚决支持我去报考初中。记得她拉着我的手说："孩子，去报考中学吧，家里的困难是暂时的，我们能克服。上学是你一生的前途。"

　　另一位是我的五哥吴庚顺（学名惠敏，笔名吴电），当时他正在河北定县师范学校读书。他酷爱文学创作，并在省级报刊上发表了不少诗歌作品，在文艺界小有名气，是当时有名的"神童"之一。他对我的影响很大，使我慢慢对文学创作也产生了兴趣。这时，我的志向也发生了改变，由原来想当一个"庄稼把式"，变成了想当一名作家。五哥力劝我去报考初中。

　　就这样，1952年春节前夕，天寒地冻，我带上两个玉米面饼子，冒着凛冽的寒风，步行30华里，去报考了河北省立定县师范学校初中部。我以优异成绩被学校录取。从此，我便离开家，依依不舍地抛下劳苦多病的父母亲，抛下我所眷恋的土地，怀着深深的酸楚，踏上了漫漫的求学之路⋯⋯

外面的世界很精彩——初中的回忆

1952 年，我以当年招生第三名的优异成绩，考取了河北定县师范学校初中部（1955 年初中部组建为定县第三中学，今定州市第二中学）。那年学校共招收了四个初中班，约 200 余人。从此我便离开家，专心去上学了。

定县（今定州市）处于华北平原腹地，文化底蕴比较深厚，又是革命老区。河北定县师范学校当时是定县乃至河北省基础较好的学校之一，有一批造诣较深的教师。校园原是定县有名的大地主的房子——"王家大院"，青砖瓦房，宽宽的廊檐，高高的红漆圆柱。对我们这些从穷乡僻壤来的孩子们来说，看到这样的校园环境还是感到颇为新奇和兴奋的。我深知上学的机会来之不易，知道父母在家劳动的辛苦，过日子的艰难，因此学习是努力的，学习成绩也很好，六个学期的期末考试成绩有五个学期在班上是第一名。

（一）与文学结缘

我从读小学开始就喜欢作文，作文成绩经常受到老师表扬。这可能与我的家庭环境有关。我的哥哥吴电是少年诗人，他读初中时就在报刊上发表了几十首诗歌作品，是新中国成立初期文坛上小有名气的"神童作家"之一。哥哥给我讲了许多作家作品的故事，诸如鲁迅、郭沫若、高尔基，以及当时的"神童作家"刘绍棠、从维熙、韩映山等等。耳濡目染，我慢慢喜欢上了作文，喜欢上了文学。

上初中后，我对文学的爱好进一步加深，如饥似渴地阅读了一大批古今中外名著，包括我国的四大古典名著，鲁迅、高尔基、契诃夫等伟大作家的许多短篇小说。哥哥还给我购买了当时的热门畅销书《钢铁是怎样炼成的》《卓娅和舒拉的故事》《普通一兵》等前苏联的作品。哥哥的朋友刘文霄老师，还从保定女中给我寄来一套当时刚出版的前苏联作家阿札耶夫的长篇小说《远离莫斯科的地方》。对这些作品我视如珍宝，反复阅读，对我的影响很大。这些作品所表现出来的苏联人民在卫国战争中那种革命英雄主义精神，曾感动得我热泪盈眶。还有俄罗斯作家契诃夫的短篇小说，我非常喜欢，觉得他的作品构思新颖，故事生动，人物性格鲜明，语言也很幽默。他的《一个文官的死》我当时能从头至尾完整地背诵出来。这些作家作品对我后来喜欢上文学创作，产生了巨大而深刻的影响。

（二）对我影响深远的两位老师

读初中时有几位老师给我留下了深刻印象，对我的影响很大。

一位是姜名琦老师。我们刚入学时，他是我们的班主任。姜老师对工作很负责任。他的学历并不高，北京河北高中毕业（新中国成立之初，北京确有一所中学叫"河北高中"，后来这所学校划归了北京市），年龄比我们大不了太多。姜老师教我们俄语和政治课。他有严重的胃病。记得他在课堂上讲课时，经常是讲几句就在痰盂里呕吐一阵，十分痛苦，我们全班同学都感到十分心酸。同学们劝他休息，他说什么也不肯。老师那种拼命工作、呕心沥血培养学生的精神，我们都十分感动。

初中毕业后的几十年时间里，我始终与姜老师和他的夫人、教我们历史课的李德芳老师保持联系。1968 年暑期，正值"文革"恶浪肆虐之时，姜老师和李老师受到残酷迫害，我还专程从天津回到定县去看望过二位老师。粉碎"四人帮"之后，姜老师的冤屈得到平反，旋即调到保定市教育局工作，我曾多次去看望他们。遗憾的是，好人未能长寿，后来姜老师患上了白血病，过早地离开了人世，享年 61 岁。

另一位是于衷清老师。他教我们语文课，后来还兼任我们班的班主任。

于老师毕业于河北北京师范学院中文系（今河北师大中文系的前身之一），也许他不是那种才华横溢的人，但功底扎实，学风严谨，尤其在语法修辞方面造诣较深。如果说后来我在语言表达的基本功方面还算过得去的话，那是和于老师的教育和影响分不开的。由于我的语文成绩较好，于老师很赏识我，也可以说对我有些偏爱，我的每一篇作文他几乎都当作范文在课堂上念给同学们听。

1993 年前后，于老师从光明日报上刊载的《河北大学学报》的目录中看到我的名字，知道我在河北大学中文系任教，便给我写了一封信。信中述说他退休后在老家山东，身体不好，患有严重的关节炎，每天蹒跚于庭院之中，嘱我给他买一副护膝。我看到于老师的信，喜出望外，立即给他回了信，并买了两副护膝给他寄去。后来，由于工作忙，和于老师联系不多，但一直系念着他。

（三）生平第一次远行参观

记得是在 1954 年春天，河北定县师范学校组织师生去饶阳县五公村参观耿长锁的农业合作社。当时正是农业合作化的高潮时期，而耿长锁是全国农业合作化的一面旗帜，多次受到毛主席的接见和表扬。在人们的心目中，耿长锁是那样神圣而崇高。因名额所限，每个班只能推举一个人去参观。当时我担任初中二班的班长，还是校团委会的宣传部长，很自然地被推举为代表。五公村东距我们学校一百多华里，那时没有汽车，只能步行或乘马车出行，去一次是很不容易的。

有一天天还没亮，学校就安排了一辆马车，拉上我们上路了。记得走了很长时间，时值中午，我们来到了安国中学，在那里吃了一顿饭。傍晚时分，我们终于来到了五公村。

顾不得休息，我们就迫不及待地要去参观。一位个子不高、黑瘦的脸庞上布满了皱纹、驼背、两眼炯炯有神的老人，走到我们面前，他就是鼎鼎大名的耿长锁。他操着沙哑的声音向我们介绍了五公农业合作社的基本情况和创办经过。之后，他安排了几个村干部带我们到各家各户去参观。

我们看到，各家的院子都打扫得干干净净，清水泼地，鸡鸭成群，缸里的粮食也很多。我们都很高兴，激动，觉得农业合作社太好了！

参观完之后，我们分别被派到农户家去吃饭。我们早已饿得饥肠辘辘，那顿饭吃的是玉米面贴饼子，小米粥，炒白菜，那个香啊！当时的心情是：农业合作化太好了！党中央、毛主席领导的农业合作化运动太英明伟大了！

第二天，我们又到农田里去看了社员们成群结伙劳动的情景，便怀着兴奋激动的心情，坐上马车，返回了学校。我生平第一次远行参观也就画上了圆满的句号。

初中毕业合影（1955 年摄）

破碎的作家梦

1955 年 7 月，我以优异成绩考取了河北保定第一中学，从此开启了我高中学习的新阶段。那一年保定一中共招收了六个高中班，约 350 余人。

保定一中创建于 1906 年，历史悠久，基础深厚，是河北省乃至全国的一所重点中学，曾经培养出牛满江、齐燕铭等享誉国内外的杰出校友。当时河北省没有一所综合性大学，保定市又是河北省的省会，因此在这里集中了一大批专家、学者，如物理老师展玉殊、禄作舟，化学老师扬琪，地理老师孙濯山等等，都在河北省有一定知名度。

保定一中环境优美，学风严谨。学校的老房子多是青砖瓦房，四合院，院里有许多丁香树。到了春天，丁香花开，满院香气醉人。学校图书馆藏书很多，实验设备也很齐全。我记得图书馆里有一个阅览室大厅，里面有很多报纸杂志。更重要的是这所学校学风好，不管是平时还是周日，教室里的人总是满满的，大家都在学习。另外，这所学校具有崇尚文学创作的传统，在我考入该校前后的那几年，学生中涌现出不少很有才华的"荷花淀派"青年作家，如韩映山、冉淮舟、周渺等。正是在这样的环境中，我如鱼得水，开始了我的作家梦。

（一）酷爱文学创作

由喜欢文学到崇拜作家，由崇拜作家到自己梦想当作家，从初中到高中，我的思想大致经历了这样一个发展路径。进入保定一中之后，我除了完成课程作业和必须的社会工作之外（当时我担任学校团委会委员兼高中29班班主席），便一头扎进图书馆阅览室，如饥似渴地阅读报刊上发表的文学作品，阅读当代作家的名著。特别是我看了青年作家刘绍棠的《大青骡子》《运河的桨声》，还有韩映山的《瓜园》《一天云锦》等短篇小说之后，激动得击掌拍案，心想：他们所写的这些人和事，我也见过，经历过，怎么人家写得出来，我就写不出来呢？我怎么就那么笨呢？另外，从阅读他们的作品中，我好像也明白一些写小说是怎么回事了。于是，我也产生了创作短篇小说的冲动，而且这种冲动是那样强烈、那样难以遏制。

保定一中读书期间同学合影（1958 年摄，前排中间为作者）

从高一到高二的一年多时间里，我除了上课之外，满脑子都是写小说。

那时学校规定学生晚上十点钟统一熄灯睡觉。但熄灯后我躺在被窝里，有时一夜不睡，构思小说。我们睡的是大通铺，有时我不慎，翻身把旁边的同学弄醒了，招来一阵不快。后来同学们知道我是在构思小说，也就理解了，还鼓励我呢！每到周六晚上，我总是构思一夜小说，第二天天不亮就爬起来，到校团委办公室去写作（因我是校团委委员，手里有办公室的钥匙），把构思的作品写出来。就这样，经过一段时间，我竟然写出了几篇类似小说模样的东西。我看着这些其实是很幼稚的东西，当时很高兴，很有成就感呢！

（二）处女作

手里有几篇小说模样的东西，就想试着向外面投稿。可是怎样投呢？哥哥吴电当时已是诗人和曲艺作家，他告诉我：把稿件装进信封里，剪去信封的右上角，写上"稿件"二字，不用贴邮票，投进邮筒里就可以了。

当时我发现许多作家都有笔名，我不是作家，但也想有个笔名。起个什么笔名呢？过了几天，哥哥吴电告诉我：就叫"曾蘩美"吧！我觉得这像个女人的名字，有点不好意思，但还是依从了哥哥的意见。于是我将一篇名叫《割猪草》的小说，署上"曾蘩美"的笔名，按照哥哥说的办法，寄给了河北日报社。稿件寄出去之后，我心里忐忑不安，也不敢声张，总怕同学们知道了说我好高骛远，不自量力，名利思想。

大约过了一个多月，一天上午的课间休息时，一位同学跑过来告诉我，说他刚才在报刊橱窗的河北日报上，看到有一篇文章，题目是《割猪草》，可是作者的名字叫什么"美"，不知道是不是你那篇小说。同学们不知道我的笔名，但知道我写过一篇叫《割猪草》的小说。我听说后急忙跑去看，果然是我那篇小说，发表在河北日报 1956 年 10 月 10 日的副刊版头条位置上。我高兴得几乎跳起来！很快，我在河北日报上发表小说的事传遍了全班，传遍了全校。

1956 年前后正值我国农业合作化的高潮时期。这篇小说所表现的是少年儿童那热爱集体、热爱集体财产的纯真心灵与小农经济条件下形成的自私自利思想的矛盾冲突，从而折射出在农业合作化运动中，广大农民所发生的深刻的思想变革。

这篇习作篇幅不长，照录如下：

割猪草

曾繁美

天还没亮，金小毛睡了一觉醒来，再也睡不着了。社里那些欢蹦乱跳的小猪，又出现在他的眼前，那白蹄儿的、白头心的、浑身黑的，毛儿又细又亮的小猪是多么可爱呀！

昨天，放学回来，金小毛和花小宝一同到社里饲养房去看小猪，那些小猪见到他们，都离开猪妈妈的奶头，摇摇小耳朵，仰着头看着小主人，好像是在欢迎。小毛爬到猪棚边的破墙上，拔了两把嫩绿的小草，扔到圈里，小猪吃得呱呱响，小毛、小宝哈哈笑了起来。

当天晚上，小毛就决定明天星期日同爸爸一起去打猪草。

天刚蒙蒙亮，小毛无论如何睡不着了，他轻轻地叫着："爸爸，天明啦，咱们起来割草去吧！"

"唔，对，对！"爸爸猛地坐了起来。他本来打算天不亮就去割草，因为清晨有露水，割下来的草能粘泥，称起来重，交到社里，就能多挣工分。可是昨天活儿重，累得很，一觉就睡到了天明。

晨风微吹，树叶沙沙响。小毛背着一个白色柳条小筐，拿着一把弯弯镰刀，跟着爸爸向小河边走去。走了一阵，眼前出现了一片被青草盖住的柳条子地。那些红的、黄的、紫的野草花，在潮润润的早晨看起来十分可爱。小毛像一只小燕子一样飞进草地，急忙拔了一把带花的野草，扬着手儿大喊："爸爸，快来哟！"说着就弯下腰来，嚯、嚯、嚯地割起来了。

小毛知道小猪爱吃"月花苗"和"扎扎草"，就总割这类草。可是爸爸不这样，连又粗又硬的"呼呼弦"也割下来了。小毛把拔下来的草，在镰刀柄上一次又一次地摔着，因为草上粘着好些泥，恐怕硌小猪的牙。爸爸起初没说小毛，后来实在忍不住了。

"傻孩子，你摔那草干嘛？"

"草上有泥。"

"一摔那草不就轻了吗？"

"咱们多割些好了，爸爸。"

"真是的，不听话。"爸爸见小毛不听，不好意思再往深处说了。

太阳老高了，浮在村里上空的炊烟慢慢消失了。小毛和爸爸都割满一筐草，把镰刀擦得亮亮的，就到河边去洗手上的泥。小毛洗了手，又把草倒出来，洗起来了。洗完后，小毛看着那草，白白的根儿，绿绿的叶儿，格外高兴！他再看爸爸筐里的草，那泥疙瘩一块一块的，小猪怎么吃呀！他去抱爸爸筐里的草，爸爸拉住他的手说：

"傻孩子，你不知道吗？社里有规定，割十五斤草，算一个工分，你把草里的泥都洗净，那不就……"爸爸的声音很小，好像怕旁人听见似的。

小毛把草往筐里一摔，小嘴鼓得高高的，两只明亮的眼睛对着爸爸溜溜转，嘴唇动了几动，才说出话来：

"爸爸，这些带泥的草，还有不少'呼呼弦'，小猪能吃吗？"

"嘿嘿，猪又不是人，那有什么准儿，也许吃哩！"

"爸爸，你，你怎么……"

爸爸的脸红到耳根子上了。

在通向村里的弯弯曲曲的小道上，小毛和爸爸背着草筐一前一后走着，小毛偶尔回头看了看爸爸，只见爸爸的脸红红的，不好意思地低头避过他的目光……

（三）一发不可收

发表了那篇小文章，更增强了我搞文学创作的信心和决心。此后，我把在农村老家遇到的那些印象深刻的人和事，在脑子里过了过电影，又经过一番构思，竟然写出了七八篇像小说又像散文那样的东西，并陆续寄给报纸杂志。不久，这些文章分别在天津《新港》杂志、天津日报《文艺周刊》、河北日报、保定日报等报刊陆续发表，一时间有了一点小名气。特别是天津日报《文艺周刊》发表的我那篇《高大印卖粉条子》，使我喜出望外。这个周刊是著名作家孙犁主编的，名气很大，许多青年作家，如刘绍棠、从维熙、韩映山、房树民等，都是从在这个周刊上发表作品起步的。还有，河北日报 1957 年 1 月 1 日《布谷》文艺周刊创刊号上发表了我的小说《高老堂开粉房》，对我的鼓舞也很大。一般说来，在创刊号上发表作品是很不容易的。除我之外，《布谷》创刊号上发表的都是著名作家的作品。

此后，一发不可收，我又连续写出一些作品，并大多在报刊上发表。特别是《保定文艺》创刊号发表的我的小说《鞋》，长达七千多字，是我用心用力最多、分量最重的一篇作品，对我鼓舞很大。不久，我便被吸收为河北省作家协会会员。

（四）作家梦的破灭

正当我写小说走火入魔、文学创作走向一个小高潮之时，一场灾难突然降临到我的头上。

1957 年夏天，全国的"反右派斗争"正开展得如火如荼。当年暑假之后，我背上行李卷，高高兴兴地从定县老家返回保定一中。刚进校门，传达室的马少信老师就喊住我，说保定市文联几次来电话，让我去一下。在那种充满斗争气氛的年代，我心里莫名地滋生出一些不安，心想会有什么事呢？

我把行李放在传达室，几乎是一路跑到位于保定莲池的市文联。文联的编辑单伊琪老师接待了我。她先给我倒上一杯水，然后很和气地对我说："你那篇小说《鞋》，有点问题，写个检查吧！"接着，她拿出一张保定日报递给我，我一看，大吃一惊：上面有一组批判我发表在《保定文艺》上的小说《鞋》的文章，说这篇小说是"反党大毒草"！

单老师很欣赏我的才华，怕我压力太大，安慰我说：你是个学生，没事的，写个检查就行了。

单老师安慰我，可是后来我听说，她因为是我那篇小说的责任编辑，可能还有其他什么所谓"问题"，被打成了"右派分子"。可怜这位北大毕业的高材生，鲜花一样的美女，从此穷困潦倒，尝尽了人间百味。

我一方面压力很大，另一方面又有点想不通：我那篇小说有什么问题呢？那篇小说是以发生在我家的真实故事为背景，又经过虚构而成的。其大意是：战争年代一位老八路住在老乡家里，房东大娘把他当亲儿子看待，给他在油灯下一针一线做土布鞋，他有了病给他做好吃的。那位老八路也把房东大娘当亲妈妈看待，给她扫院子，挑水。解放后，那位老八路当了干部，因任务又回到房东大娘家里。大娘喜出望外，还像过去那样给他做土布鞋，让他穿，可是他拒绝了。大娘一看他的脚上穿的是油亮的黑皮鞋，心里一下子凉了，觉得有一种说不出的感觉。保定日报上的批判文章说：这篇小说的主题是说党的干部忘了本，因此是"反党大毒草"。

回到学校以后，因我是校团委会委员，先是在校团委会内部为我召开了两次小型批判会，让我反复检查，深挖犯错误的"思想根源"。接着，学校又召开了一千多人的全校师生大会，对我的"反党罪行"进行批判。

当时我还只是一个中学生，年龄小，从来没经过这样的场面，思想很脆弱。尽管有些老师和同学一再安慰我，但我的精神还是彻底崩溃了，觉得一切全完了，几次想从团委会所在的那个楼上跳下去。所幸的是，当时中央规定不在中学生中开展反右派斗争，我才没有被打成"右派分子"。

从此，我的作家梦彻底破灭了，再也不敢想当作家了。

附记：

1998 年夏天，河北大学中文系魏际昌老先生因病辞世。我和一些老师乘学校安排的一辆面包车，去保定殡仪馆送别老先生。不经意间，我看了一眼坐在我对面的一位老太太，刹那间似有一股电流掠过我的心际：总觉得这位老太太有些面熟，特别是她的眼神、说话的声音，觉得似曾相识。我正在百思不得其解之时，那位老太太也用眼睛不停地上下打量我。一时间，我们好像都有些尴尬。

过了一会儿，我鼓足勇气，问那位老太太：

"请问您贵姓？怎么称呼？"

"我姓单，叫单伊琪。"她很爽快地回答。

"您在保定文联工作过吗？"我又问。

"是啊！请问你是小说《鞋》的作者吴庚振吗？"

"是啊！"

那一刻，我的热血放纵奔流，一种莫可名状、百感交集的滋味涌上心头……

1957年我和单老师保定一别，历经四十余载，从未见过面，也未通过信。如今，当年如花似玉的单老师变成了年逾古稀的老太太，而我也从一个不谙世事的毛头小子，变成了头发斑白的老者。这次偶然相见，我的小说《鞋》带给我们的种种挫折和苦难，又涌到眼前！

后来我了解到，单伊琪老师因被错划为"右派"，工作、生活历尽坎坷。她经历了几次失败的婚姻，身患多种疾病。孤苦伶仃、无依无靠，她七十多岁时嫁给了年届耄耋的河北大学的一位老干部。我打听到她的住址之后，去看过她几次，她也曾到我家来做客。正当我想再去看望她时，突然传来噩耗：单伊琪老师因心脏病突发，离开了人世！

我悲痛，我怅然。我不知道说些什么，只是在心中默默祝愿：单老师啊，祝您在另一个世界平安喜乐，一路走好！

祸不单行

从 1955 年 8 月至 1958 年 8 月，我在保定一中读高中的三年中，前一年半可以说顺风顺水，春风得意，但后一年半则遭遇了一连串的打击和不幸。

1957 年下半年，我先是因为小说《鞋》的发表受到批判，具体情况已如前文所述。时隔不久，我那可怜的父亲因病去世，更使我心如刀绞，陷入极大的悲痛之中。

父亲的晚年，极为艰难。早在 1952 年，我母亲刚满 60 岁，就因患肺结核过早地离开了人世，这对父亲是极大的打击。母亲去世后，父亲极为痛苦，终日少言寡语，但因家里无人干活种地，他还要日复一日，年复一年，吃糠咽菜，不停地操劳。后来父亲患上了肾病、胃病等多种疾病，但由于经济条件的限制，加之家庭关系复杂，也没有得到应有的治疗，没有享受到儿子们起码的孝敬和关爱。每念及此，我的心灵都会震颤。我这一生最大的不幸是没有机会孝敬父母。

父亲去世后不久，我还没有从巨大的悲痛中走出来，就患了急性阑尾炎。当时肚子痛得厉害，但没有想到是阑尾炎，傻傻地挺着，后来痛得实在无法忍受了，才被同班同学庄镇山、张彩禄等抬到医院去。到了医院，经检查，医生说是急性阑尾炎，必须马上做手术，再过几个小时就很危险了。于是，我很快被推进了手术室。

按说，做个阑尾手术也算不了什么，但给我操刀的是河北医大的几个实习生，他们见我是大小伙子，经得起折腾，就拿我做实习对象了。由于他们的技术不够熟练，缺乏经验，手术很不顺利，持续了两个多小时，麻醉已解除，但手术还没做完，痛得我险些昏死过去。后来改换有经验的医生做，才好不容易把手术完成。术后我的伤口愈合很不好，长达几个月，腹部疼痛，直不起腰，走路很困难。

1958年春天，又一件不幸的事降临到我的头上——哥哥吴电被错划为"右派"。本来，当时全国的"反右派"斗争已经基本结束，进入总结验收阶段，但哥哥所在的单位河北省文化局抓出的"右派分子"不够比例数，于是领导把哥哥拿出来"凑数"了。哥哥从十来岁就参加抗日儿童团，是一个铁杆共产党员，他的似海深冤除对我的心灵造成重大打击之外，也断绝了我上学的经济来源。从初中到高中，我的学费都是哥哥省吃俭用，从菲薄的工资中抠出点钱来供给我的。哥哥被打成"右派"之后，每月只发给他一点可怜的生活费，实在没有办法再拿出钱来供我上学了。当时，我正面临着高考，展望未来，感到前途渺茫，无路可走。

在准备高考期间，除了这些接踵而至的不幸遭遇之外，我还背着沉重的思想包袱。1957年我那篇小说《鞋》受到批判之后，在政治上总是抬不起头来，总觉得走到哪里都会遇到歧视的目光。特别是临近高考时，我的思想压力越来越大，总害怕组织上将自己犯错误、受批判的"黑材料"装进档案里去，影响高考录取。一天，我怀着惴惴不安的心情，询问当时的校团委书记刘老师，我犯错误的材料会不会装进档案中去，刘老师很严肃地回答：这是组织上的事情，你不要问。听了刘老师的回答，我的思想压力更大了，觉得自己考不上大学了。

有道是天无绝人之路。正在我感到走投无路时，我一生中的恩人、贵人——我十分尊敬的班主任张尚智老师，有一天悄悄告诉我：你的档案中有关小说《鞋》的批判材料，我都给你撤出来销毁了，你不要对别人说这件事，放心参加高考吧！张老师不避政治风险保护学生的举动，使我万分感动，我哽咽良久，竟然没有说出一句感谢老师的话，只是深深地向老师鞠了一躬。

放下了思想包袱，我怀着轻松愉快的心情参加了1958年的高考。当时我想，按我平时的学习成绩，考上个比较好的大学是有一定把握的。所以，我第一志愿填报的是南开大学中文系，第二志愿是天津师大（河北大学的前身）中文系。也许是因为我的思想深处存在着这种自满和麻痹思想，导致我在高考中出现了重大失误：考数学时，我信心满满地答完了题，早早地交了卷，却没有发现试卷最后一页的背面还有一道 20 分的大题。因为漏掉一道大题，我的数学成绩考得很不理想，总分自然也就拉了下来。就这样，我和南开大学中文系失之交臂，最终被天津师大中文系录取。

　　有时我想，一个人的人生道路，竟然如此具有偶然性。鬼使神差，命运决定我在天津师大和后来的河北大学演化出我的种种人生故事。

去天津上大学

1958 年 9 月初，我怀着兴奋、激动而又忐忑不安的心情，坐上火车去天津师范大学（河北大学的前身）上大学。兴奋激动就不用说了。之所以忐忑不安，是因为自己在农村长大，家里穷，是个地地道道的"土包子"，到中国北方当时最繁华的城市天津去上大学，总担心不习惯，难以适应。

我在动身去天津上大学之前，姐姐吴庚成为我操碎了心。当时她的两个孩子还很小，家庭负担很重，但她听说我要去天津上大学之后，非常高兴。在那一段时间，她每天晚上都在油灯下为我一针一线纳鞋底，做衣服，做被褥，她是想一定要让我穿上新衣服去天津上大学。姐姐费尽心血，为我赶制出一身土布裤褂、两双千层底的土布鞋和一床新被褥。我穿上很合体的新衣新鞋后，姐姐的眼神对着我反复上下打量，露出甜甜的笑容。

另外，当时我家里很穷，拿不出钱来供我上学。前文说过，我读中学时，都是哥哥吴电供我学费。不幸的是，哥哥 1958 年被错划为"右派"，下放到邯郸鸡泽县"劳动改造"，每月只发给他一点可怜的生活费，没有能力继续供我上学了。

我考上的虽是师范大学，吃饭不要钱，不交学费，但自己的学习和生活用品总得花钱买，无奈这点花费我也无法解决。这时，我又遇到了恩人、贵人，一位名叫刘俊德的同村老乡，我平时称他"俊哥"，南开大学毕业，在外面工作，他听说我的困难后，主动给我寄来 30 元钱，帮我渡过了难关。

坐了将近一天火车，傍晚到了天津。下车后天津师范大学的一辆破旧的三轮汽车接我们新生。当时的三轮汽车和现在的三轮摩托差不多，车体不大，以柴油为动力。

　　我上车后天已经黑了，我站在车上瞪大了眼睛仔细观看天津市的夜景，觉得太漂亮、太繁华了，从来没有见过啊！心想，今后我就在这座著名的大城市上四年大学了，这不是上了天堂吗？心里那个高兴啊，激动啊！也不知道汽车拐了多少弯，把我们一车新生拉到天津师大八里台分校——就是现在天津师大校本部那个地方。

　　下车后我们被几个老生带到一个房间里，那里有开水，糖馒头。记得后来知道是总务处的郧科长热情地对我们说："这里就是你们的家，别客气，随便吃吧！"当时我那个高兴啊！白面馒头，还加糖，随便吃，不限量，真是太好了！在老家，包括在保定一中读书期间，到了节假日才能吃上馒头，平时一般是吃玉米面窝头。

　　吃了饭，安排了住处，我和另外几个同学也不顾一天的疲劳，就到大街上去看天津的市容了。听说劝业场最繁华，我们就步行去劝业场了。去时还算顺利，回来时我们都迷了路，大概只有两三公里的路程，我们竟然走了两个多小时才回到学校。当时也听说可以坐公共汽车，但我们看到那些公共汽车红的绿的很好看，以为是领导坐的，根本不敢去坐。再者说，到哪里去乘公共汽车呢？听人说要到公交车站去乘车。但哪里有公交车站呢？一说车站，我们就和火车站联系起来，以为是在一所房子里，但我们走了一路也没有看到建有房子的公共汽车站。这也难怪，我们的老家都在农村，包括我读高中的所在地保定市，那时还从未见过公共汽车。

　　回到宿舍，洗漱了一番，我便睡下了。学校的洗脸房不叫洗脸房，而叫"盥洗室"，我觉得也很新鲜。

　　我躺在床上，思绪翻滚，兴奋而激动，久久不能入睡……

难忘的"大学第一课"

我是 1958 年 7 月考入天津师范大学（河北大学的前身）中文系的。当时正是"大跃进"的高潮时期，所以我们入学报到后的"大学第一课"，自然也就具有大跃进的鲜明特色。

我们的大学第一课，从 9 月初到 11 月中旬，持续了大约两个半月时间。其主要内容是进行入学教育，和现在各个大学对入学新生所进行的军事训练差不多，但内容远比现在的军训丰富得多。

（一）参加大炼钢铁运动

我们入学时，全国正在兴起"大炼钢铁"运动。按照学校的安排，我们积极参加了这场运动。记得我们班在天津师大八里台分校（今天津师大校本部）操场东侧，用土坷垃垒起一个个"小高炉"。我们把四处捡来的废铁放进小高炉内，安上吹风机，点着火，就炼起钢来了。结果可想而知，炼出的都是废物。

在大炼钢铁活动中，我还发生了这样惊险的一幕：我在安装吹风机接电线时，不慎触了电，被高压电流瞬间打倒在地，同学们都被吓得惊叫起来。不过还好，我在地上躺了一会儿，并无大碍，只是觉得浑身麻木，四肢无力，在同学们的搀扶下，我艰难地爬起来，又和大家一起继续"炼钢"了。

（二）在专业学习上"大跃进"

我们是中文系的学生，学校要求我们在专业学习方面制订一个"大跃进"学习计划。比如在一年之内要创作多少部（篇）文学作品，要创作多少首诗歌等等。有的同学在学习计划中提出一年中要创作出一部长篇小说、几十篇短篇小说、散文和几百首诗歌。

此外，体育也要大跃进。学校要求每个学生的体育成绩，包括长短跑、跳高跳远、投掷等，都要达到二级运动员的水平。我的体育成绩本来很一般，要达到这样的要求，十分困难。于是，我和同学们一起，每天吃完晚饭后，还要到操场去"开夜车"，练习各种体育项目。不过，即便这样，我的百米成绩还是不能达标。我记得当时男生的百米成绩要求15.6秒，而我拼尽全力也只能跑17秒左右。没办法，我只好恳求为我的百米成绩掐表计时的同学搞点"猫腻"，才算过了关。毕竟，我不能在大跃进中拖全班的后腿啊！

（三）进行高强度军事训练

我们的班主任老师原是解放军某部的一位营级干部，曾参加过抗美援朝战争。我们的军训由他安排和指挥。我们新同学按军事编制，组织形式不叫"班"，而叫"连"，连下边设"排"和"班"。我还被任命为一班班长呢。我们的连长叫胡连庆，排长叫高长冬。胡连庆性格开朗，一天到晚总是笑嘻嘻的。他红红的脸膛，戴一副浅黄色镜框的深度近视眼镜，看上去活力十足。高长冬个子不高，白净面皮，一脸严肃，但显得十分精干。他们都是石家庄人，每天都操着浓重的石家庄口音高喊"立正！""稍息！"，带领我们在操场进行队列训练。用天津话说，"那怎（真）叫哏儿"！

我们还经常背上行李到天津市的马路上进行长途行军拉练。每次拉练回来，我们都累得腰酸腿痛，脚上磨出了血泡。

（四）参加海河建闸劳动锻炼

军训和其他入学教育活动告一段落之后，学校便安排我们进行高强度劳动锻炼，"牢固树立劳动人民感情"。具体任务是到位于塘沽附近的海河工地，参加修筑海河防潮闸的劳动锻炼。我记得建闸工程指挥部发给我们一些柳条篮子和木杠、扁担之类的工具，身体强壮的男生用扁担挑，女生两个人一组，用木杠抬，搬运堆积如山的石子、水泥。工地上唯一的搬运机械是轱辘马。所谓"轱辘马"，是装有两个轮子和一个铁斗子的铁架子，把它安装在大约一米多宽的窄轨上，完全靠人力推拉，去搬运石子。我们上下午和晚上都参加劳动，每天吃四顿饭，劳动强度非常大，每个同学的肩膀都磨压得红肿了。

更为艰苦的是居住条件。我们的"卧室"是建在一片大泥潭上的一排排窝棚，窝棚里铺上厚厚的稻草，上面再铺上自己的行李卷。当时已是十月下旬，早晚天气十分寒凉，加之环境很潮湿，其艰苦情况，一言难尽！我们这些从农村来的皮糙肉厚的"土包子"，虽然也感到很艰苦，但还能挺得住，不知道那些在天津市等大城市长大、细皮嫩肉的同学们，是怎样坚持下来的。

条件虽然艰苦，但大家都不叫苦叫累，劳动时高喊着"鼓足干劲，力争上游"的口号，朗诵着当时很流行的"大跃进民歌"：

> 天上没有玉皇，
> 地上没有龙王。
> 我就是玉皇，
> 我就是龙王。
> 喝令三山五岳开道——我来了！

整个工地上一片热气腾腾的景象。

这次劳动锻炼，我们体会到了什么叫"脱胎换骨"，什么叫"艰苦奋斗"，还是很有收获的。

　　在我们的入学教育过程中，也有轻松愉快的时候。期间我们班开过几次联欢晚会，凡是有点表演才能的同学，都在联欢会上尽情展示。我记得魏而玲、曹绮、马钟麟等同学的诗歌朗诵，王桂兰的舞蹈，都很有水平。据说王桂兰经常在天津青少年宫跳舞，是天津市小有名气的"舞星"。她平常走路都带有翩翩起舞的风度，很是优美。魏而玲则当上了学校广播台的播音员，每到食堂开饭时间，都能听到她那清脆甜美的声音。

　　总之，我们的大学第一课，我们的入学教育，虽然具有当时"大跃进"的某些特点和弊端，但总体来看，内容丰富多彩，形式多种多样，这对培养我们热爱党，热爱祖国，增强劳动观念、艰苦奋斗观念和遵纪守法的意识等等，都是很有意义的。

当河北大学校报业余记者的点滴回忆

大学四年，另一件值得回忆的事情是做校报业余记者。

这还需从一件很偶然的事情说起。1958年我们新生报到后不久，有一天下午打扫完卫生之后，我们宿舍的安国祥同学在他那床位旁边的白墙壁上贴了一些报纸，以防衣服被蹭上白灰。在他贴的报纸中，有一张他从河北老家带来的河北日报，这张报纸上有我的一篇小说，题目是《七月里高粱红》。后来同学们知道这篇小说是我写的之后，便很快在班上传开了，说我会写小说，搞创作，写作能力强，等等。

1958年11月，天津师大校报要在新生中招聘业余记者。招聘要求除了热爱党、立场坚定等严格的政治条件之外，还要求具有较强的写作能力。我们1958级乙班140多名同学，只招收一名，用现在的话说，竞争是很激烈的。但可能是因为我有"会写小说""写作能力强"的美名，经过班上推荐，中文系领导最终让我当上了天津师大校报业余记者。这一次招聘当校报记者的，还有我们中文系1958级甲班的杨俊萱、生物系的张姝、教育系的李益生等。我们相处得都很好，像兄弟姐妹一样。李益生是调干生，年龄比我们大，我们都叫他"李大哥"。

天津师大校报是一张四开小报，平时每周出一期，遇有重要节日，如国庆节、五一节等，则出版特刊对开彩印大报。因当时没有网络，就连电话也不普及，所以校内的信息传播主要靠这张小报和校园广播。记得当时天津师大校报的专职编辑是刘志华、冯毅老师等，他们对我们的帮助都很大。

从入学不久到毕业前夕，我一直做校报业余记者。期间我写了大量消息、通讯、评论、杂文等。印象最深的是一篇杂文的写作。记得是在 1959年 9 月的一天，当时正值"反右倾"的高潮，学校党委常委、宣传部长刘文同志到我们中文系学生中来作"反右倾"动员报告。他慷慨激昂地讲了一个多小时，说"右倾机会主义分子"如何反对"大跃进"、人民公社，砍"三面红旗"，矛头直指党中央、毛主席。刘文讲话的煽动性是很有名的。听完后，我们个个热血沸腾，有的同学还自发地高喊口号"打到右倾机会主义分子"！我的激情也被点燃了。散会后，我立刻提笔写了一篇杂文《斗争万岁！》。这篇杂文以通栏标题发表在校报国庆特刊上。现在看来，这篇杂文的思想观点是错误的，但当时我们政治上很幼稚，还以为是保卫党中央和毛主席呢。

在当校报记者期间，还有一件事至今记忆犹新，那就是请郭沫若先生为河北大学校牌题字。

1960 年 5 月间，学校传达河北省委、省政府决定，天津师范大学改为综合性大学，更名为"河北大学"。消息传来，全校师生一片欢腾。请谁为河北大学校名题字呢？这是当时师生们普遍关注的一个问题。因我在校报当记者，最早了解到相关信息。据学校领导说，最初是通过时任中共中央华北局宣传部部长兼河北大学校长的梁寒冰同志，报请毛主席为河北大学题写校名，但未获成功。后来梁寒冰校长转而请郭沫若先生为河北大学校名题字，终获成功。因原天津师大校报要更名为"河北大学"，所以校报编辑部最早拿到了郭沫若先生的题字。我记得郭老的题字装在一个很普通的牛皮纸信封里，长约 5 寸、宽约 3 寸的白色宣纸上书写着"河北大学"四个字。我们反复欣赏郭老为河北大学题写的具有独特风格、很有灵气、很生动的校名，喜不自禁。

校报部分业余记者合影

（1959年摄，前排左1张姝、左2杨俊萱，后排左1王超、左2李益生、左3为作者）

大学毕业二十年后的1982年，我成为一名新闻传播学教学和研究的专职教师，并被任命为新闻教研室主任。我不敢说当年读大学时当校报业余记者为后来的工作打下了什么基础，但这一段经历使我与新闻结缘，初步树立起新闻观念，还是有一定作用的。

激情迸发：赴天津光复道搞文学创作

　　1957年我的小说《鞋》受到批判后，我曾立下誓言，以后不再搞文学创作，但这个誓言在"大跃进"中不得已而违背了。事情是这样的：在"大跃进"中，中央号召广大文艺工作者深入基层，体验生活，反映工农兵的火热斗争生活和冲天干劲。天津师大（河北大学的前身）中文系响应党中央号召，于1960年3月成立了社会调查小组，赴天津市光复道搞文学创作。中文系领导点名让我参加这个创作组，并说这是一项政治任务。我当然只能参加。参加创作组的大多是班上业余文艺创作爱好者，有的在文艺界已小有名气。如我们1958级甲班的秦桃宾（笔名尧山壁）此前在报刊上发表过许多诗歌和散文作品，是被人们看好的"作家苗子"。毕业后他逐步成了知名诗人，作家，二十世纪九十年代他被选举为河北省作家协会主席。

　　位于天津车站附近的光复道，当时是大跃进的一面旗帜，是天津市的样板街道，那里涌现出许多先进模范人物。其中有个叫高树范的，是光复道修配站的服务员，天津市劳动模范，是我们创作组的重点采写对象之一。创作组经过讨论，把这个任务交给了我。同时采写高树范的，我记得还有天津市文联的著名相声表演艺术家苏文茂等。

　　我大约用了一个月的时间，和高树范同吃同劳动，基本掌握了他的模范事迹。高树范高高的个头，挺拔的身材，黑红的脸膛，他不善言辞，但看上去慈祥而善良，坚毅而果敢。他原是一名电工，只管修理电灯电线，但考虑到市民的需要是多方面的，于是他到好几家工厂去"留学"，学习各种技艺，使自己成为多面手，成为一名能工巧匠。这样，不管市民在日常生活中遇到什么困难，他一般都能帮助解决。他还根据市民生活需要，刻苦钻研，搞了许多技术革新，发明了快速切豆腐机和自动量米器等。

他编了一首歌儿，作为自己的行动指南：

> 群众需要就办，
>
> 不怕麻烦千遍，
>
> 就是跑断双腿，
>
> 也要服务周全。

采访中，最打动我的，是高树范疏通下水道的事迹。众所周知，疏通下水道是一项又脏又累、十分艰苦的工作。光复道是一条老旧街道，地下管道经常爆裂或堵塞。高树范一年四季，不避寒暑，不分昼夜，哪里管道出了问题，他随叫随到。有时他连续在污水井里工作十几个小时，顾不得吃饭和休息。管道疏通后，他艰难地从污水井里爬上来，满身满脸都是恶臭的黑泥水，可是他从不叫苦叫累。许多市民被他的事迹感动得热泪盈眶。

当然，我也被高树范的事迹深深打动。那一刻，我激情迸发，难以自抑，用了一天一夜的时间，提笔写了一篇报告文学，题目叫《光复道的服务员——高树范》。这篇作品发表在当时在全国很有影响的《新港》文学月刊 1960 年第五期上，署名是"天津师大中文系社会调查小组"。

此外，我还采取全景式素描的方式，写了一篇速写，题目叫《光复道的早晨》，反映光复道热气腾腾的大跃进景象。这篇作品以醒目的头条位置、贯以通栏标题，发表在天津日报 1960 年 4 月的《文艺周刊》上。

现在看来，这些作品都是反映"大跃进"的，思想是有偏颇的，但就我个人来说，这个活动还是使我受到了深刻的思想教育和很好的实践锻炼，是值得铭记的。

附记：

2010 年 8 月 13 日，我在新浪博客上写了一篇短文，回忆 1960 年采写高树范的情景。说来也巧，这篇短文竟然被高树范的孙子看到了。随即，他在新浪博客上给我写了一段留言。留言说：他的爷爷高树范20多年前因病去世了。他没见过爷爷，但听家人说，爷爷是劳动模范。不过，他不知道爷爷有哪些模范事迹。这次看了我的博客文章，深深被爷爷的事迹所感动，表示一定要继承爷爷的遗志，做一名全心全意为人民服务的人。

赴光复道之前，暗下决心：决不辜负校领导期望，在创作中做出成绩。临行前于教学楼旁留影（1960年摄于河大天津六里台校区。本照片中服装为同学闫富华友情提供）

生死考验——参加河北霸县整风整社运动回眸

　　1960 年上半年，"大跃进""反右倾"的口号还在呼喊，但到了下半年，由于自然灾害、苏联撤走专家等原因，形势则急转直下，经济到了崩溃的边缘，口粮开始定量供应，人们吃不饱饭，生活用品极度匮乏。中央决定在农村迅速开展一场大规模的整风整社运动，整肃农村干部多吃多占、不关心群众疾苦等不正之风，要求各省、市、自治区抽调部分干部、大专院校师生，组成农村工作队，参加这场运动。我记得当时学校领导反复强调这场运动的意义如何深远，如何伟大。

　　按照省委要求，河北大学党委决定抽调部分教职工和文科二年级以上学生参加省委整风整社工作队。我们班当时是中文系三年级，在参加之列。学校规定学生采取自愿报名、组织审查、统一体检的办法确定参加省委工作队名单。除了政治条件之外，身体条件要求也很严格，凡在体检中发现有浮肿病的师生，一律不准参加。当时因为生活困难，吃不饱饭，半数以上师生都患有不同程度的浮肿病。我也患了轻度（一度）浮肿病，但我还是抢先报了名，不过最初未获批准。我一连几次找系领导要求批准我的申请，最后一次我激动得流出了眼泪，甚至产生了咬破手指写血书的念头。我激动地说："我决心参加这场意义重大的整风整社运动。我正在要求入党，请党组织考验我！"在我的强烈要求下，系领导终于批准了我的申请。

　　1960 年 11 月中旬的一天，我们河北大学中文系 1958 级乙班被批准参加省委工作队的几十名同学，背上行李卷，带上学校发给的每人三个枣馒头，乘学校安排的一辆卡车，开赴当时河北省群众生活最困难的地区之

———霸县（今霸州市）。记得那一天风很大，天很冷，汽车在土路上（当时农村没有柏油路）颠簸了几个小时，来到一个村庄的一座庙宇前，我们蹲在避风处，吃下三个枣馒头，就又匆匆上路了。傍晚时分，我们终于到达了目的地——河北霸县县城。

我们在霸县县城住了一晚上，第二天上午，听了县委领导的相关情况介绍，下午工作组就进村了。

最初我被分配到驻杨屯村工作队工作。

一个月后，我被调到东湾公社工作队，具体工作是给工作队长刘济民同志当秘书，写材料，并协助我校的带队老师高涛同志管理本校师生。刘济民原是天津地委农村工作部部长。此外，还有蒋姓和贾姓以及我校的高涛同志三位副队长。办公室主任叫翟玉洁，是一位很干练的女同志。办公室工作人员还有魏则平和我。翟玉洁和魏则平原来都是天津市委党校办公室干部。

当时村里老百姓的生活特别困难。有一个村，我们工作组进村第一天，就有几个村民因饥饿和疾病而死亡，可以说一片恐怖。我们感到责任非常重大。

刘济民队长人品很好，他长期在农村工作，对农村情况很了解，也有较强的工作能力，但脾气不是太好。他带头严格要求自己，生活上不搞特殊化，同时要求我们也特别严格。1958年之后，广大农村都建立了人民公社，成立了集体食堂。刘济民队长要求我们必须在食堂和社员们一起用餐，生活上不能搞任何特殊化。

当时生活条件极为艰苦，每人每天只有二三两玉米面，主要靠玉米轴、花生皮、树皮、红薯叶等所谓"代食品"充饥。很快，许多同学都患上了严重的浮肿病，不少女生还患了闭经等妇女病，被送回了学校。我们班最初参加工作队的女生有十几个人，坚持到整风整社结束的只有两三个人。

比起其他工作组成员，我的工作强度更大，生活条件更为艰苦。为了工作的方便，刘济民队长让我陪他一起住，经常是三更半夜把我喊醒，让我给他写材料。有时我刚睡下，突然上边来了电话，让他转天去汇报，他就把我喊起来，给他写汇报材料。那种艰苦情况现在是难以想象的——时值严冬，异常寒冷，有时达零下二十几度；房子四面透风，我们住在土坯炕上，没有火炉，只是睡觉前用秸秆烧一下炕；吃那些现在连牲口也不吃的"代食品"，还总是吃不饱，经常饿得头昏眼花……在这样的情况下还要没日没夜地高强度工作，其艰苦情况，可以说不堪回首！没多长时间，我的浮肿病就达到重度（二度）了，在身上任何一个地方用手指按一下，就出现一个大坑，好长时间不能复原。

按照省委工作队党委的规定，工作队员浮肿达到二度，就不能继续工作了，要送回原单位休养。但刘济民队长觉得临时换人当秘书，写材料，情况不熟悉，恐怕难以适应，因此他不让我走。我也愿意留下来继续工作。就这样，我一直带病工作到整风整社运动结束。在长达半年多的时间里，我共为工作队领导撰写计划、总结、报告、讲话稿等各种材料达十几万字。

其实，刘队长也很关心我的身体。他见我身体虚弱，面色灰黄，浮肿病越来越严重，晚上睡不着觉时，经常躺在被窝里给我背诵毛主席于1941年写给王观澜同志的一封信中的一段话：

既来之，则安之，自己完全不着急。让体内慢慢生长抵抗力和它作斗争，直到最后战而胜之……

我则给他背诵孟子的一段话，以自勉：

天将降大任于斯人也，必先苦其心志，劳其筋骨，饿其体肤，空乏其身……

在最困难的阶段，可以说我们是在生死线上拼命工作。这里举一件事。

有一次，刘济民队长带我去西湾村检查工作。本来只有二三里的路程，但当时我们俩饿得头晕眼花，浑身无力，呼哧呼哧喘着粗气，跌跌撞撞走了一个多小时，才到达西湾。西湾工作组来向我们汇报工作，可是我和刘队长心慌气短，根本不能说话。无奈，我们先在炕上躺了一会儿，等到基本恢复了说话能力，才开始听西湾村工作组的汇报。

听完汇报后，刘队长批评西湾工作组还是不够艰苦，和老百姓相比，生活上还有特殊化。

其实，西湾工作组的同志们大部分都病了，那里生活条件异常艰苦。西湾工作组负责人觉得既然受了批评，安排午饭时，就打消了原来想请我们吃稍好点的代食品的念头，告诉食堂用粗谷糠加少许玉米面蒸窝头，一两玉米面竟然蒸出好几个窝头。说是窝头，其实根本不成型，只能用双手捧着吃。我们吃了一肚子谷糠，不一会儿肚子就咕咕叫，疼痛难忍了。无奈，我们躺在炕上休息了好一会儿，待稍缓解后，才趔趔趄趄艰难地离开西湾。刘队长一边走，还一边嘟囔："我批评了他们，他们也不能这样对待我们啊！"

1961年5月间，霸县整风整社工作队全体成员，按照省委要求，集中到信安和堂二里两个超大村庄，聆听了省委书记处书记闫达开同志的总结报告，又休整了几天，便宣布整风整社运动结束。

我们像打了一场胜仗一样，回到了学校。我记得我们回到学校时，校党委还专门安排了一些师生敲锣打鼓，欢迎我们胜利归来，其场面十分动人。

参加整风整社运动时与刘济民队长等合影

（1961年摄，后排右2为刘济民，右1为高涛。前排中为作者）

艰难的入党

我在入党问题上，可以说一波三折，历经磨难。

我的家庭背景和我所受的教育，决定了我的命运是和共产党联系在一起的。所以，早在 1956 年春天，我在保定一中高中二年级读书时，刚满 18 岁，就递交了入党申请书。我的学习成绩比较好，又担任班主席和学校团委会委员，所以很快就成为党组织的重点培养对象。记得我们年级的一位党支部委员找我谈话，鼓励我好好努力，争取毕业前加入共产党。不过，由于 1957 年我的小说《鞋》被打成"反党大毒草"，受到批判，我入党的愿望也就落空了。

进入大学后，我又很快重新写了入党申请书，并下定决心为成为一名共产党员而努力奋斗。

1961 年 5 月，我参加整风整社运动结束回到学校后，立即找党支部汇报思想，要求早日加入共产党。由于我在整风整社运动中的突出表现，党支部让我填写了入党志愿书。我高兴极了，心想这次有希望成为一名共产党员了。

1961 年 6 月的一天晚上，中文系 1958 级党支部召开党员大会，讨论我的入党问题。在会上，我对自己的成绩、优点和缺点，都做了实事求是的认真汇报。当时我想，按我的一贯表现，特别是我在整风整社运动中的表现，这次党支部大会一定能顺利通过我的入党申请，成为一名光荣的共产党员。可是，我完全想错了。

我汇报完之后，在党支部书记的引导下，党员们开始发言，对我的学习、工作等也做了充分肯定，但对我的所谓"缺点"批评得很尖锐，火药味很足。主要是两个问题：一个是说我和我的"右派分子"哥哥吴电没有彻底划清界限，经常往他那儿跑；二是说我虽然有才，但很"清高"，联系群众不广泛。

听了大家的批评，我觉得很委屈。哥哥吴电和我从小一起长大，后来他又省吃俭用，一直供我上学，我们的感情极为深厚。我知道哥哥对党无比忠诚，他被打成"右派"是冤枉的，我不知道要和他划清什么"界限"。再说，哥哥的爱人在定州农村，当时哥哥孤身一人在天津工作，我抽空去看看他，应该是情理之中的事。至于批评我"联系群众不广泛"，我也觉得很难接受。实际情况是：我觉得自己上大学很不容易，因此不敢浪费一点时间，抓紧一切时间学习，哪还有多余时间去"联系群众"呢？

我虽然感到委屈，但在这样的场合，是不允许任何申辩的，我只能表态："完全接受大家的批评，深挖思想根源，坚决改正。"

大家发完言，最后表决，我的票数没有超过半数，被否决了。

回到宿舍，我躲开同学们的目光，偷偷地哭了。

1962年5月，我大学毕业前夕，党支部再次让我填写了入党志愿书。经过支部大会讨论，表决，我以全票通过，从此成为了一名光荣的预备党员。我的入党介绍人是刘庭禄和吕宝丰同学。

我高兴极了，但是我没有想到，在入党问题上，还有像是"天方夜谭"一样的故事、更为严重的磨难等着我。这是后话，我将在回忆参加"四清"运动的文章中，加以叙述。

痛悼恩兄吴电

谨以此文纪念在我求学道路上对我帮助最大的亲人——题记

2014 年 2 月 13 日深夜，哥哥吴电因突发恶疾，溘然长逝，终年 84 岁。这一突如其来的噩耗，瞬间将我击倒。那一刻，我感到天地崩摧，肝肠寸断，浑浑然不知身居何处，癫狂般失声痛哭……

我在定县读初中期间，哥哥吴电（左）从保定去学校看望我时合影（1954 年摄）

　　哥哥永远离开了我们，但他的人格，他的人生道路，他留给我们的大量文学作品和精神财富，将永远激励我们前行。

　　哥哥原名吴庚顺，学名吴惠敏，笔名吴电，1930年生于河北省定县闫家庄村。作为一母所生的同胞兄弟，我深知哥哥的一生是忠于党、忠于人民的一生，是低调做人、甘于奉献、不求回报的一生，是朴实勤奋、安于清苦、光明磊落的一生……

　　抗日战争时期，哥哥还是一个十来岁的孩子，就参加了抗日儿童团，和大人一起挖地道，修路，站岗放哨，参加一些抗日活动。解放战争时期，哥哥作为一名小学生，积极宣传党的政策，组织少年儿童搞屋顶广播、写黑板报、张贴标语等。1948年，哥哥刚在解放区的小学毕业，就被抽调到定县周村担任小学教师，工资是每月二斗小米。是年，他加入中国共产党。

　　哥哥是一个奇迹。他性格内向，但聪慧过人，智力超群。从小学到中学，历经无数次考试，他的成绩在班上一直是第一名。1948年12月，在数千名考生中，他以总分第三名的优异成绩，考取了当时是定县"最高学府"的省立定县师范学校前师（初中）部。

　　哥哥酷爱文学，痴迷诗歌创作。在定县师范学校读书期间，作为一名初中生，他就在《河北文艺》杂志、河北日报等报刊发表诗歌作品数十首，和著名作家、诗人刘绍棠、任彦芳等被称作当时文坛上的"神童"之一。前师毕业后，他一举考取了《河北文艺》杂志编辑和保定师范学校（即梁斌《红旗谱》中所描写的"保师"）后师（高中）部，因为他钟爱文学创作，权衡再三，最后还是选择去《河北文艺》杂志社当编辑，从此正式踏上文学之路。短短几年时间，他就在包括《人民文学》《诗刊》、人民日报、中国青年报等各级报刊发表诗歌作品百余首，一时间名声大噪。

　　1955年，哥哥调往唐山钢厂，担任厂团委书记。旋又调到河北省文化局曲艺工作室从事曲艺创作。在此期间，他除创作了大量短篇西河大鼓鼓词之外，还整理改编了《王定保借当》《太原府》等长篇鼓词。这些作品在群众中广为流传，特别受到广大农民的喜爱。

　　正当哥哥的创作走向高峰之时，一场灭顶之灾莫名其妙地降临到他的头上——1958年春天，在反右派运动总结验收阶段，他所在的河北省文化局曲艺工作室因抓出的"右派分子"不够比例数，领导把他拿出来"凑数"了。说起来让人难以置信，他的"罪名"竟然是一首歌颂田园风光的抒情诗，说这首诗"充满小资产阶级情调"，"骨子里是反党"的。从此，一个从儿童时期就参加革命斗争，一个铁杆共产党员，一个刚满27岁的热血青年，一下子被打入地狱。哥哥先是被批判，撤职，开除党籍，降薪，每月只发给一点可怜的生活费，继而被下放到邯郸地区鸡泽县最贫苦的农村劳动改造。在"劳改"期间，他身患急性阑尾炎，疼得死去活来，因为是"右派"，无人理睬，后来被好心人送往医院，才捡回一条性命。

哥哥的厄运远未结束。"文化大革命"期间，他和所有的"右派分子"一样，被批斗，住"牛棚"，靠边站，进五七干校，受尽了歧视、侮辱和迫害，身心受到极大摧残。

哥哥虽然冤深似海，但他从不对党耿耿于怀，忠于党、忠于人民的信念从未发生动摇。在他看来，自己的冤情只不过是"老子错打了儿子"，是不能记恨的。他常说，小而言之，一个人会犯错误，大而言之，一个党也会犯错误的。共产党虽然也犯过一些错误，但为人民服务的宗旨始终未变。"没有共产党就没有新中国"，这是一个铁的定律。

1978年哥哥的冤情得到平反昭雪，恢复了党籍，然而他此时已年近半百，盛年不再。他回首自己一生所走过的道路，感慨万千，涕泪交零。他决心全身心投入到文学创作中去，找回逝去的光阴，用自己的作品讴歌改革开放的新时代。上世纪80年代，他虽然病魔缠身，但却将他的创作推向第一个高峰。短短几年时间，他除创作了大量诗歌之外，还完成了《神光剑》《好汉秦琼》等多部传奇的创作，并作为主编之一，完成了国家重点项目《河北省曲艺志》的编写。

进入新世纪以后，哥哥专事他所钟爱的诗歌创作，成绩斐然，先后创作完成《八十抒怀》《百花诗草》等多部诗集，并在他的博客《波光粼粼》推出《天问》《圆圆曲》《情感超市》《生命礼赞》等多个大型组诗。这些作品语言质朴，格调优雅，思虑深邃，处处闪现着一位智慧老人的睿智和思想光芒。文如其人。这些作品恰似一座座丰碑，将和他的人格一起永存人间，彪炳史册！

　　哥哥从幼年时期就喜欢读书，终其一生，总是以书相伴。读小学期间，他就通读了《水浒传》《三国演义》等四大古典名著。进入中学之后，他更是古今中外，博览群书。哥哥虽然学历不高，但他博今通古，学贯中西，知识面非常宽广。哥哥是我真正的启蒙之师，诸如司马迁、鲁迅和高尔基、托尔斯泰、契诃夫、莎士比亚等一大批中外著名作家及其作品的名字，我最早就是从他那里得知的。

　　哥哥心地善良，性格内向，即使在最困难的情况下，他也总是将困难默默地自己承受，关心别人胜过关心自己。他省吃俭用，粗茶淡饭，一件衣服穿几十年，却从微薄的工资中抠出点钱来，供我念完了中学和大学。1957 年，他还用他的稿费为我买了一块天津产的"五一"牌手表，鼓励我好好学习。可以说，哥哥于我，手足情深，高天厚土，恩重如山！

　　可以告慰的是：哥哥的晚年生活还算比较稳定，幸福。他的经济条件虽然不是太好，但两个女儿守护在身边，对他照顾得无微不至，孝心可鉴。

　　亲爱的哥哥，一路走好！弟弟庚振在北京为你长跪洒泪送别。

　　恩兄吴电千古！

弟弟庚振

2014 年 2 月 24 日于北京

中篇

跌宕旋律：许梦河北大学中文系

留校任教——一生许身河北大学

1962年7月，我在河北大学中文系毕业了。毕业后学校让所有的毕业生放假回家，等候分配工作。

我在河北定县老家等了一个多月，也没有收到学校的通知，心里不免有些着急。通过同学间通讯往来得知，当时班上的同学绝大部分都分配了工作，超过百分之九十分配在天津市当中学教师，少量分配到外地工作。当时我想：可能是因为我的生源地不是天津市，所以不能分配到天津工作。

我怀着焦急的心情，在老家又等了一段时间，终于等来了学校的通知。通知让我马上回校，但并未说明分配我到哪里去工作。我感到很纳闷。

回到学校以后，最初几天我没有得到任何关于我毕业分配的消息，心里极为忐忑，不知道学校把我分配到了哪里去。那时学生是不能随便向领导询问自己毕业分配情况的，要求每个学生必须树立"党叫干啥就干啥，祖国的需要就是我的志愿"的思想。

过了几天，系里通知我去中文系副主任黄绮先生的办公室，黄先生要找我谈话（按：当时河北大学中文系主任是王振华先生。王振华是著名现代文学专家、南开大学中文系主任李何林先生的夫人，因病长期在家休养，由黄绮副主任主持河大中文系的行政工作。另一位中文系副主任是高熙曾先生）。

黄绮先生是著名语言学家、书法家。上学期间，我虽然听过黄先生的课，但始终没有单独和他当面谈过话。另外，听说黄先生要求青年教师特别严格，和他谈话时必须挺直腰板，系好衣扣，否则他就会认为作风不严谨，不文明，就会提出批评。听说黄先生要找我谈话，我的心情陡然紧张起来。但到了黄先生的办公室，和他说了一会儿话之后，觉得并不像人们传说的那样，黄先生还是比较和蔼可亲的。于是，我的心情逐步平静下来。

黄绮先生问了我的一些基本情况，重点问了我的学习情况，但并没有正面谈及我的毕业分配问题。他听说我在四年的学习中，所有考试和作业的成绩都是满分5分（当时学习苏联经验，大学实行五级分制，满分为5分）时，感到很惊讶，问我：

"这是真的吗？"

"是真的，有记分册，可以查啊！"我说。

"看来你的学习成绩不错啊！但不要只看分数，要多读书。"黄先生告诫我。

这时，黄先生流露出让我留校任教的意思，但还是没有明确告诉我，只是很严肃地对我说：

"听说你喜欢搞文学创作，写小说，如果留校任教就不要搞了，要埋头读书，作学问。"

"喜欢创作那是中学时代的事情，现在不搞了，以后也不会搞了。"我立即表示决心。

黄先生对我的回答很满意。他一直认为大学老师搞文学创作，写小说，是不务正业。如果写一些诗词，还可以。事实上，他也写了不少旧体诗词。

又过了一段时间，中文系办公室正式通知我留校当教师。具体工作是分配到写作教研室教写作课。

我高兴至极！当时一般认为，大学毕业留校当老师，是很好的工作。我做梦也没有想到，这个大"馅饼"会落到我的头上。

回想四年前穿着姐姐一针一线给我做的土布裤褂和"千层底"土布鞋，"战战兢兢，如履薄冰"，来这里上大学，到今天成了一名大学教师，不免有些激动。我暗下决心：一定要在作学问上搞出成绩，做一名合格的大学教师。

就这样，我一生许身河北大学，一直到退休，始终在这所学校当教师。

立志成才

大学毕业留校任教以后，我觉得做一番事业的路似乎打开了。在那一段时间里，我每天都处在兴奋和激动之中，可以说雄心勃勃，立志成才。我暗下决心：在教学和科研上一定要做出成绩，一定要像某些老先生那样，成为一名让大家尊敬的名教授，成为一名对我国高等教育事业做出重要贡献的人。现在看来，这种想法也不能说不好，但明显带有许多年轻人常有的那种"可爱的幼稚病"。

为了表示一生许身做学问的决心，激发自己努力学习，我用毛笔写了一副对联，挂在宿舍迎面的墙壁上。对联的内容是柳永《蝶恋花·伫倚危楼风细细》中的两句词：

衣带渐宽终不悔，为伊消得人憔悴。

为了实现自己的"雄心壮志"，留校后不久，我就制订了一个学习进修计划。这份计划的内容，当然首先是认真学习马列主义、毛泽东思想。专业学习计划，主要包括三方面内容：

一是按照写作教研室主任、我们的指导教师谢国捷先生的要求，系统学习现代汉语和写作理论知识，这也是我们业务进修的主要方向。

二是系统学习中国古代文学史，选读100篇古代散文，背诵100首古代诗词，重读我国"四大名著"。

三是深入学习古代文论，重点是刘勰的《文心雕龙》。听说南开大学中文系教授、我国著名古代文论专家王达津先生，正在为南开的青年教师开设《文心雕龙》讲座，每周六晚上讲一次。经南开中文系领导同意，我们系统听了王达津先生的讲座，受益匪浅。

我还安排了一个作息时间表：每天晨练一小时。白天除参加系里安排的活动外，抓紧一切时间看书学习。晚上学习到12点，然后写一篇毛笔字，12点半睡觉。如无特殊情况，作息时间雷打不动。

在留校后一年多的时间里，我基本上实践了自己的计划，读了一些书，还是很有收获的。

学然后知不足。这时候我才明白：我上大学时虽然学习成绩还算好，但当时学的那点东西只是皮毛而已。自己的国学基础很薄弱，古典作品读得很少，离一个合格的大学教师相差甚远，和身边的许多老先生相比，更是自惭形秽。

我没有任何骄傲的本钱，必须以更大的决心，更刻苦的努力，在进修学习的道路上奋力攀登。

遗憾的是，这样安心学习的时间太短了。从1963年下半年开始，下厂下乡的社会活动逐渐增多，很难再按自己的计划看书学习了。

第一次登上神圣的大学讲台

既然留校当老师了，当然就盼望能早一点上课，体验一把登上大学讲台的感觉。但是，我的愿望暂时落空了。河北大学原来是师范院校，十分重视教学基本功的训练。二十世纪六十年代之前，河北大学刚留校的青年教师是不让马上讲课的，而是先在老教师的指导下，进行教学基本功的训练。具体做法是：

（1）每个青年教师都要配备指导教师。指导教师负责对青年教师的教学进行全程指导，包括如何撰写讲稿、讲授时如何把握重点、如何起讲、讲完一个问题如何小结、每节课结束如何结尾，以及如何板书、如何掌握快慢节奏、如何讲得生动有趣等等。

（2）系统聆听老教师授课，有时还安排听师哥师姐们的课。

（3）坚持试讲制度。所谓试讲，就是每个青年教师在基本掌握了教学的规程和要求之后，先试讲一个单元或几节课。试讲时本教研室全体教师都要去听，听完后认真进行讨论，总结，包括讲授的内容是否清楚，到位，某些字的读音是否准确，板书是否规范，等等。

和我一同留校当老师的共四人，我们的指导教师是写作教研室主任谢国捷先生。谢先生家学深厚，他的家兄谢国桢先生是著名史学大师、原中国社科院历史研究所研究员。其胞弟谢国祥是著名戏曲专家、京剧音配像的创始人之一。

1962 年下半年，我系统地聆听了谢先生和师哥师姐们的课，于 1963 年春节后便开始试讲上课了。我试讲的班级是中文系 1963 级，所讲的内容是写文章"怎样提炼主题"，每周三节课，共三周。

确定我试讲之后，我心里很紧张，一连几个晚上都睡不好觉。试讲的头一天晚上，我几乎一夜没睡，对写出的讲稿逐字逐句推敲，还一本正经地讲给和我一起留校、与我同住一个宿舍的姚宝元听，请他提出改进意见。

我试讲那天，谢国捷先生带领写作教研室的全体教师去听。

"叮吟吟……"上课的铃声骤然响起。尽管我在心里不断劝说自己"不要慌"，但还是心慌意乱。我鼓足勇气走上讲台，不敢平视教室里坐得满满的学生和老师，只是用眼神瞟了一下大家，心里更加慌乱了。不管怎样，课总是要讲下去的。我打开准备好的讲稿，拿起粉笔，工工整整地在黑板上写下要讲授的标题，就鼓足勇气开讲了。你别说，开始讲课后，脑子沉浸在所讲的内容之中，心里反而镇定了许多。特别是把我自己过去写文章的一些体会讲给学生听，理论联系实际，从学生们的眼神中我感觉到他们很感兴趣，很欢迎。

我第一次试讲完之后，谢国捷先生召集教研室的老师们对我的试讲进行讨论。除有任务的之外，教研室的其他老师都去听我讲课了。讨论中，老师们对我的讲授提出了一些不足之处和改进意见，但总体上给以充分肯定和鼓励，这更增强了我当好一名大学教师的信心和决心。也就是在那一刻，我觉得自己似乎和"大学教师"沾上了边。

到省委党校学习

1963 年 3 月，河北大学党委按照省委要求，抽调中文系和哲学系的 6 名青年教师到中共河北省委党校学习。当时天津市归河北省管辖，省会在天津市，而省委党校却在石家庄。我们中文系被抽调去党校学习的共 4 人。4 人中，只有我刚毕业留校半年，资历最浅，年龄最小，其他 3 位都是毕业留校几年的老大哥。

临行前，中文系党总支书记钟毅同志把我们叫到办公室谈话。他说，你们几个是党组织精挑细选确定的，你们一定要珍惜这次学习机会，努力使自己成为具有较高马克思主义理论水平、政治上坚定的骨干教师。钟毅同志一席话，说得我们个个心情激动，热血沸腾，表示到党校后一定要好好学习，决不辜负党组织的期望。

在党校期间，我们比较系统地学习了马恩列斯和毛泽东的一些重要著作，包括《法兰西内战》《德意志意识形态》《共产党宣言》《国家与革命》《帝国主义论》《矛盾论》《实践论》等十几种经典著作。

学习方法，是先由专家作启发报告，然后进行讨论，最后再由党校教师作总结报告。我们每天学习讨论时间不少于 7 小时，晚上还要自学几个小时，争分夺秒，力求多学习一点马克思主义理论知识。我除了和大家一起学习政治理论之外，还按照留校后自己制订的业务进修计划，重读了《红楼梦》《三国演义》等古典名著的部分章节。

1963 年 5 月间，河北大学党委书记李泽民同志还到省委党校看望了我们。他鼓励我们努力学习，打下坚实的马克思主义理论基础，回校后在教学工作中自觉以马克思主义为指导，贯彻党的教育方针，成为其他老师的表率。此后，我们的学习更加努力了。

学习为期半年，于 1963 年 7 月结束。我们感到，在专家的指导下，集中一段时间学习马克思主义原著，还是很有必要、很有收获的。通过这次学习，我们打下了初步的马克思主义理论基础，开拓了理论视野，增强了在教学科研工作中坚持以马克思主义为指导的自觉性。如今回忆起那一段并不算太长的学习生活，还是觉得很有滋味、很值得怀念的。

河北省委党校学员结业合影（1963 年摄，后排左 3 为作者）

参加"四清"运动——不堪回首的噩梦

1964 年 10 月初，河北大学党委按照省委要求，抽调部分师生赴河北省新城县（今高碑店市）参加四清工作队。所谓"四清"，主要是清思想、清政治、清组织和清经济，这是党中央和毛主席发动的一场全国性的政治运动。经过申请，我被批准参加了省委四清工作队。

我作为一个刚大学毕业两年的青年教师，怀着满腔热情、对党的无比忠诚，参加了这场运动。但令我想不到的是，参加这场运动竟然是给我造成巨大悲剧的一场不堪回首的噩梦。

（一）埋下祸根

河北大学中文系被批准参加省委四清工作队的，包括 8 名教师和 1962 级 120 多名学生。带队的学校领导是河北大学团委书记李峥同志和中文系办公室主任程葆林同志。

新城县四清工作队的总体架构是：由保定地委与河北大学党委牵头组成新城县四清工作团；由保定地区所属相关县委和河北大学某个系的师生组成四清工作分团，分包一个公社（乡镇）。我们中文系师生参加的是由蠡县县委牵头组成的杨漫撒四清工作分团，分团团长是蠡县县委书记王毅同志，分团政治处主任是我们中文系师生带队领导、校团委书记李峥同志。

对我们中文系师生的工作安排是这样的：每位老师和学生组成大小不等的驻村工作组，直接派驻到村里参加四清运动。老师们高高兴兴，各就其位，各安其职。但对我的安排有些特殊，让我担任 1962 级学生的带队教师，协助学校领导做一些学生方面的具体工作。

对我这样的安排，我感到颇为意外：第一，这个班有一位专职政治辅导员，她也和学生一起参加这次四清运动，为什么不让她担任这个班的带队教师呢？第二，参加这次四清运动的教师中，有几位党龄较长的共产党员，有一位还是中文系教师党支部委员，而我当时只是一名刚毕业两年、一个预备党员、最年轻的教师，为什么不让更有资历和经验的老师担任学生的带队教师呢？怀着这样的疑虑，我去找李峥和程葆林同志，向他们坦露了我的心迹。李峥同志微笑着对我说："你不要有顾虑。这样安排，是想让你参加政治处办公室的工作，和我们吃住在一起，帮助我们写些材料，跑跑腿。学生方面的事情，我们会管的，你多向我们请示汇报就行了。"

服从组织安排，这是一个共产党员起码的政治觉悟，我当然也就无法再说什么了。但是，正是这样一种安排，把我置于风口浪尖之上，掉进矛盾的漩涡之中。另外，参加四清工作队的 1962 级学生中，有一个学生是原省委某主要领导、后来被毛主席批评"上了贼船"的那位高级干部的女儿，我觉得有些事情恐怕不好处理，因此更加重了我的顾虑。

（二）被人跟踪盯梢

1964 年 10 月 13 日，河北大学中文系师生组成的四清工作队正式开赴战地——河北省新城县高碑店镇。

工作队进村前，先进行了战地集训，由省委书记处书记张承先同志作了长达两天的动员报告。报告的主要内容是结合大量实例，说明农村的阶级斗争如何尖锐复杂，"阶级敌人"如何嚣张等等，要求四清工作队员站稳阶级立场，怀着强烈的阶级感情做好四清工作。

两天报告听下来，师生们个个激情满怀，阶级斗争的弦崩得很紧，好像如临大敌似的。有些女学生晚上不敢出门，担心被"阶级敌人"谋害了。

由于受极左思潮的影响，当时对"剥削阶级"出身的学生不够公平，看人看事动不动就和阶级出身、阶级立场联系起来。因此，有些"剥削阶级"出身的学生吃饭穿衣也倍加小心，总怕表现出"资产阶级思想意识"，精神上受到很大压抑。在这样的高压之下，有些学生终于扛不住了。有一个小业主（小资本家）出身的女生李某云，高高的个头，戴着白框眼镜，白白净净，不苟言笑，说话轻声细语。辅导员看她哪儿都不顺眼，多次批评她"资产阶级小姐习气"。这个学生本来就性格软弱，整天被吓得战战兢兢，吃不下饭，睡不好觉。她的精神终于崩溃了，竟然在一天晚上拿起剪刀要自杀。幸亏被同学及时发现，才没有酿成悲剧。

我作为学生的带队教师，压力很大，怕出问题啊！因此，我抓紧一切时间，找学生谈话，重点找"剥削阶级"出身思想压力大的同学做深入细致的思想工作。我万没有想到，战地集训一开始，这个班的那位受极左路线影响很深的政治辅导员就暗地里派了两个贫农出身的心腹学生，对我进行跟踪盯梢，详细记录我每天都找哪些"剥削阶级"出身的学生谈话了、每天的行踪轨迹是怎样的，等等。一周的战地集训结束后，这两个学生在跟踪盯梢所做记录的基础上，再"添油加醋"，竟然整了我长达一万多字的黑材料。材料中说我的阶级立场、阶级感情存在严重问题，整天和"剥削阶级"出身的学生搅在一起，还说我见到"剥削阶级"出身的学生就眉开眼笑，而对工人、贫下中农出身的学生冷冰冰的。

就这样，对我长达几年的政治迫害便拉开了帷幕。那些受极左路线影响很深的人，把对待"阶级敌人"的方法搬到党内来，采取跟踪盯梢、添油加醋、制造伪证等方法，对我进行无情打击，必欲置我于死地而后快。

（三）党员生活会上的风波

战地集训刚刚结束，那位政治辅导员就将两个学生对我跟踪盯梢整理出的黑材料，迫不及待地上报给了河北大学四清工作队总带队领导戴副校长，要求对我"严肃处理"。戴副校长看到这个材料后，首先感到让两个学生私自整理老师的材料，这本身就是不妥的。因此，他把这份材料转给了中文系带队领导李峥同志，指示李峥调查处理。

李峥看了材料后，立即找我谈话，一一核实材料中所说的我的"问题"

真实与否。其实,李峥了解我的情况,因为我做的每一件比较重要的事情、每天都找哪些学生谈了话,都向他汇报过。我感到很委屈,提出要辞职。李峥说了一些安慰我的话,但随后批评我不够坚强,不应提出辞职,并说作为一个党员,要经受得住考验。

过了几天,李峥同志建议中文系四清工作队教师党支部召开一次党员生活会,就那位辅导员指派两个学生对我跟踪盯梢问题,通过批评与自我批评的方式,妥善加以解决。

生活会在一种紧张的气氛中开始了。教师党员们诚恳地批评了那位辅导员的不恰当做法。可是那位辅导员不但不承认错误,反而躺在地上大哭大闹,说党员们袒护我的"阶级立场错误",对她进行"围攻",扬言要上告到中共中央华北局。

就这样,党员生活会不欢而散。

此后,我便掉入万劫不复的深渊。

(四)汇报会上的突然袭击

1964年春节前夕,中共河北省委发出通知,要求四清工作队一律在驻地过春节,不放假。我们杨漫撒四清工作分团党委,要求各驻村工作队春节前都要召开一次会议,对前一阶段的四清工作进行总结,对春节后的四清工作进行部署安排,并对春节期间应注意的问题提出要求。我当时的身份是杨漫撒四清工作分团政治处秘书兼方家务村四清工作队学生方面的负责人。

遵照上级领导的要求,我适时召开了方家务村四清工作队河大师生汇报会。

汇报会正在有条不紊地进行时,前面提到的那位高级干部的女儿突然"咣"地拍了一下桌子,提着我的名字声色俱厉地大声吼道:

"吴庚振,你是什么立场?应该在会上好好检查一下!"

她的突然袭击,让我摸不着头脑,我一时感到不知所措。参加会议的同学们大感不解,感到愕然。不过大家由于惧怕她的淫威,也不敢说什么。

会议陷入死寂，沉默……

我镇静了一会儿，说："我在立场方面有什么问题，一时认识不到，会后希望同学们多提批评意见。今天是工作汇报会，大家继续发言吧！"

同学们被这突如其来的变故搅乱了思想情绪，草草汇报了几句就不发言了，我只好宣布散会。

会后我向李峥同志如实汇报了会上的情况。李峥感到很吃惊，但由于涉及到某高级干部的女儿，也不好说什么，只是安慰了我一番。还说他要告诉那位学生辅导员给这个学生做工作，不要当着学生的面批评老师。但是，我觉得，这个学生的所作所为很可能是和辅导员有关联的，她会做什么工作呢？

我感到，一种恐惧不时袭击我的心灵，我不知道以后还有什么不测之事在等待着我。

（五）蒙冤受到处分

历时八个多月的四清运动于 1965 年 6 月结束。我们河大中文系师生怀着无比兴奋激动的心情，回到了学校。回校后，我立即投入到教学、科研和业务进修中去，心想一定要把参加四清运动耽误的时间补回来。

一切是那样平静有序，顺风顺水。然而，时间到了 1966 年 2 月，中文系教师党支部书记突然找我谈话，正颜厉色地对我说："你在四清运动中和历史上犯有严重错误，需要认真检查。"

那一刻，似一盆冷水浇到我的头上。一时间，我好像失去了知觉，只觉得头脑里嗡嗡作响。

冷静了一会儿，我坚定地回答他："我没有什么可检查的，你们是在对我进行政治迫害！"

接下去，是每天约两个小时、持续长达半个多月的这样的谈话。

在那一段时间里，我吃不下饭，睡不着觉，精神几近崩溃。

1966 年 3 月初，中文系党总支书记谭石军同志找我谈话。他说，校党委对你的问题拿出了处理意见，你的党籍不能保留了。他还说，你在四清中办理的预备党员转正手续无效，须重新办理。这样对你有利，你的错误可以按取消预备党员资格处理，比开除党籍好得多啊！他嘱我尽快重新写一份预备党员转正申请书。

事情是这样的：我是1962年大学毕业前入党成为一名预备党员的。由于连续不断搞政治运动，党组织未能及时给我办理预备党员转正手续。1965年3月，省委通知各四清工作队党委，在四清工作后期，在工作队内部适当发展一些党团员。根据这一通知精神，我所在的杨漫撒四清工作分团党委，在工作队员中发展了一些党团员，并为我和另一名地方干部办理了预备党员转正手续。

"我的预备党员转正是按照省委通知精神，经四清工作团党委批准的，白纸黑字，为什么无效？"我问。

"这是校党委的意见，你不要问。"谭书记不耐烦地回答。

那一刻，如五雷轰顶，我欲哭无泪。

过了几天，党支部召开党员大会，经过表决，我的预备党员资格被取消。

我踉踉跄跄回到宿舍，躺在床上，泪流满面，思绪万千。一团团迷雾在我心头萦绕：为什么我所在的党支部对我的问题还没有调查清楚，还没有开会讨论，学校党委就说我的党籍"不能保留了"？

我的疑问很快有了答案。过了几天，一位知道内情的党员干部悄悄告诉我：还是那位学生辅导员，通过这个班里那个某高级干部的女儿，向省委领导告了我的黑状。这位高级干部竟然偏听偏信他女儿一个人的意见，指示省委一位副书记对我的问题调查处理。于是，这位正在天津总医院养病的省委副书记，对我的问题作出批示，要求河北大学党委调查处理。他还怕落实不了，亲自打电话让河北大学党委一位苏姓副书记到医院去见他，当面作出指示。

就这样，我这个年仅二十多岁、像蚂蚁一样的小小教师，被毫不留情地踩在了脚下。那些受极左路线影响很深的人，公然置《党章》的有关规定于不顾，对一个按正常手续办理了预备党员转正的我，又取消了我的预备党员资格，取消了我的党籍，这在河北大学党的历史上恐怕是闻所未闻的。

四清结束后不久，李峥同志也被调到宁夏大武口一个工厂去工作了。

尾语：不能不说的话

在这篇文章中，我虽然不指名提到了参与整我的一些人，但我要说，我并不记恨他们。我是在写回忆录，写历史，一些历史上既已发生的对我来说是比较重要的事情，我是无法绕过去的。从根本上说，我所遭遇的种种不幸，受到的种种打击迫害，是当时的极左路线造成的。四清运动从最初的"清工、清账、清财、清库"演变成"清思想、清政治、清组织、清经济"，再后来演变成整"党内走资本主义的当权派"，这条极左路线使我们党遭受巨大损失，人民遭受极大苦难。我的冤案正是在这一背景下形成的。那些参与整我的人，从某种意义上来说，也和我一样，都是极左路线的受害者。平心而论，在极左路线横行时期，我所做的某些事，所说的某些话，也可能伤害过某些朋友和同志。

1996年春天，时隔30余年，前面提到的那两位受辅导员指使、曾对我跟踪盯梢、写我的黑材料的一位学生，专程到我家里来，当面向我赔礼道歉。毕业后他被分配到保定市一所中学工作，我们一直没见过面。听了他的话，我很受感动，向他表示感谢，并表示我绝不会记恨同学们。希望他忘掉那件事情，努力做好自己的工作。

一路悲歌——从天津到冀县

1966 年 3 月 28 日，河北大学中文系及历史系、哲学系、外文系等，按照河北省委的指示，搬迁到河北省衡水地区冀县（今冀州市）。当时说这是一次意义深远的教育革命，是知识分子与工农群众相结合、改造世界观的具体行动。各位老师都表示坚决拥护省委的决定，扎根农村，脱胎换骨，一定要在灵魂深处"爆发一次思想革命"。

我是背着沉重的思想包袱去冀县的。当时我刚受到处分，丢掉了党籍。另外，我被整了一个多月，期间吃不下饭，睡不好觉，身体极度虚弱，瘦得皮包骨，体重降到了 98 斤（我身高将近 1.7 米）。

临行前，中文系党总支书记谭石军同志找我谈话，说这次搬迁对我是一次考验，嘱我要正确对待党组织对自己的教育和处分，要放下思想包袱，好好表现。我当即表示：请党组织放心，我一定不辜负党的期望，严格要求自己，争取早日重新入党！当时那种激情，现在是难以想象的。（按：颇感遗憾的是：仅仅过了几个月，1966 年 8 月，"文化大革命"的烈火烧到谭石军的头上，他最信任的那位教师党支部书记、多次找我谈话逼迫我承认犯有"严重错误"的王老师等给他贴了一些大字报，说他是"漏划地主、阶级异己分子"，他便从教学楼四楼上高喊着"共产党万岁"的口号，纵身一跳，自杀身亡。当时我想，他怎么就没有"正确对待"一下给自己贴的大字报呢？悲剧啊！）

搬迁到冀县后，我们写作教研室的七八位教师住在一个大房间里，这是冀县县委为我们腾出的办公室。我拖着极度虚弱的身体，早起晚睡，抢着干一些打扫院子、打水等杂活。我是想从一点一滴做起，用实际行动兑现自己的诺言，争取早日重新入党。但是，我作为一个年仅二十多岁的青年教师，想得太天真了。那个在四清中跟随我的魔影，始终没有放过我，必欲将我置之死地而后快。

1966年5月初，上海《文汇报》《解放日报》发表了姚文元的长篇批判文章《评"三家村"》，矛头直指北京市委和彭真同志。紧接着，1966年5月16日，中共中央发布了《五一六通知》，标志着"文化大革命"正式开始。通知中说：各级各部门都有一些混进党内、政府内的资产阶级代表人物，他们是反党反社会主义的修正主义分子，必须把他们揪出来，批倒批臭。此后，"文化大革命"的烈火便迅速燃烧起来。

河北大学中文系在执行极左路线方面历来是冲锋陷阵的，这次当然也不例外。很快，中文系的学生就把几个年级的政治辅导员韩××、葛××、冀××揪了出来，给他们贴了很多大字报，说他们是"反党分子"。当时我有点目瞪口呆，心想这是怎么回事呢？怎么好好的同志，一下子就成了"反党分子"呢？

我正在百思不得其解时，万没有想到，"文化大革命"的烈火竟然烧到我这个既不是学术权威、又不是领导干部的青年教师头上。一天早晨，我早早起来去打扫院子，突然发现中文系1962级部分学生，也就是我带他们参加四清那个班的学生，给我贴了万言大字报，说我和校团委书记李峥、中文系办公室主任程葆林是一个"反党集团"，是"李程吴三家村黑帮"。还说我们和彭真反党集团是一条黑线，我们是彭真的"黑爪牙"。具体"罪状"是我们在"四清"运动中重用"剥削阶级"出身的学生，执行的完全是反党反社会主义的右倾机会主义路线。我一看，这篇大字报的内容，基本上是四清期间该班政治辅导员指派学生对我跟踪盯梢所写的黑材料。看完大字报，我心里虽然很不服气，但当时谁也不知道"文化大革命"会怎样发展，所以思想压力很大，觉得自己的前途、自己的一切全完了。

"文化大革命"的烈火越烧越旺。当时，学校党委虽然尚未被冲垮，但对学生们的活动基本不管不问、听之任之了。在这种情况下，河北大学搬迁到冀县的师生逐步自发地回到了天津。

回到天津后，我和几个被打成"反党分子"的学生政治辅导员，被关在天津市六里台河大分院文科教学楼一楼的一个小房间里，要求我们学毛著，写检查，不许"乱说乱动"。

1966 年 6 月 1 日，人民日报发表了社论《横扫一切牛鬼蛇神》。社论说，在文化界、教育界盘踞着一大批反动学术权威、"牛鬼蛇神"，他们是资产阶级代表人物，必须把他们揪出来，批倒批臭。嗣后，学校迅速出现了一个批判、揪斗"反动学术权威"的浪潮。在这个浪潮中，几乎全部老教师都被关进"牛棚"，并对他们反复批斗，做"喷气式"，给他们打上花脸游街示众。

一天下午，我正在房间里学毛著，突然听到一帮学生高喊着"把吴庚振揪出来""打倒吴庚振"的口号，冲进了教学楼，他们是要把我拉去和"牛鬼蛇神"一起批斗。听声音我知道这又是四清中对我跟踪盯梢的那些学生。我住的是一楼，当时也算是急中生智，破窗而逃了。

逃出学校后，我一口气跑到天津南开电影院，胆战心惊地看了一场电影，等到天黑后，我才悄悄回到了学校。

我在"文革"中所受的这点冲击，和许多遭受残酷迫害的老先生相比，是算不了什么的，就算是在生活的大浪中学习游泳时喝了几口水吧！

南下取经万里行

（一）

前文说过，从冀县回到天津之后，我和几个被打成"反党分子"的学生政治辅导员被关进河大文科教学楼的一个小房间里，让我们学毛著，写检查，不许"乱说乱动"。我记得时不时地还有学生到我们房间里来对我们"训话"。

1967年8月5日，毛主席发表了《炮打司令部——我的一张大字报》，形势陡然发生了变化，"文革"的矛头开始集中指向所谓"党内走资本主义道路的当权派"。随后，学生中出现了红卫兵组织。这些红卫兵组织经过分化重组，逐渐形成了势不两立的两大派，他们都自我标榜是"造反派"，指责对方是"保皇派"，是"老保"。这样，两派的斗争愈演愈烈，以致发生大规模武斗。

在这种情况下，我们这些被贴过大字报、被打入"另册"的教师就没人管了。不但如此，为了壮大自己的队伍，各派还尽量拉人参加他们的组织。当时河大有两大红卫兵组织，一个叫"八一八"，另一个叫"井冈山"。有一天，几个学生劝说我参加河大"八一八红卫兵"，我高兴地参加了。不过，我只是被允许参加红卫兵组织的活动，并不是红卫兵。

从此，我算是获得了自由，命运开始发生转变。

（二）

参加红卫兵组织之后，让我干点什么呢？像我这样的在"文革"中曾经受到冲击的人，显然是不能在两派斗争中冲锋陷阵的。

过了些天，中文系八一八红卫兵的一个头目告诉我："老吴（'文革'前学生都称老师为'先生'，'文革'中都改称'老×'了），你带几个学生去江西共产主义劳动大学学习教育革命经验吧！"

"好啊！我一定完成任务！"此前我从未去过南方，也未出过远门，这次有机会去南方一游，实在是天赐良机。因此，我非常高兴地答应下来。

1967年8月下旬，我带领中文系1963级的郑桂富（现著名歌词作家、诗人、书法家，笔名"火花"，歌曲《美丽的草原我的家》的词作者）和教育系的几个学生，踏上了赴江西共大之旅。

当时虽然过了大串联的高潮，但红卫兵串联的还是很多。我们也像红卫兵大串联那样，坐火车、住宿、吃饭都不要钱。更重要的是，离开了学校两派斗争的漩涡，成了不折不扣的"逍遥派"，我们像出笼的小鸟，优哉游哉，乐哉乐哉！唯一不太爽的是：火车上人太多，上车后被挤得动弹不得，连去厕所都很困难。好在那时我还很年轻，挤挤撞撞是没有问题的。

列车沿京广线一路南下，我们睁大了眼睛观赏那一路风景。只可惜，许多自然景观在"文革"中遭到人为破坏，显得有些萧条破败。当时我们只是从书本上知道黄河，但从未亲眼见过黄河的姿容。当列车穿越显得有些破旧的黄河大桥时，我们极目滚滚而来的滔滔黄河，激动得尖叫起来。

按行前商定的出行计划，我们在武汉下了车。在武汉，我们实现了三大心愿：

一是在刚落成不久的武汉长江大桥上游历了一番，亲眼目睹那巍峨壮观的大桥姿容。武汉长江大桥是新中国成立后，在苏联专家的帮助下，举全国之力，修建的第一座规模最大的现代化桥梁。大桥建成通车后，全民欢呼，世界瞩目。我们站在大桥上，激动之情难以自抑。

二是登上了位于长江大桥南端的蛇山之巅、承载着逾千年中华灿烂文化的黄鹤楼。我们登上黄鹤楼，极目远眺，李白《黄鹤楼送孟浩然之广陵》

的诗句油然出现在脑海:

> 故人西辞黄鹤楼,
> 烟花三月下扬州。
> 孤帆远影碧空尽,
> 唯见长江天际流。

三是在一家小餐馆里,我们一边吟咏着毛主席"才饮长沙水,又食武昌鱼"的诗句,一边品尝了武昌鱼的美味。

(三)

我们在武汉玩了两天,便乘车去位于南昌的江西共产主义劳动大学了。

我们踏进江西共大的校门,迎面墙壁上毛主席的"最高指示"赫然映入眼帘:"半工半读,勤工俭学,不要国家一分钱,小学、中学、大学都有,分散在全省各个山头,少数在平地。这样的学校确是很好的。"

我们反复诵读毛主席的指示,对这所学校油然产生一种敬畏心理。

当时已被打倒、正在接受批判的"走资派"、共大原校长黎超同志向我们介绍了共大的一些情况。共大创建于 1958 年,1959 年周总理亲自为共大题写校名。学校实行"三级办学、半工半读、场校合一"的办学体制,即省、专区、县分别办学,省办大学,专区办中专,县办初技。教学采取半工半读、边做边学、理论紧密联系实际的方式。1961 年前后共大共建有一所总校、100 多所分校,分布在全省各个区县,学生达到五万多人。中央领导周恩来、朱德、陆定一等先后到校视察。国家主席刘少奇曾三次对共大的办学经验作出批示。听了黎超同志的介绍,我们都很激动,觉得大开眼界,不虚此行。

在共大总校参观学习一天,而后我们又用两天时间参观了一些分校。至今难忘的是在南丰分校聆听了老农给我们讲解南丰蜜橘的栽培技术。

（四）

在江西共大学习参观基本结束之后，我们便乘火车去九江，然后转乘汽车去我们心目中的圣地——庐山了。

游庐山是我们这次南方之行的一大心愿。这是因为庐山和党中央、毛主席紧密相连。1959年七八月间，中共中央政治局扩大会议、党的八届八中全会曾在这里召开。毛主席的七律《登庐山》和七绝《无限风光在险峰》所写的庐山那壮美景色和所抒发的壮美情怀，令我们激动不已。当然，游庐山还会激发我们的"思古之幽情"，想起诗仙、诗圣以及难以尽数的古代文人雅士所写的关于庐山的那些诗词名篇。

"一山飞峙大江边，跃上葱茏四百旋。"我们在心里一边默诵着毛主席的诗句，一边观赏庐山那葱茏奇异的美景，真个是"别有一番滋味在心头"！

汽车沿着盘山路转了将近四百旋，终于到达庐山之巅。庐山上的景色使我们感到十分惊奇：山下暑气未消，而山上竟是白雪皑皑，一片冰天雪地！另外，山上有马路，有汽车，还有许多很有特色的楼房建筑。

我们怀着十分激动兴奋的心情，用了将近一天时间，参观了中共中央庐山会议旧址、仙人洞等名胜和景观。晚上在一栋四层楼的庐山招待所住下——不用说，当时那也是白吃白住的招待所。

第二天清晨我们早早起床，沿着庐山上的崎岖小路去寻访那鼎鼎大名的庐山瀑布。可惜我们走了十几里路，被冻得瑟瑟发抖，也没有看到那"日照香炉生紫烟，遥看瀑布挂前川"（李白《望庐山瀑布》）的奇丽景色，只看到了一些涓涓细流和池塘。不过，对我们这些北方汉子来说，庐山上那陡峭的山峰、茂密的树林、清澈的泉水，还是让我们一饱眼福。

一句话：游庐山，好激动！

（五）

在江西参观学习大约一周时间，我们便一路北上，来到素有"天堂"

之称的杭州。

到了杭州，我们在西湖边上安排好住处之后，顾不得肚子饿得咕咕叫，便迫不及待地去游西湖了。

当时正是两派斗争最激烈的时候，社会环境一片混乱，美丽的西湖被造反派糟蹋得不成样子，湖面上有许多不洁的漂浮物。不过，西湖的轮廓还在，它那天然迷人的风姿还在。

我记得当时西湖的游客并不多，完全可以用"门可罗雀"来形容。不过还好，有一位老者，坐在停泊在湖边的小船上，等待游客上船，他义务为大家摆渡。我们乘船先在西湖里转了一圈，欣赏孤山、苏堤等景观，然后到三潭印月、湖心亭等处去领略那精致、灵秀、具有诗情画意的美景。上岸后，我们又去断桥边寻访白娘子和许仙的足迹。

在"文化大革命"中，"游山玩水"是一大罪状，是贪图享乐的"资产阶级思想意识"的表现。忌惮于此，我们在西湖草草游览了一下，就离开了。

（六）

在杭州参观游览了两天，我们便乘车去中国最大最繁华的城市——上海了。

到了上海，我们参观游览的首选目标是南京路。这是因为我们听说南京路是上海最繁华的地方。更重要的，当时媒体上正在大力宣传南京路上好八连"拒腐蚀，永不沾"的模范事迹，我们想一睹好八连的风采。

清晨，我们漫步在南京路上，只见不太宽阔的马路两侧高楼林立，遮天蔽日。我们不由得感慨："啊，上海！"

在南京路的一些路口，我们看到了好八连的一些正在站岗执勤的士兵，他们巍然肃立，英姿飒爽。我们激动万分："啊，好八连！"

从南京路出来，我们便去那鼎鼎大名的外滩参观了。只见宽阔汹涌的黄浦江奔流不息。江岸西侧耸立着许多形态各异的欧式建筑。当时虽然正处在"文革"的高潮，但外滩上还是人流如织。

大江，高楼，熙攘的人群，好一派恢弘景色！

游览了上海的市容之后，我们去复旦大学、同济大学等高校参观了大字报，还到上海政协礼堂旁听了批斗京剧表演艺术家周信芳的大会。不知为什么，看着周信芳弯腰做"喷气式"的姿势，不由得想起了他唱《徐策跑城》那沙哑、浑厚、极富渗透力的腔调。

上海之行，感慨良多。

（七）

在上海参观学习三天，我们便乘火车回天津河北大学了。至此，赴江西共大学习参观的旅程全部结束。此行共历时 16 天。全部旅程，从乘车、住宿、景区参观到用餐等，全是免费的，可以说体会了一把红卫兵大串联的味道。

上文所谈的一些感受，包括对某些问题的看法，可能带有"文化大革命"那个时代的局限。是耶？非耶？且不去管它，由读者评判便是，对我来说，这确实是一段很浪漫、很值得回味的人生经历。

患难情深

我和我的老伴杨爱芳，可以说是患难夫妻。

1960年我国经济困难时期，我和杨爱芳作为省委工作队成员，都参加了河北省霸县（今霸州市）的整风整社运动。当时我是河北大学中文系三年级的学生，她是河北大学历史系二年级的学生。整风整社运动中，我被分配到霸县东湾公社工作队当秘书，她被分配到东湾公社新仓村驻村工作组工作。我所在的东湾村生活条件异常艰苦，总是将玉米轴、花生皮、树皮等作为"代食品"，还总是吃不饱。相比之下，杨爱芳所在的新仓村生活条件稍好些。新仓村有枣树林，因此经常用大枣作"代食品"。有时我饿得实在扛不住了，特别是后来被饿得患了严重的浮肿病之后，经常借工作之机，以公社工作队秘书身份，去新仓村了解工作情况，顺便在那里改善一下生活。我每次去新仓时，杨爱芳总是很热情地接待我，总是把好吃的东西省下来让我吃。历时以久，慢慢地我对她产生了感情。不过，当时工作队规定：在运动期间，工作队员不允许谈恋爱。所以，当时我们并没有表露感情。

1961年5月，整风整社运动结束之后，我给杨爱芳写了一封信，向她表露了感情。当时她没有表示同意，但也没有拒绝。之后我们又通过几次信。

1962年我大学毕业后留校任教，杨爱芳则被分配到河北省承德地区隆化县存瑞中学工作。在以后的三四年时间里，由于我们刚毕业参加工作，压力都很大，联系很少。

1966 年 3 月，河北大学中文系搬迁到河北省冀县（今冀州市）。不久，"文化大革命"爆发，我受到冲击，被打成"李程吴三家村黑帮分子"。加之不久前我蒙冤受到取消预备党员资格处分，丢掉了党籍，所以思想压力很大，一连数日我吃不下饭，睡不好觉，身体极度虚弱，走路摇摇晃晃，头脑昏昏沉沉，有一种对生活、对前途丧失了信心的感觉。恰在这时，从天津校本部给我转来一封信，我一看是杨爱芳来的。她在信中说，答应我的时候到了，同意和我建立感情。

就这样，冥冥中好像有神灵为我们牵起红线，让我们结为百年之好。

我和杨爱芳的关系定下来之后，商定于 1966 年春节期间结婚。

我和杨爱芳结婚，可以说既简单又复杂。

说简单，我和杨爱芳结婚简单得不能再简单了：没有房子，没有自行车、手表、缝纫机等"三大件"，没有做一床新被褥，没有买一件新衣服，没有买任何化妆品，没有举行任何婚庆形式，没有摆过一桌婚庆宴席，只是依法进行了结婚登记，领取了结婚证，取得了合法夫妻身份，如此而已。

说复杂，是我们办理结婚登记手续过程中，经历了一系列曲折和磨难。

当时我们都已年近"而立"，用现在的话说，已是"剩男剩女"，按说登记结婚应该不会遇到什么麻烦。那时人们没有身份证，必须由本单位开具介绍信，方可到民政部门办理结婚登记手续。不幸的是，当时学校党委已被"砸烂"，各办事机构无人办公。无奈我去找学校一个红卫兵组织的头头，请他帮忙。不料那个头头用一种揶揄的口吻"酸"了我一顿："文化大革命"像疾风暴雨，你还有心思考虑个人问题，佩服！

在天津无法办理结婚登记，我和杨爱芳只好回我的老家定县（今定州市）阎家庄村，去开结婚介绍信，在当地结婚。

回到老家后，我信心满满，觉得老家的人都了解我，开个结婚介绍信，应该不会有什么问题。于是我高高兴兴地去找阎家庄大队（村）秘书、我读小学时的同班同学李××，请他给我们开个结婚介绍信。李××掌握着村里的公章，实权在握。另外，他当时还是村里造反派的一个小头头。读小学时我和李××经常在一起玩，相处得还不错。后来李××没有考上中学，一直在家务农，而我却考上了中学、大学，并在大学留校任教。

不知他是出于妒忌还是什么考虑，一脸严肃、拉着长声音对我说："怎么不——在你们——学校办呢？"毫不留情地拒绝了我的请求。

无奈，我们只好去杨爱芳的老家河北省新河县菜园村，办理结婚登记手续。

杨爱芳和我一样，从小父母双亡。她没有兄弟，只有一个姐姐，而姐姐早已出嫁。也就是说，她是一个孤儿，没有家。

于是，我们只好投奔她的姐姐杨爱晨家。在姐姐、姐夫的热情帮助下，我们顺利办理了结婚登记手续。

就这样，我和杨爱芳经过一系列曲折磨难，终于夙愿得偿，结为夫妻。

苦辣酸甜"笔杆子"

我先后三次在重大政治运动中为领导当过"笔杆子":一次是在1959—1960年间,在河北霸县整风整社运动中,为工作队长刘济民同志当"笔杆子"约七个月,在极为艰苦的生活条件下,为领导撰写计划、总结、报告等各种材料超过10万字(具体情况参见前文《生死考验——参加河北霸县整风整社运动回眸》);另一次是在1964—1965年间,在河北新城县(今高碑店市)"四清"运动中,在杨漫撒工作分团党委政治部当"笔杆子"约八个月,期间共为领导撰写各种文字材料数十万字(具体情况参见前文《参加"四清"运动——不堪回首的噩梦》);第三次是在"文革"运动中,先后断断续续为"军宣队""工宣队"领导当"笔杆子",撰写各种文字材料。之所以说"断断续续",是因为"文革"中河北大学从天津搬迁到保定,工宣队和军宣队换了好几拨,而每拨所支持的派别并不一样,当他们认为我的所谓"观点"和他们一致时,他们才会"启用"我为他们写材料。否则,他们不但不会"启用"我,还总是把我当作"修理"的对象。

从1967年下半年开始,我在"文革"初期受冲击的事逐渐淡化,在师生中不受歧视了,取得了和大家平等的地位。当时实际掌握学校领导权的"军宣队"和"工宣队"大多文化水平很低,特别是系一级的,文化水平更低。他们领导学校,身边总得有几个"笔杆子",给他们写总结报告,写讲话稿子。由于大家知道我过去在运动中曾为领导写过不少材料,因此,"双宣队"很自然地就"启用"我当他们的秘书,给他们写各种材料。粗算起来,从1967到1969年两年左右的时间里,我为他们写的总结报告、讲话稿、大批判稿等，总计达数万字。

干这个差事，可以说"苦辣酸甜"，五味杂陈。第一是很苦。领导说不定什么时候要开会，要讲话，就要求我没日没夜地给他们提前把稿子写出来，弄得我经常开夜车，有时是通宵达旦写材料。第二是精神受折磨。在那极左的年代，不管写什么材料，都必须"以阶级斗争为纲"，对一些事情必须"上纲上线"。自己内心里本来不是那样的看法，但也必须说一些违心的话，不然材料通不过啊，自己还得去改。比如本系的老先生，都是自己的老师，但给系领导写批判稿子时，也必须违心地说他们有这样或那样的所谓"问题"。

除了以上三次在大规模政治运动中领导让我当"笔杆子"之外，平时一些重要的写材料任务，领导也常常找到我。这里仅举一例。1970年3月，河北省委宣传部抽调我和省委党校的薛环同志，赴围场县塞罕坝调查采写下乡知识青年胡志红的模范事迹。胡志红原是南京知识青年，她响应党的号召，毅然决然来到生活异常艰苦的塞罕坝插队，并在插队期间做出了许多感人事迹。我们这次采写活动历时一个多月，由我执笔，写出一万多字的关于胡志红的模范事迹的材料，上报给了省委宣传部。从媒体上得知，后来胡志红当上了承德地区革命委员会（"文革"中临时性党政合一的组织，相当于地委、行署）副主任。

至于我从1991年开始担任中文系和新闻系的领导职务之后，所写的材料就更多了，诸如系里的工作计划、总结报告、汇报材料等等，凡是重要的，除李广增、胡连利副主任有时帮我写一些之外，大多由我执笔撰写。仅1996年我撰写的受众调查报告，就多达3万余字。1997年我撰写的申报新闻学硕士点的材料，也超过3万字。

如果说当"笔杆子"有什么好处，那就是锻炼了自己搜集资料、观察问题、分析问题和驾驭语言文字的能力。抛开政治上的是与非不说，当"笔杆子"是我的一项重要人生经历，也是我的一份宝贵的人生财富。

开始当爸爸的滋味

当爸爸的滋味无疑是甜蜜的，幸福的，我想这是普天之下爸爸们的共同感受。不过，回想我们生育两个儿子的过程，可以说备尝艰辛。这是因为我们的两个儿子都出生在"文革"动乱、国家经济困难时期，加之当时我和我爱人杨爱芳两地分居，经济条件又极差，生儿育女，谈何容易！

（一）

我儿晓松于 1968 年 10 月 29 日在天津妇产科医院降生，从此我当上了爸爸。

记得离杨爱芳的预产期大约两个来月，我就从承德地区隆化县存瑞中学把她接到了天津河北大学。当时我既兴奋又有些忐忑不安。兴奋就不用说了。忐忑不安的原因，一是没有生儿育女方面的经验，总怕出什么闪失；二是经济条件太差，没有房子，工资又低，想安排好一点，但力不从心。不知费了多少周折，才在天津六里台河北大学北后院教工单身楼六楼找到一间房子，算是有了安身之处。左邻右舍住的都是在"文革"中受到冲击的所谓"牛鬼蛇神"。好在晓松他大姨和他姑姑先后从农村老家来帮助我伺候月子，照顾杨爱芳，我心里才踏实了许多。

1968 年 10 月 27 日凌晨三点多钟，我爱人杨爱芳突然说肚子痛，我想可能要生了，便急匆匆跑到马路上，叫了一辆三轮车，把她送到天津妇产科医院。医生检查了一下，说还得等一等，眼下生不了。但等到第二天，杨爱芳肚子痛得无法忍受了，总扶着墙壁喊叫。我心急如焚，但毫无办法。就这样又过了一天，她肚子痛得更厉害了。我找医生商量，他们终于同意做个小手术，这样才把孩子生了下来。医生告诉我是个男孩，四斤多重。那一刻，我高兴得心花怒放！

杨爱芳产后身体十分虚弱，亟需加强营养，补一补身子。无奈当时所有的食品都是凭票定量供应，我们没钱，即便有钱也无法买到啊！多亏他大姨和姑姑从乡下给我们带来一点鸡蛋和小米，算是帮了我们的大忙。不过，这点东西很快就吃完了。更为严重的是，我和杨爱芳两个人的粮食指标四个人吃，尽管最大限度地节约，还是不到一个月就把粮食吃完了。没有办法，我只好没等到孩子出满月，就先后把他姑姑和他大姨送走了。

令人高兴的是：杨爱芳虽然身体虚弱，又没有得到充分的营养，但奶水还不少，孩子并没有受到太大委屈，发育也还是不错的。

（二）

为了让杨爱芳避免"躲到天津当逍遥派、逃避'文化大革命'"之嫌，免受打击迫害，我儿晓松刚出满月，我就于1968年12月初，将他们母子二人从天津送到了承德地区隆化县存瑞中学。

记得那天夜里北风呼啸，天气格外寒冷。凌晨四点多钟，我们就起床，用棉被、毯子将晓松严严地包裹起来，只露出他的眼睛和鼻子。怕把孩子冻坏啊！

我抱着晓松，从天津六里台河北大学北后院教工宿舍艰难跋涉，刚出楼口，凛冽的寒风把我吹了个趔趄，险些摔倒。孩子本身并不重，但因为包裹得太厚，我的两只手无法抱严，所以十分吃力。为了节省一两元钱，我们没有雇三轮车，我抱着孩子走了将近两公里，好不容易才走到位于多伦道的公交车站，搭乘上公交车，赶到天津火车站。

大约八点多钟，我们顺利到达北京站，九点多便乘上了开往承德的火车。那时去承德很不容易，火车的速度非常慢，需要在弯曲的山沟沟里开行十几个小时才能到达。

到达承德后，天已经黑下来，又特别寒冷，那真是"风头如刀面如割"啊！我们十分担心把孩子冻病了，便找了一家离长途汽车站较近的旅馆住下。

到了旅馆后，我们急忙把包裹着的孩子放开，只见孩子的两只小眼睛还滴溜溜转，鼻子眼儿也在均匀地出气，我们才放心了。

隆化北距承德60多公里，我们又搭乘两个多小时的长途汽车，才到达我爱人的工作单位——隆化存瑞中学。隆化临近坝上，天气更加寒冷。那一刻我才知道，寒冷到极致似乎就不觉得冷了，只觉得手脚麻木，两眼模糊，舌头僵硬，头昏心悸。

隆化那里我们只有一间"夏天漏雨、冬天透风"的破平房，因为长期没人住，真真切切如同一座冰窖，无法让孩子进去啊！有道是"天无绝人之路"。正当我们一筹莫展之时，一位名叫房本信的老师发现了我们，热情地把我们迎到他的家中，暂避一时。我们把孩子放在房老师家里，赶快把我们那间破房子里的土坯炕用柴草烧热，才算有了一家人的安身之处。

当我们把孩子放在自己家的热炕头上之后，我禁不住长舒了一口气，觉得像是打了一场胜仗，是那样释然、安然和幸福！

（三）

我儿小涛于1972年2月29日在保定妇幼保健院降生。

有了生育第一个儿子的经验，小二的降生似乎要顺利得多，我们心里也坦然得多。但由于我的不慎，也发生了一点小小的意外。小二降生前，我和我爱人仍然两地分居，我们在保定没有房子。我设法在河大一栋教学楼三楼找到一间闲置房子。房间里空空如也，电灯也不亮。因为楼层比较高，我只好将两个凳子摞起来去安装电灯泡。安装完毕，自己忘记是站在凳子上，下来时重重地摔在了水泥地上，将坐骨摔伤。时隔多年，每到夏季，我的腰椎有时还疼痛难忍。

最大的困难是吃饭问题。当时国家正处在经济崩溃的边缘，所有的食品都十分匮乏，几乎所有的东西都凭票供应。我和我爱人工作都很忙，只好请我的外甥女小芳姐妹俩来帮助我们看孩子。爱芳的外甥女小英一直住在我们这里，先是帮助我们看孩子，后来又在我们这里上学。这就是说，我们一家两个大人和两个小孩的粮食指标，要供给六七个人吃饭。常常是每月25日之前，就把当月的粮食吃完了，而下月的粮食到月底才能供应。有时候到了月底只有一点从定州老家捎来的红薯干可以充饥。两个孩子嗷嗷待哺，我们心里的滋味，可想而知！

在我们最困难的时候，有几位老师给了我们无私的帮助。一位是我的恩师谢国捷先生。他经常把凭票供应的红白糖让给我们，还多次从天津带些奶糕粉给我们的孩子吃。另一位是曾广灿老师。他有两个女儿，家住天津。他家供应的粮食本来也不够吃，但还省下一些大米，从天津给我们捎来。还有一些老师用不同的方式对我们表示过热情的关心和帮助。

大爱无疆，没齿难忘！

赴天津西右营采写报告文学

从 1968 年上半年开始，全国各省、市、区陆续建立起"革命委员会"，"文革"中被"砸烂"的党政机关又开始运转起来。在这一背景下，"抓革命，促生产"的口号喊得越来越响，各业务部门、业务单位也逐步恢复了工作。

1968 年 3 月，天津人民出版社从南开大学中文系邀请了两位老师、从河北大学中文系邀请了我和另一位老师与出版社的两位资深编辑，组成创作组，赴天津市南郊区西右营大队（村）采写报告文学。临行前，出版社的领导对我们说，这是"文革"后出版社组织的首次大型创作活动，希望我们倍加努力，拿出一流的创作成果。

西右营是时任中共中央政治局常委陈伯达抓的所谓"先进典型"，是天津市的"一面红旗"。1968 年前后，天津市各大媒体集中报道了西右营的"先进事迹"。一时间，西右营的名声在天津市非常显赫。当然，当时所谓的"先进事迹"，无非是如何抓好阶级斗争、如何深入开展"文化大革命"等等。领导说这次创作活动意义非常重大，所以当时我们觉得有机会参加这次创作活动，是一种难得的机遇，是一种荣幸。

经过一段时间的采访调查，我们基本掌握了西右营的典型人物和典型事迹。在此基础上，出版社的两位编辑老师主持创作组成员讨论制订了创作计划，确定采写一部大型高水平的报告文学著作。之后对采写任务进行了分工。分配给我的任务是：采写西右营大队"旗手"、革委会主任王凤春的先进事迹。这无疑是一项重点任务。接受任务后，我的压力很大。我决心不辜负出版社和老师们对我的信任，一定要把这项任务完成好。

王凤春身材高大魁梧，性格沉稳，坚毅，果敢，待人也很热情。在他的带领下，西右营村在"文革"中揪出了原党支部书记、"走资派""阶级异己分子"张××。经过两个多月的深入采访，我基本掌握了王凤春的"先进事迹"，他的整体形象也在我脑子里逐步树立起来。于是，不期然我便产生了作家们常说的那种创作冲动。

我不知熬了多少个通宵，写出了近三万字的初稿。这是我耗费精力最大、写出的篇幅最长的一篇单篇文学作品。其他老师的采写任务也陆续完成。出版社的老师们看了我们写出的初稿以后，比较满意。1969年6月，我们在西右营的采写任务基本完成，回到了学校。

1969年9月，出版社通知我们采写西右营的书稿已经编好，并已打印出来，准备择机正式出版。富有戏剧性的是：时隔不到一年，即1970年9月，陈伯达作为林彪反党集团的重要成员、"小爬虫"被揪了出来，转眼间这个大人物又成了"反党分子"。当然，西右营也就不再是先进典型了，王凤春等人也就失去了一切光环。这样，我们耗费巨大心血所采写的报告文学作品也就流产了——其实，我们还十分庆幸书没有出版呢，要是出版了，我们不就是为反党分子歌功颂德吗？想起来，还真有些后怕呢。

回想起来，这次采写报告文学活动本身并不重要，重要的是在这次活动中，我们作为长期生活在高楼深院的大学教师，深入到实践第一线，比较深入地了解了农村和农民，并在实践中增长了才干。人的一生，总是在不断总结正面经验和反面经验中而取得进步的。这次在西右营的采写活动，作为一种反面经验，至今想起来，刻骨铭心。

茫茫大海上的一次特殊采访活动

1969 年 3 月初，我和几位老师受中文系领导的指派，带领 8 位同学，到位于天津塘沽的天津航道局小码头厂实习。我们的主要任务是接受工人阶级的"再教育"，帮助厂里写新闻报道，并给工人讲一些文化知识课程。

最令我难忘的是一次在海上的采访活动。我带领几名同学，住在航道局最大的一艘挖泥船——海通号上，亲身体验工人们清除污泥疏通航道的艰辛而又颇带传奇色彩的生活情景。我们在海通号上住了十几天，每天清晨观看那瑰丽壮阔的海上日出，夜间聆听那隆隆作响的海潮激荡，那情景是颇为令人震撼、令人陶醉的！在海通号上每天吃两顿饭，几乎下午饭都是小站米饭和炖排骨，那个香啊！

在海通号上经过认真采访，由我执笔写了一篇小码头厂如何搞好"斗批改"的经验消息，发表在天津日报上。所谓"斗批改"中的"斗"，指的是以阶级斗争为纲，和"走资派"及一切阶级敌人作斗争；"批"指的是对资产阶级、修正主义及一切反动思想进行彻底批判；"改"指的是改革一切不合理的规章制度。

为了更好地指导全国各地的"斗批改"工作，党中央号召全国人民要认真学习毛主席关于要认真总结经验，从必然王国走向自由王国的"最高指示"。我们去天津航道局小码头厂实习时，全国上下正在掀起学习毛主席这一指示的热潮。很显然，我们采写的那篇经验消息，正好适应了这一形势的需要，具有很强的时宜性和时效性。因此，这篇消息在天津日报上发表后，便立刻产生社会反响。在当时的政治背景下，这对小码头厂来说，是一件大事，一件好事。

一天早晨，我们刚吃过早饭，小码头厂办公室干部带领数十名工人，敲锣打鼓向我们实习师生走来，高喊着口号向我们表示祝贺，表示感谢。当时我们有点不知所措，被工人们的热情深深感动。

回想起来，在我长达半个多世纪的笔墨生涯中，所写的长长短短的各种文章达数百篇之多，也获过各种奖励，然而只有这一篇小文受到如此的礼遇，产生如此强烈的反响。这是那个特殊的年代所产生的一种特殊的社会现象。

在小码头厂的实习活动尚未结束，我们突然接到学校的通知，通知说由于战备疏散的需要，河北大学要搬迁，让我们结束这次实习，立即返校。于是，我们连手头的工作也没有来得及向小码头厂交代，就急匆匆于当晚回校了。

此后，便陷入河北大学反复搬迁的噩梦之中。

太行山寻访抗日英雄

　　1969 年 12 月初，河北大学中文系领导指派我和另一位老师，以及中文系的几位同学，组成创作组，赴河北省邢台地区内丘县太行山区，采写抗日英雄故事。创作组由一位学生带队，由我在创作上负主要责任。

　　时值隆冬，天寒地冻。我们乘火车傍晚到达内丘县城。我们在县城住了一夜，第二天上午便去县革委会（"文革"中建立的临时性党政机关，相当于县委、县政府）了解当地抗日战争的一些情况。内丘县革委会的一位同志向我们介绍说，该县西部的太行山有一座著名的山峰，叫太子岩。抗日战争时期，有一个叫宁文小的，他率领游击队在太子岩上机智勇敢地和日本鬼子作斗争，打了许多漂亮仗，被誉为"传奇式英雄"，他的事迹解放后曾拍成电影，广为流传。

　　听说这一情况后，我们极为兴奋，便迫不及待地乘长途汽车去寻访宁文小。在内邱县革委会一位干部的带领下，我们很顺利地找到了宁文小。宁文小住在太子岩脚下一个小山村。安排好住处以后，我们怀着无比崇敬的心情，当天夜里就对他进行了长时间采访。第二天我们又采访了其他一些老八路。

　　情况了解得差不多了，宁文小就带领我们去太子岩进行实地考察。为了体会战争年代的艰苦生活，我们背上行李，拿起一根木棍当枪用，一天清晨就出发去登太子岩。太子岩是太行山的主峰之一，海拔一千四百多米。我们从北坡向上爬，到中午时分才到达太子岩顶峰。

　　登上太子岩顶峰以后，我们累得已是气喘吁吁，便坐在一块大石头上休息。宁文小当时已是 50 多岁的人了，但他似乎并不累，站在我们面前，有声有色地给我们讲起当年他在太子岩如何勇敢而又机智地和日本鬼子作斗争的故事。

宁文小中等个儿，黑红脸，头上扎一条白羊肚毛巾，说话铿锵有力。他说，当年，鬼子就在这太子岩顶上修了一个岗楼。说着，他用手指着岗楼的位置。鬼子经常下山去烧杀抢掠，宁文小带领游击队埋伏在山坡上打伏击，消灭了许多罪恶多端的日本鬼子。当时日伪军听说"宁文小"这个名字，就闻风丧胆。

我们休息了一会儿，又吃了一些从山下带的窝窝头，喝了些水，便跟随宁文小察看当年经常伏击敌人的阵地。只见他在崎岖的羊肠小道上健步如飞，我们拼命跑也跟不上。不知道走了多长时间，他嘱咐我们只管跟他走，两眼向前看，一步一步踏踏实实朝前走，不要向下看。

走了一会儿，由于好奇心的驱使，我偷偷向山下看了一眼，这可不得了了：只见右侧是万丈深渊，而脚下的路才一米多宽，如果稍不留神摔下去，就会粉身碎骨！我的腿一下子发抖了，头也晕了，一步也不敢向前迈了。这时，宁文小回头大声对我们说：

"不要怕，向前看，跟我走！"

我好像接到命令似的，突然胆子大起来，腿也不抖了，大步流星地很快走过了这个危险地段。

完成采访和实地考察之后，我们便构思写作报告文学了。我负责写宁文小的英雄事迹，担负重要写作任务。在冰冷的老乡家的土坯炕上，我连开了几个夜车，写出了一万多字的初稿。由于确实被宁文小的事迹所感动，带着激情写，所以写得很顺利，自己觉得作品的质量还可以。

遗憾的是，由于当时中央激烈的内部斗争，出版社的业务工作停顿了很长一段时间，我们费尽千辛万苦写出的报告文学作品，胎死腹中，没有能够面世。

在邢台煤矿体验采煤工人生活

　　1970 年 3 月间，我受河北大学中文系领导的指派，带领中文系的 8 名学生，到邢台日报社实习。期间采写了一大批新闻作品。令我至今难忘的是：我们到邢台煤矿采访时，为了体验采煤工人的生活，亲自下了一次矿井。起初矿领导不同意我们下井，怕我们不懂井下的操作规程出事故，在我们的再三要求下，才勉强同意了。

　　记得那是一个晚上，我们吃了晚饭后，每人领了一个安全帽，一个矿灯，穿上工作服，集中到一个小会议室听老工人讲解矿井下面的情况和应注意的具体事项。我们怀着焦急、兴奋、好奇而又有些忐忑不安的心情，等待着下井的指令。我们一遍又一遍地检查安全帽戴得是否牢靠，矿灯是否能够顺利打开，并不时站在穿衣镜前反复打量自己像不像一名神气的采煤工人。

　　大约晚上九点左右，我们终于接到下井的指令，便急切地走到矿井进出口处，排好队，然后按顺序乘电梯下井。好像过了好一会儿，电梯才到达井底。据说从地面到井下有几百米的距离呢。到井下以后，我们打开安全帽前面的矿灯，在一位老工人带领下奔赴掌子面——采掘煤炭的工作面。从坑口到掌子面足有二三里远，完全是不足一米来高的黑洞，人们只能把腰弯到九十来度艰难前行，有的地方甚至只能爬行。我们走了不到一半的距离，腰酸腿疼，许多人就坚持不住了，大家喊着"下定决心，不怕牺牲，排除万难，去争取胜利"的毛主席语录，才终于到达掌子面。

　　稍事休息，我们便抡起镐头挖起煤来。镐头打在坚硬的煤炭上，叮咚作响，震得两手很痛。此时，我们才体会到采煤工人长年累月干这样的活计，是何等的艰苦，又是何等的伟大。

大约深夜两三点钟，我们统一吃夜宵——每人携带的两个窝头，一块老咸菜，一旅行壶饮用水。

吃完夜宵，我们又干了几个小时，已是精疲力竭，才十分艰难地乘电梯回到地面。此时，天已大亮，我们师生相互从头到脚仔细打量，只见每个人除掉牙齿是白色的之外，全是一抹黑了。大家相视而笑，那感觉，好像是经历了一场殊死的战争凯旋。

接下来，我们跳进澡堂痛痛快快洗了个热水澡，才算完成了这一次刻骨铭心的人生体验。

在邢台唐庄迎接首届工农兵大学生

　　河北大学中文系第一届工农兵大学生的入学地点，既不是在河北大学的原址天津，也不是在现址保定，而是在河北省邢台市的唐庄农场。

　　这需要从河大中文系的一次搬迁说起。

　　1969年3月下旬，我们中文系十几名师生正在天津航道局实习，突然接到学校电话：上级指示河北大学要进行战备疏散，立即搬出天津市。按照省委的安排，文科搬迁至邢台市东部约50华里的唐庄农场。于是，我们连工作也没有来得及交代，当天夜里就急忙赶回学校。第二天早晨，我们全体教师就带上行李卷，乘火车去唐庄了。当时气氛很紧张，好像就要和"苏修"发生战争似的。

　　唐庄是一片河滩荒地。我们去之前河北省文化局的所谓"走资派"和"牛鬼蛇神"，已先期到达那里进行劳动改造。我们这些"臭老九"和他们在一起，也算是"臭味相投"了。

　　到了唐庄之后，举目一望，一片荒凉，只有几排临时搭建起来的棚户。我们写作教研室的七八位教师，住在一间较大的棚户里边，就这样开始办学了。

　　当时生活的艰苦可想而知。唐庄附近几乎没有任何商业和服务业，买一切东西都须跑到五十多里以外的邢台市去。棚户里阴冷潮湿，伙食又很差，每天几乎都是窝窝头熬白菜，但劳动强度却很大，每天盖房子，搭临建，还抽时间搞军训。去后不到一个月，我便得了肺结核，躺在了床上。所幸在邢台医院治疗了一段时间，很快痊愈了。

　　1970 年 10 月，尽管邢台唐庄的条件极差，可以说根本不具备办大学的条件，但我们正是在这里迎来了"文革"后第一届工农兵大学生。从 1966—1969 年的四年间，据说高等学校都是资产阶级的领地，被"牛鬼蛇神"所把持，因而停止了招生。后来，毛主席说"大学还是要办的"，各个高校才于 1970 年恢复了招生。

　　当时大学招生进行了全面改革，取消了统一入学考试，由各基层单位推荐，经学校审核录取。学生的名称也变了，叫"工农兵学员"。学制缩短为 2—3 年。工农兵学员不只是学习，还担负着所谓"上大学，管大学，改造大学"的任务，简称为"上管改"。

　　不管怎样，我们这些当教师的，从此又有了教育对象，又有了书教，不再漂在那里了，还是满心欢喜的，甚至是狂喜难耐的。正是怀着这样的心情，在新生入学那天，我们设法借来了锣鼓，在校园里接通了广播喇叭，热热闹闹地把第一届工农兵大学生迎接到学校——那个仅有几排棚户的空旷的院子。

　　我们兴致勃勃、不分昼夜地认真备课。毕竟，我们这些教师又名副其实了，又有了久违的归属感。

脱胎换骨的野营拉练

在我的记忆中，河北大学每年一度的新生军训始于工农兵学员，而工农兵学员的军训始于野营拉练。

1970 年 12 月下旬到 1971 年 1 月，根据上级的指示，我们河北大学中文系部分教师和第一届工农兵学员，由解放军带队，在邢台西部的太行山区进行了为期一个月的野营拉练。所谓"野营拉练"，是按照准军事化标准，学习解放军"一不怕苦，二不怕死"的革命精神，通过长途行军，进行强化军事训练。

记得出发那天，我们每个师生背上行李，带上面盆、碗筷等生活用品，在山区的羊肠小道上进行长途行军。行军时，还不停地喊着口号："下定决心，不怕牺牲，排除万难，去争取胜利！"带队的解放军要求我们每天要走 80—100 里路程。时值隆冬，天寒地冻，加之是在高寒山区，天气更加寒冷，可谓滴水成冰。对于我们这些肩不能担、手不能提的文弱书生来说，这可是个严峻考验啊！当时经常讲知识分子要进行脱胎换骨的改造，回想起来，这次拉练的感觉确实是"脱胎换骨"啊！

我们这些教师大多从未走过远路，身体虚弱，一连几天的负重长途行军、翻山越岭之后，几乎每个人的脚都磨出了血泡，两腿肿胀，疼痛难忍。许多人还患了感冒、支气管炎等疾病，每走一步都十分困难。记得有一位姓蔡的老师，天津市人，长得细皮嫩肉，说话轻声细语，是一个典型的白面书生。行军时他呼哧呼哧喘着粗气，让两个学生搀扶着艰难前行，那场面委实有些悲壮！师生们多次劝蔡老师去坐收容车，可是他觉得自己是共产党员，一定要坚持行军。像这样的事例还有很多。

和其他老师比起来，我们写作教研室的几位老师，更加艰苦。按照领导的要求，我和写作教研室的另外几位老师，还有张锡杰等一两名学生，除跟随大部队拉练外，还要办一张油印《野营战报》，每天一期。这样，我们每天晚上拉练到达宿营地之后，别人可以休息了，我们还必须马上去采访、写稿、编辑、刻蜡版、印刷，差不多奋战到凌晨两三点甚至四五点钟，报纸才能印出来。劳动强度之大，条件之艰苦，是难以想象的。我不知道当时是怎样过来的。

最让人心酸的是我们写作教研室唯一一位老教师谢国捷先生。他当时已年近花甲，"文革"中被打成"牛鬼蛇神"，反复批斗。野营拉练时他虽然已被"解放"，取得了人身自由，但还不能"乱说乱动"。他以年老体弱之身，背负着巨大的精神压力，十分艰难地跟随大部队拉练。到了宿营地，他还要戴上老花眼镜，在如同冰窖一样的房间里为《野营战报》刻三四个小时的蜡板。

吃住的情况就更不用说了，我们这些知识分子埋锅造饭，吃粗粮，干菜，代食品，喝井水，隆冬季节睡冰冷的土坯炕，窗户全是透风的。

有时我想，只要有一种强大的精神动力，人的耐受力还是很惊人的，是难以想象的。

此时，我还想到，我们的人民军队是何等伟大，何等可敬可爱！我们吃这点苦，和他们在残酷的战争中出生入死相比，又算得了什么呢！

沉冤昭雪，恢复党籍

从 1969 年 10 月我向党组织递交第一份书面申诉材料算起，经过长达 7 年的申诉（如果从我 1966 年即找党组织提出口头申诉算起，是 9 年），我的冤案终于得到昭雪：1975 年 3 月 29 日，河北大学中文系党总支作出决议，承认我在 1965 年 7 月 8 日"四清"中办理的预备党员转正手续有效，撤销 1966 年 3 月对我作出的取消预备党员资格的错误决定，恢复我的党籍。党龄从 1962 年 7 月 30 日算起。党费从 1966 年 3 月补交到 1975 年 5 月。此决定于 1975 年 5 月 12 日河北大学党的核心领导小组（"文革"中临时性党组织，相当于校党委）予以正式批准。

当中文系党总支负责人在全系党员大会上宣布这一决定时，我激动得热泪盈眶，浮想联翩。事实再一次说明：我们的党是伟大的党，是能够自我修正错误的党。不管冤假错案有多么久远，终会得到昭雪平反，因为历史终归是人民写的啊！

那一刻，我也是悲喜交集啊！从在中学时期申请入党算起，到大学期间几经周折才于毕业前夕加入党组织，再到入党后三年多又被取消预备党员资格，我在入党问题上可以说历经磨难，不堪回首。

可以自慰的是：在入党问题上，不管经受多少磨难，我始终没有动摇对党的信念，没有丧失对党的事业的忠诚。一直以来，我特别珍视我的共产党员身份，珍视我的党籍，在各方面严格要求自己，尽量发挥一个共产党员的先锋模范作用。在我担任河北大学中文系主任和新闻系主任兼系党总支书记长达十余年的时间里，我没有贪占过任何便宜，总是竭尽驽钝，兢兢业业地工作。至今回忆起来，我是问心无愧的。

　　当然，我所受的磨难，和那些在战争中出生入死，解放后特别是在"文革"中屡受残酷迫害的许多老干部、老知识分子相比，是算不了什么的。有时我想，人的一生不会总是一帆风顺的，遇到一些挫折，也是需要交的一种"人生学费"，也是对自己的一种磨炼。后来我在工作中、在学术研究中，也算有点毅力，这可能也和经历的这些磨难有关吧。

　　还有，过去我曾经对那些整过我的人耿耿于怀，但后来我想，我所受的打击迫害归根到底是那个时代造成的，那些整过我的人其实都是好同志。我坚信"人之初，性本善"的古训。我并不记恨他们。

带领学生在石家庄日报社实习

1975 年 9 月初，我受河北大学中文系领导的指派，带领 1974 级 16 名工农兵大学生，到石家庄日报社进行了为期四个月的业务实习。在报社领导和编辑、记者们的关怀指导下，这次实习取得了很好的成绩。

（一）"学大寨"背后有深意

我和同学们实习了一段时间之后，发现石家庄日报好像和其他报纸不太一样。石家庄日报大量报道"农业学大寨"方面的新闻，而其他报纸则突出报道狠抓阶级斗争和大批判方面的新闻。有一天，我去请教农村部的主任老刘同志，请他告诉我这是怎么回事。老刘诡秘地笑了笑，沉吟片刻，小声对我说：吴老师，你看对了。咱们熟了，实话对你说吧。上边没完没了地要求今天批这个，明天批那个。周总理操劳一生，身体都成那个样子了，上边还要求"批林批孔批周公"。我们实在看不下去了，但又没有办法，只好简单应付一下上边，然后集中力量报道"抓革命，促生产""农业学大寨""工业学大庆"方面的新闻。这是毛主席的指示，谁能把我们怎么样？说完，他又千叮咛万嘱咐，让我不要在外边说。

听了老刘同志这番话，我很受感动，对报社领导和编辑、记者同志们肃然起敬！

为了搞好农业学大寨报道，报社于 1975 年 12 月初，组织部分采编人员和部分实习生赴大寨参观学习。

那一天，北风呼啸，天寒地冻，凌晨四点钟，我们就乘报社安排的一辆大巴出发了，上午九点左右到达山西省昔阳县大寨大队（村）。大寨党支部书记郭凤莲同志会见了我们。她说，欢迎大家来参观指导。很抱歉，由于参观的人很多，不能全程陪同大家，请谅解。说完，她安排了一名村干部带领我们去参观。

郭凤莲朴实沉稳、睿智干练、落落大方的形象，给我们留下深刻印象。

我们在大寨转了一圈，看到社员们有的在拉土送粪，有的在放牛放羊，有的在修理农具，为来年备耕，有的在村办工厂上班，虽是传统的冬闲时节，但这里却是一片热气腾腾的繁忙景象。

最后，村干部带领我们来到大寨精神的标志、著名的虎头山，向我们简要介绍了大寨人"大战虎头山""三战狼窝掌"的事迹。虽然这些事迹过去我们从媒体上不止一次看到过，听到过，但这次是站在狼窝掌，身临其境，听大寨人自己带着感情讲述这些动人事迹，去感受大寨农民那"战天斗地的革命精神"，还是极为兴奋和激动的！

参观回来后，报社"趁热打铁"，组织了一系列学大寨的规模采访活动。我们16名实习生分成几个小组，在编辑、记者的带领下，分赴各县农业学大寨的先进典型去采访，采写了一批有分量的稿件。记得有两位女同学，在报社一位刘姓女编辑的带领下，深入到新乐县（今新乐市）一个学大寨先进村采访了一周，共采写出两篇消息和一篇较长的通讯，发表后受到好评。我则和报社的三位编辑，在报社副总编辑梁德寿同志的带领下，去灵寿县采访。这次采访，我们带回了足足可以发三个整版的稿件。不过，采访期间，我们都中了煤气，险些去见马克思。

（二）"造反派脾气"得到克服

总体来看，实习生中，绝大多数对报社编辑、对我这个带队教师，还是很尊重的，实习工作也是勤奋努力的。但是，毋庸讳言，由于受当时社会环境的影响，受"文革"的影响，少数学生也存在着"造反派脾气"。其主要表现是：唯我独"革"，唯我独"左"，我行我素，火气大，爱"抗上"，动不动就和别人辩论。

这次来石家庄日报社实习的学生中，有几个很特殊的学生——有学习政治理论的先进典型，还有驻军某部军长的儿子。到报社后不久，这两个学生就分别给了我一个"下马威"：先是那个军长的儿子拿了他写的一篇报道给我看，说："我这篇报道你很难改动一句话。"那口气，好像不是在跟老师说话，而是在向下属"训话"，但我没有着急。我知道他写这篇报道确实下了很大功夫，但他的业务基础不是很好，他写的稿子不可能是完美无缺的。我说：

"你请坐，咱们先不说改多少，一句一句看吧。"

我一句一句给他改，改动的地方都给他说明理由，并征得他的同意。从晚上七点一直改到深夜十一点多，才算改完了。结果让这个学生有点难为情：不是不能改动一句话，而是几乎每句话都做了改动。那个学生见我累得难以支撑下去了，便很诚恳地说："吴老师，太谢谢你了！"

时隔不久，那个学习政治理论的先进典型又给了我一个下马威：他到报社后，每天晚上通宵达旦学习政治理论，第二天上班时总打瞌睡，稿子写得不成样子。报社领导让我找他谈谈。我知道这工作很难做，但考虑再三，还是找到那个学生，很谨慎地对他说：你学习政治理论著作很好，但要安排好时间，要注意休息啊！不料那个学生勃然大怒：我学习政治理论是革命行动，你为什么打击我的积极性？弄得我一时不知所措。

后来我慢慢给他讲道理，反复找他谈话，他的态度才逐步有了转变。有一天，他找到我，对我说："吴老师，对不起啊！您完全是为我好。"听他这样说，我也十分高兴，十分激动。

事情虽然过去了四十多年，但至今想起来，我心里还不免有些激动。我觉得那几个学生的反常表现，是"文化大革命"扭曲了他们的人格，他们的本质是好的，是很可爱的。

实践本身是一个大课堂。同学们在实践中学到许多东西，受到深刻教育。老编辑们的言传身教，更让他们备受感动。慢慢地，少数同学思想的"棱角"磨平了许多，"造反派脾气"也得到一定程度的克服。

（三）硕果累累，满载而归

石家庄日报具有光荣的革命传统。它创办于 1947 年 11 月 18 日，是关内城市解放后我党创办的第一张城市党报。许多重要文献，如毛泽东同志的《中原我军占领南阳》《将革命进行到底》、七届二中全会报告、《傅作义偷袭石家庄》等，都是最早刊发在石家庄日报上。几十年来，一代又一代新闻工作者在这块园地里辛勤耕耘，忠实宣传党的方针路线，传承革命精神，留下了丰厚的精神财富。我们有机会在这里学习，锻炼，可以说是莫大的幸运。

同学们十分珍视这次实习机会。报社的老师对我们耐心指导帮助，言传身教，使我们取得了思想和业务的双丰收。实习四个月，我们师生 17 人，共采写稿件 300 余篇，发表近 200 篇。另外，我还指导两位同学写了几篇当时很流行的"小评论"，发表后受到好评。更重要的是，通过实习，同学们的思想水平和深入群众调查研究的能力，有了明显提升。师生之间、同学之间的关系，也更加和谐融洽了。

1976 年元旦后，我们的实习圆满结束，学校安排了一辆大轿车接我们返校。同学们十分高兴，情绪十分高昂。一路上，《大海航行靠舵手》《歌唱祖国》的歌声不断，说笑声不断，汽车内充溢着欢乐、和谐、昂扬的气氛。那一刻，我真切地感受到，我们师生之间、同学之间，融合在一起了。

在返校的路上，还发生了这样一个小插曲：一个叫刘某兰的同学，拿着一包她在石家庄买的点心，恭恭敬敬地对我说："吴老师，几个月来，您太辛苦了。也不知道怎样感谢您，买了一包点心，请收下。"

顷刻间，我的心灵震颤了，热血沸腾了。我没有说更多的话，双手颤抖着收下了同学们的心意……

1975 年带领学生在石家庄日报社实习结束时与报社领导、各部主任、实习生合影（第二排左 4 为作者）。报社领导为了表示"尊师"，执意让我坐在突出位置。

带领学生在中国少儿社搞创作

1976 年 3 月至 7 月，我受河北大学中文系领导的指派，带领十几名学生在北京中国少年儿童出版社搞文学创作。其主要任务是：采写一部反映青少年认真学习毛主席著作，在实践中锻炼成长的报告文学作品。

这项任务是由河北大学中文系韩盼山老师联系、经系领导研究确定的。此前韩老师曾为少儿社采写出版过一部长篇报告文学作品，内容是保定抗日小英雄王璞的故事。

这无疑是一项十分艰巨的任务。一方面，采写青少年成长和发展的历史，时间跨度长，涉及面广，工作量很大；另一方面，这项工作政治敏感度高，又是在首都，搞不好就会犯政治性错误。我作为带队教师，思想压力是很大的。

少儿社当时在北京东四十二条。记得我们从保定乘火车到达北京后，背着行李卷四处打听，找了几个小时才找到。

少儿社的领导热情接待了我们，把我们安排在会议室和办公室吃住，生活、工作还算方便。

由于当时极左路线还在肆虐，我们采写的重点和角度究竟应该放在哪里，是颇费脑筋的。在出版社老师的主持下，经过我们师生的反复讨论，决定重点采写青少年努力学习马克思主义和毛泽东思想，勇于参加社会实践，在实践中锻炼成长的事迹，而不重点写那些冲冲杀杀、"造反"的事情。

思想明确之后，我们师生分成几个小组，分头采访了清华附中、北大附中等学校的学生。采访中我们发现，学生学习毛主席著作的热情很高，有的学生能从头至尾背诵"老三篇",还有的学生能一口气背诵七八十条"毛主席语录"。在北京的采访,我们掌握了大量鲜活的材料,也基本形成了这部报告文学作品的整体框架。

为了扩大视野,进一步补充创作素材,北京采访基本结束之后,我们还到天津延安中学(即原天津市 109 中学、后来的天津大学附属中学)等学校进行了比较深入的采访。天津延安中学在"文革"初期是全国教育战线最早"复课闹革命"、最早在学生中开展军训的学校,曾得到毛主席和党中央的批示与肯定。

我除了组织、指导学生实习之外,还撰写了长篇报告文学《第一号决议》。内容主要是反映在"文革"后期领导班子建设中青少年锻炼成长的故事。这篇报告文学约一万五千字,我是下了很大功夫写就的。

由于当时政治背景的影响和社会环境的局限,我们采写的报告文学作品肯定是有不恰当甚至错误之处的。我们在少儿社的创作活动结束后不久,便粉碎了"四人帮",我国的政治形势陡然发生翻天覆地的巨大变化,我们采写的报告文学作品当然也就不会出版,也庆幸没有出版。

还有一件事值得提及:到少儿社参加这次创作活动的学生中,有一个叫徐德霞的,她酷爱文学创作,上大学前就在报刊上发表过几篇小说作品。她还是班上的团支部书记。在这次实习活动中,她表现很优秀。实习结束之前,我找少儿社领导谈话,希望将徐德霞同学留在出版社工作。令我们感到十分高兴的是,出版社领导经过研究,同意了我们的请求,决定留下徐德霞在少儿社当编辑。

前几年我无意中翻看《儿童文学》杂志,发现该刊的主编是徐德霞,我兴奋不已!徐德霞留在少儿社工作之后,逐步成长为著名儿童文学作家。看来我们那次实习活动也算是为徐德霞后来的成长提供了一个机遇、搭建了一个平台吧!

编写出版写作教材

1971 年下半年，即河北大学搬迁到保定市的第二年，我们写作教研室的老师，在教研室负责人杨长庚和谢国捷先生的主持下，编写了第一部写作教材，教材的名称就叫《写作》。

当时写作教研室的负责人是杨长庚老师。谢国捷先生"文革"后不再担任写作教研室主任，但他是我们共同的授业之师，又是写作教研室唯一的老先生，因此教材的编写工作由他们二人共同主持。

经过大家的反复讨论，明确了教材的基本框架、具体内容和编写分工。我负责编写"绪论"、第一章"学习社会，调查研究"、第二章"深入开掘，提炼主题"、第八章"改造思想，端正文风"，以及第五章"表达方式，恰当运用"中的部分内容、第六章"选好文体，掌握特点"中的"革命大批判文章""小评论""调查报告"和"工作总结"等。此外，我还协助谢国捷先生、杨长庚老师对全书进行通稿定稿工作。全书共八章，约25万字。我承担的编写内容约占全书的三分之一以上。

教材书稿编出后，到哪里去印刷呢？当时学校的经费十分紧张，打印一些零散的讲稿尚可应付，但印刷几十万字的教材无法解决。正在我们一筹莫展之际，中文系1968级学生辛夫启联系了他的家乡沧州地区任丘县（今任丘市）印刷厂，他们答应无偿为我们排版印刷。记得我和杨长庚老师还去任丘印刷厂校对了几天。

这部教材虽然是内部印行，但编写颇为认真，印刷质量也很好，封面书题采用鲁迅先生手书"写作"二字，十分美观大方。总体而言，这部教材还是达到了较高水准的。

但是,1976年10月粉碎"四人帮"之后,这部《写作》教材不适用了,除了应消除"文革"中一些难以避免的"左"的思想外,所使用的大量作品实例也须更换。

1973年春节期间,原写作教研室负责人杨长庚老师不幸病逝,中文系领导任命我为写作教研室主任。经与我的恩师谢国捷先生商量,决定全面修订、修改这部教材。修改、修订工作由谢先生和我负责。当时写作教研室的大部分老师参加了这项工作。此外,我们还邀请其他教研室的几位老师参加相关章节的编写。(由于所涉及的本教研室和其他教研室的老师较多,我现在也记不全了,恕不一一列出姓名)

经过近两年的奋战,到1978年底,修订、修改工作基本完成,一部全新的写作教材书稿呈现在我们面前。修改稿除保留原教材的全部章节外,还增写了"散文"和"杂文"等一些文体。修改后教材定名为《写作基础知识》。

这部书稿经过几年的试用和反复修改,特别是最后一次全面修改,比较成熟了;粉碎"四人帮"以后,社会也比较稳定了,因此我和谢先生商量,可否交出版社正式出版。谢先生同意了我的意见。于是,由谢先生出面联系他的老朋友、河北人民出版社的资深编辑林子元先生,得到林先生的大力支持,并答应做这部书的责任编辑。

1978年底,虽然中共十一届三中全会已经开过,但在"文革"中遭到毁灭性破坏的出版业尚未完全恢复业务工作,当时还极少见专业类书籍出版。在这种情况下,林子元先生的态度令我们感动。

1979年9月,当时在全国"文革"后第一部写作教材——我们编写的《写作基础知识》,正式由河北人民出版社出版了!看着那精美的封面,闻着那醉人的墨香,我们十分高兴,十分激动!

由于当时广大群众尚处在"文革"造成的"文化饥渴"之中,这部书的出版,在社会上产生了我们没有料到的巨大而广泛的影响,在北京街头竟然出现了长长的排队购买《写作基础知识》的动人情景。这部教材第一版就印制了60万册,可算是天文数字。后来,国防科工委又印制了8000

册，作为本系统职工培训用书。

这部书虽然影响很大，但当时因"文革"的影响尚未肃清，人们仍以谈个人名利为耻，所以一律没署个人名字，而署的是"河北大学中文系写作教研室"。

文学创作情结的再次释放

从少年时代我就有强烈的作家梦。虽然这种梦于 1957 年因为我的一篇小说受到错误批判而破灭，但文学创作的情结始终深埋于我的心中。改革开放之后，我国进入思想大解放的时代，埋藏于人们心中的各种梦想又开始萌动。正是在这种形势下，我的文学创作情结再一次得到释放。

粉碎"四人帮"之后，我兴奋异常，激情迸发，只用了两三天时间，就写出一篇长达一万多字的讽刺、批判极左路线的小说《"老技术"》。这篇小说于 1977 年 2 月在《莲池》杂志上发表后，受到读者的广泛好评。一位叫王小天的读者在来信中说："读了《"老技术"》知道了什么是喜剧'含泪的笑'。"

虽然这篇小说写得比较顺利，但我觉得由于我长期在高校当教师，对基层群众的生活情况缺乏深入了解，重拾小说创作恐怕并不是一种正确的选择；再者，我觉得我的写作活动应该与我的教学、科研紧密结合，所以我决定将写作的重点放在文学批评、文艺学研究方面。

基于这种想法，从二十世纪七十年代末到八十年代初，在教学之余，我集中精力撰写出一批研究文学创作和文学批评方面的论文、文艺随笔等，计有《艺术概括的功力》(《河北文艺》杂志 1978 年 9 月)、《同心同调复同时——读"天安门诗抄"》(《河北文艺》杂志 1978 年 12 月)、《师承与独创》(《河北文艺》杂志 1979 年 12 月)、《有益的探索，可喜的收获》(《长城》双月刊 1980 年第四期)、《试把小说的头一半撕掉》(《新港》杂志 1981 年 3 月)、《是什么扣动了作家的心灵之门？》(《莲池》杂志 1981

年 2 月)、《政治风云与艺术流派》(河北日报 1980 年 10 月 15 日)，以及学术论文《试论形象思维中的 "飞跃"》(《河北师大学报》1981 年第四期) 等近 20 篇。可以说，这些成果形成了我的第一个文学研究的小高潮。

这些文章也许没有很高的学术价值，但《莲池》一位编辑来信说，这些文章 "每篇都有个人见解""文笔呈现出简洁隽永、通透凌厉的风格。盼多赐稿"。这样评价可能有些过奖了，但还算有些文采吧。这可能和我当时正值盛年有关，也和我年轻时练习文学创作增加了一点文学修养有关。

二十世纪八十年代初，我还应保定市文联的邀请，担任 "保定市文学创作讲习班" 主讲教师。讲习班共举办了三期，持续了两年多时间。我先后为讲习班学员们讲授了《中国小说简史》《从生活到艺术》《短篇小说构思研究》《短篇小说人物形象创造研究》《中外短篇小说名篇赏析》等专题。讲习班的学员大多是爱好文学创作的业余作者，也有小有名气的作家。

由于我过去练习过文学创作，多少了解一点文学创作的甘苦，所以讲授时能够联系一些自己的切身体会，能够较好地做到理论联系实际，因而受到学员们的好评。有个叫崔某娜的学员，河北易县人，幼年时代就酷爱文学创作。她曾给我写过几封十分诚恳、热切希望得到我的指导和帮助的书信，让我十分感动。她听了我的讲座之后，对我说："吴教授的讲解深入浅出，听了以后很受启发，学到了很多创作方面的理论知识。" 后来，她刻苦努力，进步很快，创作出不少优秀作品，被选调到保定市文联工作。

退休后，时间充裕了，我在网络上浏览了一些诗歌作品，并对当前的诗歌创作产生了一些想法。于是我集中了一段时间连续写了几篇诗歌创作评论，计有《诗歌回暖，势在必然》《诗歌创作门外谈》《旧体诗创作三境界》《"诗神" 周英》等。这些评论文字大多发表在新华网副刊上，其中《诗歌回暖，势在必然》一篇，还被推荐为 "第四届中国当代诗歌奖" 候选篇目。

"诗神" 周英

我和周英素昧平生，至今也未曾谋面。但是，我在网上浏览了她的大量诗作、了解了她"生命与诗歌相约"的创作精神之后，深受感动，以致必须提笔写点什么。

（一）与诗歌结缘

周英在《诗缘》这首优美动听的七言绝句中，披露了她喜爱诗歌创作的心迹：

> 半为心情半为缘，
> 浑然舞笔忘流年。
> 一床明月来相伴，
> 抱得诗书不夜天。

周英好像生来就是与诗歌结缘的。很小的时候，她就喜欢诗歌，并背诵了许多脍炙人口的古典诗词。及至读中学，她对我国古典文学更是"偏爱"。高中毕业后她考上了中国政法大学，学的是法学专业。按说法学的本性是"硬碰硬，冷冰冰"的，但丝毫没有磨损她的诗情诗性，相反，正是在读大学期间，她开始了诗歌创作，并一发而不可收。

近年来，周英随着阅历的不断丰富、艺术修养的快速提高，诗歌创作渐入佳境，开始步入创作的高峰期。迄今她已创作旧体诗词、现代自由诗、流行歌词等数千首，并出版诗集一部。特别是近两年来，她的诗歌创作出现"井喷"之势。2011 年 9 月至同年年底，周英仅在新华网副刊就发表诗作百余首。目前，她以"日赋一首"的惊人毅力，在诗歌园地辛勤耕耘，成果丰硕，佳作迭出。以 2012 年 7 月为例，在这一个月中，她在新华网及博客上发表新创作的诗词共计 38 首，且几乎件件都是精品之作。

（二）对诗歌"以身相许"

周英与诗歌结缘，就必然对诗歌"以身相许"：

> 斟词酌句近深更，
> 偶有佳句心底成。
> 一首诗歌程一段，
> 平平仄仄是人生。（《感赋》）

前不久周英的一位诗友对我说："周英是在用生命写诗。"周英在网上和我交谈时也说："诗歌是我生命的重要组成部分。"

此言不虚。除了家庭和本职工作之外，诗歌是周英的最爱，她几乎每天都生活在"平平仄仄"之中。她年过"而立"，上有老，下有小；所从事的工作又要求极为严格，其家里家外负担之重，可想而知。她每天从早到晚活动的"路线图"大致是这样的：早晨七点左右去上班，晚上七点半下班。下班回来草草吃完晚饭后，还要送儿子去参加素质培训，一般到晚上十点前后才能回到家。可以说，每天她自己独立支配的时间是很少的。在这种情况下，她还创作出那么多优秀的诗歌作品，真有点不可思议。我怀着几分好奇通过网络询问她这些作品是怎样创作出来的，她答曰："公交车上、青石板上、席子上、枕头边、湖边石凳上、草地上，等等，都是我创作的园地。"

有人称赞周英是"奇女子"，但她说："我不是什么奇女子，只不过坚守着一份勤奋和执着。""句向深夜得，心从天外归"，"新诗酿有惊奇句，枕着清凉入梦乡"，她的诗歌就是这样创作出来的。

（三）步入"缪斯王国"

在周英看来，大千世界、人事纷纷、四季更迭、日出日落、月明星稀、刮风下雨、雷鸣闪电、候鸟南迁、花开花谢、草木荣枯、浪涛奔涌、流水潺潺，凡此种种，皆可入诗。

> 枫叶层层擎劲秋，
> 滔滔江水浪奔流。
> 山川做碧千行墨，
> 平仄淋漓壮志酬。（《三十而立》）

很显然，周英已步入"缪斯之王国"，在很大程度上取得了诗歌的"创作自由"。但任何一个诗人要达到这样的境界，都必须通过刻苦学习和创作实践，将"缪斯"请进自己的心房——磨砺自己的诗性思维、锻造自己的诗性品格、培育自己的诗性灵魂！

周英当然也是这样。正因为以身相许于诗歌，极其勤奋和执着，周英才磨练出属于她自己独特的诗的灵性，才使她以"诗化"的眼睛与心灵去观察和感受一切客观事物，并赋予客观事物以诗的意境和品格。

用稿费购买第一台黑白电视机

1979 年 10 月，我们写作教研室编写的《写作基础知识》出版后，我得了一笔稿费。恰在这时，河大中文系从学校领到一张电视机购买券，没有人要。于是，我和老伴产生了购买电视机的想法。

不过，这仅仅是"想法"而已。如果将这种想法付诸实际行动，还是有很多顾虑的。

首先，电视机当时属于高档、稀缺消费品，人们对它有一种神秘感。如果谁家买了电视机，就会引起轰动。记得河大一位副校长，他的女儿是著名排球明星，家庭条件比较好，在学校第一个吃了"螃蟹"，购买了电视机。这消息在河大不胫而走，一时间成了特大新闻。在相当长的一段时间内，每到晚上，左邻右舍不少人到这位副校长家去"尝鲜儿"，去看电视。我们也去过几次。在这种情况下，总觉得像我们这样的普通教师家庭，购买电视机显得太过"奢侈"、太"特殊化"了。

其次，我们的经济条件也达不到。当时稿费制度刚刚恢复，那本《写作基础知识》的稿费标准每千字才 3 元钱，我所得的稿费算是比较多的，但也才 300 多元，而购买一台 16 英寸黑白电视机需 500 多元。

一天晚上吃饭时，我们把购买电视机的很不成熟的想法随便说了一下，不料两个正在读小学的儿子听说后兴奋异常，缠着我们非要买不可。这可让我们为难了。买吧，有上边那些顾虑；不买吧，看着两个儿子急切要买的样子，实在不忍心让他们失望。经过艰难的思想斗争，最后决定还是要买。

钱不够怎么办呢？当时著名书法家、学者黄绮先生和我的老伴都在中文系领导班子工作，由我的老伴出面向黄先生借了150元，买电视机的钱算是凑够了。

虽然手里有电视机购买券，但当时像保定这样的中等城市，是买不到电视机的，要买还得去首都北京。

记得是在一个星期日的上午，我的老伴独自赴北京地安门百货商场购买电视机。当日下午，当我的老伴扛着一台16英寸的黑白电视机回到家里时，好像是喜从天降，我们全家高兴得心花怒放！特别是两个儿子，高兴得更是连饭都顾不得吃了。

我们当晚把电视机安装起来，用眼神不停地上下打量这个"神物""怪物""爱物"，喜不自禁……

赴武汉参加中国写作学会成立大会

    1980 年 12 月 24—27 日，中国写作研究会成立大会及第一届学术年会在武汉大学召开。我以河北大学中文系写作教研室主任的身份，应邀出席了这次大会。

    成立写作研究会的背景是：当时在全国高校刮起了一股"写作教学无用论"之风，有些名牌大学高调宣布取消写作课。武汉大学中文系的周姬昌老师等迎风而上，认为不但不应取消写作课，而且应该把写作视为一门学科，名为"写作学"。据说，为了筹备这次大会，周姬昌老师四处奔走，将自家的电视机都卖掉了。南开大学中文系的一位老师，在系领导不批准他参加这次会议的情况下，他自带行李，自费参加了这次大会，受到与会代表们的高度赞扬。

    大会隆重开幕时，代表们十分激动，那情景好像是取得了一个什么重大胜利似的。

    在我参加过的数十次学术会议中，这次会议是规模最大、开得最成功的大会之一。参加大会的有来自全国 25 个省市的 130 多名代表，其中包括一名台湾省代表。大会选举著名语言学家、作家、学者叶圣陶先生，著名学者朱东润先生为中国写作研究会（后来定名为中国写作学会）名誉会长。选举著名散文作家吴伯萧先生为会长，周姬昌先生为副会长兼秘书长。大会决定会址设在武汉大学，下设华东、中南、西南、华北、东北、西北等六个分会。

    可能是由于我们河北大学中文系写作教研室编写出版的《写作基础知识》一书产生了较大影响的缘故，在这次大会上我被推举为大会主席团成员，在主席台就座。我还被选举为学会理事，并被推举为中国写作研究会主办的会刊《写作》杂志编委会委员。这是无上荣光啊！在中国的学术会议不是主要看个人的学术成就，而是"看院校下菜碟"之风很盛行的情况下，地方院校是很难受到这样的礼遇的。《写作》杂志后来被定为国家中文核心期刊，我先后在这个刊物上发表了《漫谈文章的气势》《"论如析薪，贵能破理"——论说文思路的开拓》等文章。

遗憾的是，这次大会选出的领导机构中的一些成员，争名争利的思想太严重，每次开会都有一些人为了当什么常委、会长，吵得不可开交。我一向是看不起这样的做法的，自然是躲得远远的看他们吵。

1981年2月20日，周姬昌先生来信委托我筹备成立中国写作学会华北分会。他在信中说："华北分会由您筹组很好……分会何时召开，可早点告诉总会，如可能，我们派人去参加。"

后来，由于我被抽调到中文系新闻专业筹备组工作，实在无暇顾及写作学会的事情了，筹建中国写作学会华北分会的事情只好转给了其他学校。至今想起来，对周姬昌先生仍然心存感激和歉意。

与会代表与作家徐迟合影（1980年摄，前排左二为徐迟，第三排中为作者）

研究高考作文

　　二十世纪八十年代初，我在学术研究、学术活动方面经历了一个痛苦的"转型期"。1980年我参加河北大学中文系新闻专业筹备组并于1982年12月担任新闻专业教研室主任之后，我必须把主要精力放在新闻传播学的教学和科研上，但我从1962年留校任教，在中文系教写作课将近20年，理论知识储备、学术资料积累、科研活动的社会联系，乃至谈道论学的思维方法等等，都还在中文方面。因此，这一阶段我的主要学术研究成果还是属于中文方面的。

　　1977年恢复高考之后，至1985年，我一直参加河北省高考语文的评卷工作，并多次担任语文科作文评卷组的组长。其间我积累了大量有关高考作文方面的第一手资料，并对高考作文中出现的一些普遍性、规律性的问题，以及如何改进提高，进行了比较深入的思考。另外，当时刚恢复高考不久，社会上出现了"千军万马过独木桥"的局面，高考成为当时一个炙手可热的话题，而作文是高考中一个重要项目，约占语文试卷三分之一的分数。考生们亟需高考作文辅导一类的书籍，帮助他们提高写作水平。

　　考虑到这些情况，从1981—1983年，我联合了几位老师，对高考作文进行了比较全面系统的研究，并推出一批研究成果，计有：《高考作文选评》（合著，第一作者，天津人民出版社，1982年3月）、《写作与辞章》（合著，第一作者，山西人民出版社，1983年7月）、《高考作文评改》（合著，第一作者，《语文教学之友》杂志增刊，1982年1月）、《高考优秀作文简评》（合著，第一作者，《语文教学之友》杂志增刊，1982年10月），并发表了

《思路的开拓——议论文写作教学漫谈》(《河北教育》杂志，1981 年 8 月)等论文。

这一组论著出版后，在社会上产生较大影响，收到许多读者来信。从台湾辗转回大陆的福建省闽清县雄江凤山村的谢心治老先生，看了《写作与辞章》后，连续给我写了三封信，称赞这本书写得好，管用。他在信中写到："最近借来你编著的《写作与辞章》一书，内容丰富，评释精辟，读之爱不释手，受到启迪很大。"

1980 年代初期，高考作文多是让考生写读后感。为了有效地指导考生提高作文水平，我用了几个月的时间，集中精力对考生所写的读后感进行了比较全面系统的研究，并针对所存在的具有普遍性的问题，写了一篇评述指导性文章，题目是《怎样写读后感——兼谈近两年来的高考作文》。这篇文章最初发表于武汉师院《中学语文》杂志 1981 年第六期，后被多家书刊转载。现附录于下。

附：

怎样写读后感——兼谈近两年来的高考作文

顾名思义，读后感是读了别人的文章或著作之后，把自己的感想、体会写出来的一种文章形式。它属于议论文的范畴，而又与一般议论文（如政治评论、思想评论等）有某些不同之处：一般议论文是针对社会上存在的某种情况或问题，发表自己的意见和看法，而读后感则必须从原文的内容出发，联系实际，发表感想；一般议论文虽然也需要事实论据，但对事实的引述一般都相当简括，而读后感则需要根据自己所确定的论题，适当引用原文的某些内容和自己深有感触的某些具体事例，从而构成一种夹叙夹议的形式；一般议论文虽然也需要感情的灌注，然而不像读后感那样具有作者自己的浓厚的感情色彩，等等。不过，这些差别都是比较细微的。就其写作的基本要求来说，二者大体上是一致的。

写读后感应注意些什么问题呢？归纳起来，有以下几点：

吃透原文　有感而发

要写好一篇读后感，需要具备两个条件：一个是对原文的基本内容有比较深刻的理解；另一个是有一定的文字表达的能力。而就这两个条件的关系来说，前者是基础，是前提。因为读后感的写作，要求从原文出发，联系实际，发表感想。如果对原文的基本内容缺乏理解或理解得不够准确，那就无感可写或者感而不当了。

那么，怎样才能准确而又深刻地理解原文的内容呢？首先是在动笔之前，要沉下心来，从头至尾、一字一句地阅读原文，对原文进行分析，找出其中心思想，并搞清层次和层次、段落和段落之间的逻辑联系，看一看这些层次和段落是怎样围绕着中心论点展开的。比如1981年的高考作文试题，是要求写一篇《毁树容易种树难》的读后感。原文的中心思想即文章的标题。如果引申一步，也可以理解为无论干一件什么事，要干成它需要花费很大的气力，而要毁坏它却十分容易。原文的三个段落，分别从不同的侧面说明中心思想：第一段说的是杨树具有顽强的生命力。像这样具有顽强生命力的杨树，十人栽种尚且经不起一人毁坏，要是难以成活的树种呢？那就更可想而知了。所以，这一段是铺垫，是衬笔，是从杨树极易成活的特性的角度，来说明"毁树容易种树难"这个中心思想的；第二段是文章的主体，是从正面用具体事实说明栽树难，毁树易；第三段是归纳分析，得出结论，点明中心思想。总之，原文的三个段落是有其内在逻辑联系的。可是不少考生不这样理解，认为原文的第一段说的是栽树容易，后边又说栽树难，前后矛盾。进而认为：毁树容易栽树也容易。这就曲解了原文的内容，所写的读后感，也就与试题的要求南辕而北辙了。

当然，考生临场作文，时间紧迫，是很难对原文进行过细的分析的。不过，作为读后感写作的基本程序和要求，上述各点是必须注意的；而且，"磨刀不误砍柴功"，吃透了原文，才能有感而发，也才能写得比较顺手。有的考生写作水平本来不差，但不去仔细地阅读原文，还没有完全弄清原文的基本内容，就匆匆忙忙动笔写作，结果成绩很不理想。

抓住重点　精心立意

这两年高考作文评分标准都提出了"立意新颖"的要求。就一篇议论文来说，"立意"主要指的是中心论点的确立。而"新颖"主要包括两层意思：一是要有新鲜的见解，不能人云亦云；二是内容要深刻，有独到之处，不能浅尝辄止。要达到这些要求，应该特别注意的是要抓住重点，生发开去，而不要面面俱到。我们无论读了哪一篇文章，可感的东西往往很多。以《画蛋》为例，要写它的读后感，可以从原文的中心思想出发，联系实际，阐述练好基本功的重要性；也可以从达·芬奇学习画蛋，一连画了十来天，便产生了厌烦情绪，后来在老师的启发诱导下，改正了自己不正确的想法这一侧面，从正反两方面论述学习必须虚心踏实，而不能好高骛远的道理；还可以抓住同样是一个鸡蛋，从不同的角度去看它，其形状就会有差异这一点，来论证"看问题要从多方面去看，而不能只从单方面看"这个辩证法的基本观点，等等。可写的东西虽然这样多，但我们却只能根据自己的实际情况，抓住感受最深的一点去写。这样才能论点鲜明，中心突出。

也许有人要问：这样做算不算紧扣原文呢？这的确是个时常引起争论的问题。我们认为，扣住原文的中心思想，立意谋篇，固然算紧扣了原文；而从原文的内容出发，抓住某一个侧面或某一点去写，也未尝不可以算紧扣了原文。因为原文和中心思想并不能画等号。事实上，我们常见的许多写得好的读后感，并不是篇篇都紧扣了原文的中心思想的。总之，对这个问题不可理解得过于机械和死板。

不过，这里需要指出：抓住原文的某一侧面或某一点去写，也必须在充分理解了原文的中心思想的前提下才能写好。因为文章的各个侧面都是为了表现中心思想而设置的。如果对原文的中心思想茫然无知，那么对文章各个侧面的理解也就不会深刻，当然也就不可能写出动人心弦的读后感。

联系实际　议而不空

凡是写过一些读后感的人，大概都有这样的体会：读了一篇文章，在某一点上有深刻的感触，便很自然地联想到与之有关的许多事情，许多问题。这种联想的过程其实也就是联系实际的过程。比如我们读了《毁树容易种树难》这则文字，感到它里边的话虽然通俗易懂，但却具有深长的哲理意味，概括了自然界和人类社会中一条带有普遍意义的规律：毁易成难。由此我们便联想到人才的培育与摧残问题、社会主义经济基础的建设与破坏问题、人的思想的进与退问题、战争的胜利与失败问题，等等。我们抓住任何一点，都可以立题作文。这种从原文的思想内容出发，扩而大之，进而联想到主观世界和客观世界的许多问题、许多事情的过程，就是联系实际的过程。所以，联系实际是写读后感的一个基本要求，也是读后感写作中构思立意的一条基本规律。

从这两年的高考作文看，许多考生在联系实际方面是做得很好的。他们结合自己的亲身经历或耳闻目睹的一些具体事例，来谈自己的感想，读来亲切生动。但也有些考生，所写的读后感尽是一些空洞的说教、政治口号、誓言之类，使人感到生硬、枯燥。这样的空头文章就算是观点正确，也不会感动人的。还有的考生对联系实际有一种误解：以为联系实际就是自我批评，就是找差距。而找差距又不实事求是，往往是把自己痛骂一顿，以表示感想的深刻。这种"悔过书"式的读后感，也不能算很好地联系了实际。须知联系实际的根本目的，是用实际（材料）去证明自己的观点。其基本要求，是观点和材料要统一，即二者要有内在的逻辑联系。所谓联系实际要恰当，指的就是用具体事实恰如其分地去证明自己的观点。

至于联系哪些实际，这并没有一个固定的范围。大体说来，无非是这样两个方面：一是联系主观的实际，即自己的思想、学习和生活中的一些具体事例；二是联系客观的实际，即自然界和人类社会的种种实际情况。只要是从内容的需要出发，联系哪方面的实际都是可以的。

夹叙夹议　以议为主

读后感既然属于议论文的范畴，那么它的主要表达方式当然是议论和说明。不过，它要求从原文出发，联系一些具体事例，所以又常常用叙述这一表达方式。一般说来，读后感的写法是这样的：从读了某一篇文章谈起，摆出中心论点。然后再举出一些具体事例（包括引述原文的某些内容），进而对中心论点加以论证。这是就文章的整体来说的。就文章的某一部分来说，也往往是叙议相间，两相结合。这样就构成了一种夹叙夹议的形式。在这里，议是叙的纲领和统帅，而叙是议的根据和佐证。前者是论点，后者是论据，二者紧密结合，相辅相成。例如《从俭入奢易，从奢入俭难》这篇作文，开头一段从读了《毁树容易种树难》说起，摆出中心论点；接着在正文部分引述商纣王因骄奢淫逸而亡国，汉室皇帝刘恒和齐桓公因不近酒色而国家兴旺的具体事例，从正反两方面论证中心论点；最后一段联系当前形势，并引用朱德同志的"从俭入奢易，从奢入俭难。艰苦是吾本，永远不能忘"的诗句作结，进一步论证中心论点。文章有叙有议，叙议结合，具有很强的说服力。

这里需要注意的，首先是坚持以议为主的原则。那我们在联系实际、引用事实的时候，要始终不忘其目的是为了说明和论证中心论点。这就需要对事实进行必要的提炼和剪裁，而不能没完没了地讲故事；还要在叙述的基础上，对事实进行归纳分析，指出它所包含的意义。而不能像记叙文那样，要靠形象说明主题，作者的观点那么含蓄。有的考生所写的读后感，除去开头和结尾的寥寥数语外，中间则是一篇洋洋大观的记叙文。这就不符合夹叙夹议的要求了。严格说来，也就算不得什么读后感了。

其次，引述原文也需要注意。一般说来，引述不宜过多过细，能说明问题就可以了。还有，也不一定去整段整段地照抄原文，有时根据表达的需要，只在行文中引用原文的一些关键性词语或句子就行了。

实事求是　不务新奇

新是好的，但新不等于"新奇"。文章还是要老老实实地写，有什么感想就谈什么感想，联系实际时知道什么事情就说什么事情，而不要一味地追求新奇，更不要生编硬造。有的考生可能有这种想法：观点越新奇就越深刻，事例越离奇就越引人入胜。于是就出现了这样的情况：《画蛋》明明说的是要认真从师，练好基本功，而他却偏偏说，自学成才的大有人在，难道非要从师吗？《毁树容易种树难》的中心思想，本来十分明确，而有的考生却认为种树难毁树更难，因为种的是小树，毁的是大树。这像是专门抬杠了。还有个别考生为了表示自己有独到的见解，要"百家争鸣"，硬把原文说成是"大毒草"，要"彻底批判"。像这样的见解新倒是新，但不符合实际，因而是不能说服人的。

追求新奇还有一个表现，就是对"解放思想"有不正确的理解。以为表示不同的"政见"就是解放思想，因而故作异说，标新立异，乃至造成观点偏激甚至错误。

总之，写文章要实事求是。鲁迅的几句话值得我们共勉："有真意，去粉饰，少做作，勿卖弄。"

摒弃浮躁写书序

迄今为止，我共为七位作者的七部著作写过书序。这七位作者，有的是曾在中央办公厅工作多年的级别很高的干部，有的则是地方媒体的普通编辑、记者。然而，不管他们的地位是高还是低，我给他们写书序时，都一视同仁，严肃对待，惨淡经营。决不因为他的地位高而对他的著作违心地溢美拔高，也决不因为他是普通记者而对他的著作漫不经心，恣意妄论。这源于我对书序的一种基本认识。

序，又称叙、前言、引子等，它一般置于书籍正文的前面，对读者起一种引领、导读的作用。"读书先读序"，这是读书人的广泛共识。

明人徐师曾在《文体明辨序说》中从字义上对"序"进行了界说："按《尔雅》云：序，绪也。字亦作'叙'，言其善叙事理，次第有序，若丝之绪也。"不过，这里的"序"，不能简单地理解为事物的"次序"。大致说来，在汉魏六朝时期，"序""理"（纹理）这些概念，往往是作为一个哲学范畴来使用的，它指的是事物的理序、理路，即客观事物的外在和内在条理，客观事物的本质和规律。书序则是对书籍的基本内容、逻辑结构、社会价值等进行评述的一种文章体式。也有的书序对作者及书籍的成书背景进行简要介绍，为读者理解本书的内容打开一个"窗口"。宋人王应麟《辞学指南》有云："序者，叙典籍之所以作。"

我国的书序早在战国时期就出现了，宋玉的《神女赋序》是我国书序的开山之作。书序有自序和他序两种。自序当然由书籍作者自己撰写，而他序则是请有关专家学者撰写的。大致说来，汉代之前，书序基本都是自序，而且放在书籍的后边，和今天的"跋"相似，如司马迁为《史记》所写的《太史公自序》、许慎的《说文解字序》等著名序文，都是放在书后的。魏晋以降，书籍作者请人作序渐成风气，乃至"无序不成书"；而且为了突出书序的地位和作用，同时也表示对书序作者的尊重，将书序移至书籍正文的前面。西晋左思的《三都赋序》，被学界认为是他序之滥觞。

书序是序作者学识、情怀、识见和功力的象征，也是序作者人格和风范的象征。正是从这个意义上，我们说"书序是学者的名片"。因此，历来的专家学者对撰写书序是非常看重、非常认真的，而且越是大专家、大学者，对撰写书序愈加谨慎和认真。许广平在《鲁迅先生序跋集序言》中回忆说，鲁迅先生凡写序，都不是空泛敷衍，必定从头至尾将著作细读一过，然后才动笔。先生为贺非所译肖洛霍夫的《静静的顿河》写后记之前，很认真地读了全书，"每天夜里将译本一句句地校改，到写完后记后，实在因为工作太繁累赶忙而没有休息之故，曾经生了一场并不算轻的病。"

坚持实事求是，坚持为书籍作者和广大读者"双负责"的精神，是我国绵延几千年书序写作的优良传统。凡是书序的优秀之作，总是在对书籍的价值和贡献充分肯定的同时，也要恰如其分地指出其不足，提出进一步修改与提高的建议和希望。不说违心的话，不溢美，不拔高，使书序既对书籍作者有益，也不会对广大读者发生误导。

反观时下数量巨大、五花八门的书序，优秀之作当然也有一些，但违背书序的基本要求，不坚守人格和"学格"底线，恣意将书序"商品化"的也委实不少。归纳起来，这些不正派的书序大致有以下几种：

一是胡吹乱捧的"人情序"。序作者因为是书作者的老朋友、老领导，或是师长、熟人、老乡等等，写起书序来便不讲原则，不看实际，一味地胡吹乱捧，溢美拔高。明明是东拼西凑的学术垃圾，也大吹特吹其"开拓""创新"价值；明明是改头换面的重复之作，也吹嘘其"填补了空白"；明明是缺乏学术品格的一般读物，也说是"具有重要的学术价值"。凡此种种，不一而足。

二是宣传"卖点"的"广告序"。书序是一种高端文化，本应格调儒雅，造意稳健，文采斐然，具有深厚的文化内涵。然而，某些书序却以"经济效益"为宗旨,大肆鼓吹某书的"卖点",弄得斯文扫地,不伦不类。如将研究决策科学的某部著作说成是"决策宝典";将某高考辅导读物说成是"北大清华考取指南";将某英语学习读物说成是通过英语四六级考试的"神奇教材"……更有甚者,某企业家为某书所写的所谓"序言",干脆"借贵方一块宝地",直截了当地推销本企业的产品。

三是东拉西扯的"擦边序"。有些学者写书序显得十分"潇洒",常常是用很少的时间,将所序之书大致翻一下,有的甚至连翻也不翻,只看看标题,便提笔作序。本来对书籍的内容并不了解,写什么呢?于是便古今中外,天南海北,东拉西扯,洋洋洒洒,"自我感觉良好"地写将起来。你别说,这样还显得自己很"博学"。当然,在序文的末尾也打一下"擦边球",生硬地和书籍、和作者联系一下,再缀上个"是为序",便完事大吉。很显然,这样的书序对读者理解该书是没有什么意义的。

也许有的学者确实因为太忙,又推脱不过,不得已才写这种"擦边序"的。然而,这并不能成为敷衍其事的理由。一个严肃的、有责任心的学者,要么保持一份知识分子的矜持和清高,在自己不方便时不接受别人的请托;而一旦接受了任务,就要严格按照事情的章法去做。

以上列出的不健康的书序可能不够全面,但由此也可以看出书序领域乱象之一斑。切望学者们在撰写书序时,摒弃浮躁情绪,自珍自爱,认真负责,用自己的实际行动捍卫书序这份高雅传统文化的纯洁性。

(原载《中国社会科学报》2011 年 9 月 13 日,略有增删)

为张锡杰《十年浪花集》撰写序言

1989 年 7 月初，我收到河北日报记者张锡杰的来信。信中说，他要将他近十年来采写的人物通讯精选一下，编成一本书，书名为《十年浪花集》，交由中国新闻出版社出版。他十分诚挚地邀请我和杨秀国老师为书中的作品撰写赏析文章，还邀请我和时任中共河北省委副书记的李文珊同志分别为这本书写一篇序言。看了他的信，我们喜出望外，为他在当记者之余，还要著书立说感到无比高兴！

张锡杰是河北大学中文系最优秀的毕业生之一。我对他的才华和学习精神非常赏识；他每每写出文章或学习的心得体会也总是交给我看，慢慢地，我们成了那种亦师亦友的关系。他毕业后，我一直关注着他的工作和成长，他也对我一直系念和关心。这次他请我为他的书作序，我自然十分高兴，慨然应允。

在我看来，为别人的著作撰写序言，是一件很严肃、很神圣的事情，来不得半点敷衍和马虎。当时正是盛暑季节，我挥汗如雨，大约用了一个月时间仔细阅读了《十年浪花集》书稿，并为其中的 11 篇通讯撰写了赏析文章。在这个基础上，我才动笔撰写该书的序言。序言初稿写出后，我又几易其稿，仔细推敲，反复修改，于当年的八月底定稿。考虑到该书的时间跨度比较长，从一些侧面较好地反映了我国改革开放初期的一些时代特征，序言题目定为《与时代的脉搏共振》。

我写这篇序言，是既为作者负责，又为读者着想的，试图在为本书作出客观公正评价的同时，也为读者阅读本书打开一个有益的"窗口"。

1991 年张锡杰调到中共中央办公厅工作。2002 年他又出任北京电子科技学院党委书记。在此期间，他的思想和理论水平又有了很大提高，眼界也大为开阔，写出了一大批精品力作。2005 年暑期，他又找到我和杨秀国老师，说他拟将他近 30 年来所写的大量人物通讯精选一下，再出一本书，书名为《感悟人物通讯》，交由西苑出版社出版。他仍邀请我和杨秀国老师为书中的作品撰写赏析文章，我们当然又高兴地答应了下来。在这本书中，他将我为他那本《十年浪花集》所写的序言《与时代的脉搏共振》作为附录收入。这样，这篇书序也就有了两次印刷、两度与读者见面的机会。

附：

与时代的脉搏共振

——张锡杰《十年浪花集》序

（一）

1970 年 10 月初，尽管国家还处在动乱之中，但我们在"大学还是要办的"号召下，终于迎来了"文革"发生之后的第一届新生。从此，我们这些知识分子不再专门"接受再教育"，又有了教育对象，又有了书教，因而从心底里升腾起一股狂喜之情。新生的档案到了，我们迫不及待地一份份翻阅，贴在政审表上的照片一张张仔细端详。其中发现一位叫张锡杰的，枣强县人，入学前是公社通讯员，曾在省、地报纸上发表过几十篇新闻作品；材料上还说他自幼酷爱写作，勤奋好学，朴实、刻苦，云云。我是教写作课的，自然对这个学生发生了兴趣，盼望开课后及早看到他的第一篇作文。

但是，我的愿望暂时落空了。按当时的"革命化措施"，新生入学后先不上课，而要先到邢台山区去"拉练"一个月。所谓拉练，就是背上行李卷，自带碗筷和"红宝书"，到山区的羊肠小道上去进行一次颇能"脱胎换骨"的长途行军。张锡杰个子不高，但背上的行李卷比较大，还时常替那些比较瘦弱的女同学背行李；他又是班上的干部，一边拼命跋涉，一边还要高呼"下定决心，不怕牺牲，……"之类的口号。当时他那拼命三郎般的火辣辣的热情，至今我记忆犹新。

为了搞好拉练途中的宣传鼓动，我们几个教师和同学还办了一份油印《野营战报》，其中当然少不了张锡杰。到了宿营地，我们"编辑部"开始工作了，张锡杰总是不失时机地把他采写的一篇篇稿子送到我们手里，而这些稿子又大多很合用。当时我们想，张锡杰有较强的新闻敏感，笔头又快，并对宣传报道工作十分喜爱，也许将来会成为一名出色的记者呢。

拉练结束回到学校后，我们几位教师对他说："要当一名出色的记者，恐怕需要两个基础：一个是生活基础，一个是马克思主义理论基础。"他沉思了片刻，默默地点了点头。尔后，他一边学习各门功课，一边利用课余时间一本接一本地读《共产党宣言》《法兰西内战》《哥达纲领批判》……有一天，他拿了一篇学习《法兰西内战》的体会文章交给我看。文章足有六七千字，从头至尾抄写得清清楚楚。我还以为他想送出去发表。但他说："我不想发表，只是把学习体会写下来，这样印象深一些。"

毕业后，他被分配到河北日报驻衡水记者站工作，终于实现了立志要当一名记者的夙愿。此后，他忙我也忙，彼此通信不多，但从别人口里我还是了解到他一些情况：他一直在衡水工作了11年。在此期间，他像一个初学游泳者那样，一头扎进生活的海洋里，拼命搏击。他对各县的基本情况了如指掌。他交了许多农民朋友。他经常坐在炕头上和农民聊天，谈喜悦，也谈忧愁。农民有了什么为难的事，或者有了什么委屈，很愿意找他诉说。他像一粒种子，投进故乡的大地，生根，发芽，开花，结果，很快地成长起来了。衡水11年，他采写了数百篇新闻作品，这本集子的大多数篇章，如《好大嫂》《"飞"来的闺女》《模范丈夫》《"流浪女"安家记》等，就是从这些作品中挑选出来的。读着这些日渐成熟的作品，我想起俄国作家契诃夫的一句话：大狗叫，小狗也要叫。

1983年，他调到河北日报社记者部工作，而后又调到总编室。报社里老同志多，条件也好。在老同志的扶植、帮助下，他的眼界更加开阔，政策水平和采编技能又有了长足进步。选到这本集子里的《李鹏总理在河北》《李先念主席和衡水人民心连心》《太行山上红豆草》《冀中子弟兵的母亲——李杏格》等优秀篇章，就是他在这一时期写的。这些作品保持了他在衡水期间朴实的风格，但在构思立意、谋篇布局、遣词造句等方面，更加严谨、更具匠心了。

（二）

作家孙犁同志说过一句很深刻的话："道德与艺术并存。"意思是说，任何艺术作品都体现着作家一定的道德观念，用现在时兴的话说，叫"价值取向"。孙犁同志是针对文学创作说的，但这句话也完全适用于新闻采写。

道德，它总是体现在一个人对社会人生、客观事物或爱或憎的思想感情上。作为一个人民的记者，张锡杰毫不含糊地将他的爱奉献给养育他长大的人民，奉献给培养他成长的党和人民共和国，而与一切丑恶的事物誓不两立。正因为这样，他才深入到农民的炕头，采写了那么多"凡人新事"，为朴实到极点、忠厚到极点的农民树碑立传。正因为这样，他才不计个人得失，冒着在诉讼中被卷进去的风险，为被迫害的路俊英仗义执言（《"流浪女"安家记》），才为73次告状碰壁的李海成奋笔呐喊（《李海成73次告状探秘》）。他用朴实而深情的笔调，为我们描绘出勤劳善良而又各具特色的冀中农村的人物画廊。在这个人物画廊中，有"贤妻良母"王秀荣（《好大嫂》），有"模范丈夫"杨金旭（《模范丈夫》），有"'飞'来的闺女"卞廷敏（《"飞"来的闺女》），有"子弟兵的母亲李杏格"（《冀中子弟兵的母亲——李杏格》）；还有在改革开放中做出突出成绩的村党支部书记孔繁喜（《六千口人的主心骨》），有为改变家乡面貌去"西天取经"的张牛子（《太行山上红豆草》），有靠种田致富的张连祥（《庄稼把式发家记》），等等。这些人物都算不上"叱咤风云"的英雄，也没有惊天动地的事迹，他们是那样朴实，朴实得几近"憨傻"，然而，他们的心灵是那样美好，他们的情操是那样高尚。毫无疑问，在这些人物身上寄托着作者的一片深情，也表现出作者的道德理想与价值取向。作者对中华民族的传统美德，特别是广大农民的传统美德，向往之，热爱之，因而为他们谱写了一曲曲动人的颂歌。

当然，人的气质不同，性格各异，其表达思想感情的形式和方法也各不相同。张锡杰为人为文不追求表面的轰轰烈烈，也不喜欢使用那些尖端的形容词，他所刻意追求的，是"清水出芙蓉，天然去雕饰"。他善于使用衡水农民那些朴实、淳厚、本色、洗练的口语，表达他对人民深切的爱，表达他对党的方针政策的衷心拥护。请看《"飞"来的闺女》中的一段文字：

夜深了，老奶奶还一次又一次地爬起来，蹑手蹑脚地摸到孙女床边，不知是怕孙女热着、凉着，还是怕廷敏像仙女那样半夜飞去了。廷敏给奶奶端尿盆，香玲夺过来说："太脏！"廷敏去担水，恒利不让，说："太累！"香玲给婆婆买的油条，奶奶硬往孙女碗里泡。……三位老人总高看她一眼，横草不让拈，竖草不让拿。

这一段极富表现力的文字，是地道的农民语言。里边有人物对话，有动作描写，有心理刻画，所有这一切，都是冀中农民特有的。作者在采写体会中说："当演员要进入角色，当记者要进入情景。"我们看，作者的确进入了"情景"。他将自己的思想感情与人物的命运联系起来，让自己的脉搏和人物一起跳动，才再现出人物的思想历程。

张锡杰还善于使用白描手法，寥寥几笔，便勾勒出一幅鲜明的图画，再看下边一段文字：

1967 年秋的一天，金旭拖着疲倦的身子下乡归来，一进门，见三儿子海勇在院里哭，妻子在屋里喊，脸盆的水洒了满地，窗台上晾晒的粉条也被鸡蹬翻了。

像电影中的蒙太奇，一句话推出一个画面，干净利落，形象生动而又十分传神。更可贵的是，这些画面都是农家小院所特有的，具有浓厚的生活气息。

总之，质朴的文字，质朴的情感，质朴的人物，便是这本集子的一个鲜明特色。这个特色是冀中农民美好心灵的真实写照，也是作者道德情操的真实流露。"美是迷人的，但迷人的东西不一定都有艳丽的色彩。"这大概是作者执意追求的美学理想。

（三）

1986 年冬季，我去石家庄出差，张锡杰到住处去看我。他兴致勃勃地对我说，他正在利用业余时间学习日语。最近我又听说，他翻译的《世界童话名著连环画丛书》（一、二辑），今年 5 月已经出版。可见他的日语学习进步之快。我猜想，他学日语，不一定是想当翻译家，而可能是想进一步开阔自己的视野，增强各方面的修养。如果我这种猜想是正确的，那么，我觉得，他这种选择无疑是值得称道的。

我有一个也许是不够全面的看法：新闻写作，入门并不难，难的是在有了一定基础之后，再上一层台阶，写出真正有分量、见水平、见功力的作品。新闻写作是一门综合性的学问，它要求记者具有高度的思想政治水平、广博的知识和熟练的驾驭文字的能力。很显然，要达到这样的要求，决非易事。正是从这个意义上，我赞成张锡杰的选择。他写出了大量作品，其中确有不少优秀篇章，但要再提高一步，再上一层台阶，就需要从各方面做出艰苦努力。

他的作品有自己的特色，有独特的价值，这是难能可贵的；但"尺有所短，寸有所长"，他的作品当然也不会是完美无缺的。比如，总的来看，思路应该更加开阔，思想应该更加活跃。要善于吸取那些在新闻改革实践中创造的、又被新闻实践证明是可取的新的思维方法和表现形式。此外，张锡杰的文字功底是比较深厚的，但有的作品也许因为是"急就章"，个别地方的语言显得有些粗疏；作品的结构形式还显得不够多样，等等。

据我所知，摆在我们面前的这本集子是张锡杰出版的第一部新闻作品，或曰"处女作"。作为处女作，他的起点是相当高的。我们相信，他一定会"百尺竿头，更进一步"，将无愧于我们伟大时代的更优秀的作品奉献给读者。

本书付梓前，张锡杰嘱我写几句话，我趁暑期的闲暇，写了上述不成熟的意见，是为序。

吴庚振

1989 年 8 月于河北大学

盘点我的杂文创作

对于杂文，可以说我情有独钟。这可能和我的思想性格、心理结构有关。早在中学时代，我除了喜欢小说创作之外，还喜欢一事一议、具有一得之见、思想犀利的短文；自己平时也喜欢思考一些社会问题，捕捉那些思想的闪光点。不过，我之所以喜欢杂文，恐怕更主要的是由我的学习和工作经历决定的。

在河北大学中文系就读期间，我当了将近四年校报业余记者。由于工作需要，除了采写新闻通讯之外，我还撰写并发表了一些杂文、评论之类的东西。当时学校的主要传播媒介，一是校报，二是校园广播，而每期校报都刊载一些短评、杂文之类的文章。这为我们这些初学写作者提供了很好的园地。我为校报撰写的那些短评和杂文，有的是署名的，也有的是不署名的。虽然现在看来当时所写的一些东西很幼稚，思想观点也多有偏颇之处，但在我的思想深处，埋下了喜欢杂文、评论的根。

参加工作后，在我长达40多年的教学生涯中，我一直没有间断评论和杂文的教学和研究。我先是为中文系本科生讲授基础写作课程，其中有评论和杂文。新闻专业建立后，我又一直为新闻专业本科生和研究生讲授新闻评论学课程，而短论和杂文更是必不可少的内容。这样几十年下来，耳濡目染，潜移默化，学习、研究、写作短论和杂文，就成了我生活中不可或缺的一部分。每每思考问题，操觚为文，我总喜欢使用一些"杂文思维"，总有一种挥之不去的"杂文情结"。我撰写的一些短评和杂文就不用说了，就是我撰写的那些学术文章，其中也有很多是具有杂文风格的学术随笔、学术杂谈。

虽然我喜欢杂文，但由于繁重的教学、科研任务，加之长期担任河北大学中文系和新闻系的行政职务，我不可能拿出很多时间去创作杂文。我的杂文创作，主要集中在进入二十一世纪的最近十几年间。2000 年 10 月，我卸任新闻系主任，顿感轻松了许多。这样我就有了较多时间思考一些社会问题，并将思考中所产生的一些思想火花写成随感式的短文，这就是杂文。在我的博客上还开辟了《反腐倡廉系列谈》《偶感拾零》等杂文专栏。粗算起来，十几年间，我创作的杂文、随笔等有近百篇。这些作品绝大部分都贴在我的博客上，其中也有一些发表在报纸杂志上。

此外，我还指导我的研究生创作并在河北日报、杂文报等报刊发表杂文《署名中的猫腻》《警惕"魔椅效应"》等多篇。这些作品都是先由我提出议题，列出提纲，由我的研究生执笔，然后再经过我反复修改而成的，但均未署我的名字。

其实，我的一部《说理艺术漫谈》（河北教育出版社出版，1993），其中的大多数篇章也都是学术随笔，这些文章从构思立意、说理方法、语言风格等方面来看，说它们是杂文小品也并不牵强。

我作为一个"生在旧社会，长在红旗下"的老知识分子，一个多年接受党的教育的高等学校的老教师，对学术不端、学术腐败深恶痛绝，为此写了一系列相关的评论和杂文，如《学术不端危害社会的"链式结构"》《学术不端如同滋生裂变的病毒》《"老板博导"要不得》《学术资源的不合理流动贻害无穷》等。这些杂文大多发表在 2010 年前后的《中国社会科学报》上。现附录一篇，以就教读者。

附：

学术不端危害社会的"链式结构"

什么是学术？学术是科学的人格化形式。哲学社会科学则是自然界和人类社会客观规律的人格化形式。这就是说，学术总是和人格相联系的。正因为这样，真正的学术被认为是真理的象征，是一种人格，一种理想，一种崇高，甚或是一种神圣。相反，一切学术不端，学术腐败，都是对学术的一种亵渎，一种扭曲，一种戕害，也是一种低俗、伪劣和不齿的人格。

怎样认识学术不端对社会的危害？这是一个相当复杂的社会问题。表面看来，学术不端和绝大多数人并无直接的利害关系，它并不直接影响人们的衣食住行，好像无关大局。难怪学术不端行为还远未引起全社会的普遍重视。

学术不端对社会的危害具有四个鲜明特性：柔性、潜在性、渗透性和衍生性。这四个特性如同四个"护身符"，使我们很难一下子认清它的全部危害性。

所谓"柔性"，是说学术不端和经济领域、政治领域那些贪污腐败、违法乱纪行为相比，它对社会机体的破坏显得更温和、更间接、更滞后些，因而很难引起人们对它的切齿痛恨，更难形成"老鼠过街，人人喊打"的局面。

所谓"潜在性"，是说学术不端对社会的危害常常潜藏在社会机体的内部，且在一个较长的时期内才能逐步显现出来。它如同潜伏在人体内部的病毒，人们看不见，摸不着，但随着时间的推移，它逐步滋生裂变，恶性发展，最终会给人体造成祸端。

所谓"渗透性"，是说学术不端行为对社会的危害，作用于人们的思想观念、价值尺度、道德情操，如细雨润物，无声无息，点点入地，逐步扭曲人们的灵魂。

所谓"衍生性"，是说学术不端行为对社会的危害，既有现实的、直接的危害，还有延时的、次生的危害，而且后者对社会的危害更为广泛、持久和深重。

正是以上四个特性，决定了学术不端对社会的危害是一个多环节的、逐步放大和加深的"链式结构"。这个"链式结构"主要包括现实的直接危害和延时的次生危害两个环节，而次生危害又包括多个下位环节。

先看第一个环节——现实的直接危害。

假如某人采取东抄西捡、胡乱拼凑，甚至从"论文公司"直接买到的一篇所谓"论文"，通过拉关系走后门等不端行为在某报刊发表出来，其现实的直接危害是多方面的：

　　一是助长了学术不公，败坏了学风。报刊的版面是有限的，将一篇质量低下的文章发表出来，势必将另一篇质量较高的文章挤压下去，使其"胎死腹中"。这样的学术不公不免让许多潜心搞科研的人寒心。列宁说："阅读黑格尔的逻辑学是引起头痛的最好的办法。"学术研究要深入思考问题，要殚精竭虑，因而是会"头痛"的，而靠学术不端发表论文，不花气力就当上什么"家"的人，当然是不会"头痛"的，但这对那些长年坐冷板凳搞科研的人来说，不是一种嘲弄和不公吗？

　　二是催生了大批学术垃圾，降低了国家的整体学术水平。近年来由于学术不端行为的侵袭和搅扰，产生的学术垃圾还少吗？难怪有人"拜读"了这些"学术论文"之后发出诘问："这也叫'学术论文'？这也叫'研究成果'？"

　　再看第二个环节——学术不端对社会产生的延时次生危害。这种危害又大致包括几个下位环节：

　　其一是制造出更大的学术不公，社会不公。某人通过不端行为发表一篇所谓"论文"之后，就使其在诸如评职称、评先进、授学位等各种活动中占得先机，获得"加分"条件，从而有可能很顺利地如愿以偿，出人头地，而真正优秀者也可能被挤压下去。时下许多高校在授予博士或硕士学位条件中都规定了发表论文的硬性指标，还在评定奖学金等各种"评先"活动中做出发表论文额外加分的规定。当然，这样的规定并非"原罪"，但那些具有学术不端行为的人，往往可以从中轻而易举地捞到好处。

　　其二，历时以久，学术不端对社会的危害还极有可能渗透到社会上层和权力部门。那些靠学术不端行为获了奖，当了先进，当上专家、教授的人，就获得了一块"敲门砖"，一有机会，便可能顺理成章地进入社会上层和权力部门。

　　上边列出的学术不端危害社会的"链式结构"的几个环节，是环环相扣、逐步延伸的。它像一抔祸水，流到哪里就祸害到哪里。不过，这还只是一种单向的直线式结构。实际上，学术不端对社会的危害，是一个纵横交错、恶性互动的复杂系统。它败坏学风，毒化社会风气，消弭国家的"软实力"，其危害可以说罄竹难书。

盘点我的杂文研究

我研究杂文的历史大致可以从二十世纪七十年代算起。在此后的几十年时间里，由于教学的需要，我基本上没有间断对杂文的思考和研究，并积累了大量相关资料。

二十世纪八十年代末到九十年代初，我先后承担了两个比较重要的杂文研究项目：一个是参加《中国杂文鉴赏辞典》的编写，另一个是主编《杂文评论写作》。

1989 年 10 月，时任河北日报副总编辑兼《杂文报》总编辑的楼沪光同志等，组织策划了一个重大研究项目——编写《中国杂文鉴赏辞典》。楼沪光邀请我参加这部辞典的编写并担任当代卷的副主编。由于我一直喜欢杂文，所以愉快地接受了邀请。

我除参加该辞典整体框架的安排和当代卷篇目选定外，还承担了撰写 11 篇杂文的分析鉴赏文章。在我看来，辞典之所以称作"典"，应该是放在书架上长时期拿不下来的著作。所以我撰写的每一篇赏析文章，都是经过认真思考、反复推敲和修改而成的。

这部辞典 1991 年由山西人民出版社出版后，在学术界产生较大影响。著名学者、杂文家罗竹风先生在《大胆的突破，杂文的丰碑》一文中说：《中国杂文鉴赏辞典》"填补了中国文学史上的一个空白"。这部辞典"集杂文鉴赏与杂文知识于一书，使它具有独创、开拓的新面貌，这也是编纂者们思想解放，敢于突破旧框框的一种改革精神，值得赞赏"。

我撰写的 11 篇鉴赏文章，发表后受到好评。其中的《"剃光头发微"赏析》

和《"和尚动得我动不得？"赏析》两篇文章，分别被选入高中语文第二册和中等师范学校《阅读与写作》第五册教师教学用书（人民教育出版社2006年版）。在同一时期，一个作者的两篇作品被选入中学语文教材，并不多见。

《中国杂文鉴赏辞典》出版后，主编楼沪光等同志决定对杂文园地进一步"精耕细作"，又策划了13部"杂文教学丛书"。可能是因为我撰写的《中国杂文鉴赏辞典》中的赏析文章受到好评，楼沪光同志又邀请我主编丛书中的《杂文评论写作》一书。这部书由楼沪光和我负责整体框架设计和章节安排，并由我负责全书的修改定稿工作。参加这部书编写的有河北大学的李广增、杜浩老师和河北师大的一位教授，以及杂文家张玉田等。

该书于1991年7月由河北人民出版社出版后，被杂文刊授学院等高校选定为教材或教学参考书。

我对杂文研究的主要理论成果是《杂文散论》（《河北大学学报》1991年第三期）、《杂文创作三题》（《杂文界》1990年第一期）。《杂文散论》这篇论文约七千余字，但它是我几十年杂文教学和研究的结晶，代表了我对杂文研究的基本水平。这篇论文发表后被收入中国期刊全文数据库，至今仍被一些学人转载或引用。

此外，我还指导我的研究生杨玲香撰写出长达四万余字的硕士论文《杂文和时评比较研究》。这篇论文具有一定的开拓性价值，在《河北大学成人教育学报》发表后，受到学界好评，产生较大社会影响。

《杂文散论》比较长，现附录一篇我为《中国杂文鉴赏辞典》撰写的赏析文章。

附：

《剃光头发微》赏析

杂文的取材很"杂"，大至天体宇宙，小至沙粒鱼虫，都可以拿来入笔，涉笔成趣。这篇作品将"剃光头"这类芝麻小事拿来入题，就显得很有"杂"味。

不过，杂文的取材虽然十分广泛，但不管取什么材料，都需要有精巧的构思。就杂文来说，它的构思常常借助于丰富巧妙的联想，依托这种联想，将某种具体的事物与世事人生挂起钩来，在二者之间架起桥梁。就拿剃光头来说，如果就剃光头说剃光头，那恐怕没有多大意义。作者不是这样，而是就剃光头这件看来不起眼的事，展开了一连串的联想：

首先，作者何满子由剃光头联想到掌权。谁手里拿着剃头刀，谁就掌握着"剃头权"；谁有剃头权，谁就可以滥施权柄，决定你剃光头还是剃平头。由此联想到，那些掌握了用人权、分配房子权，乃至更大的权的人，如果也像这位理发师那样，"有点权就耍"，那老百姓不就遭殃了吗？遗憾的是，这样的人并不鲜见，这也正是种种不正之风的一个重要根源。总之，"剃光头——掌权"，就是《发微》这篇作品构思立意的基本模式。这种模式恰好验证了杂文写作要以小见大的基本规律。"小"指的是具体事物；"大"指的是社会人生的大问题。以小见大，体现出作者的价值取向和艺术匠心。

其次，由剃光头联想到清代"留发不留头"，联想到古代的"髡"刑（剃掉头发），联想到当今世界上许多国家给犯人剃光头……这些联想文字，表面看来似乎是闲笔，实则不然。作者的用意是进一步开掘作品的思想内涵，同时也为后边由剃光头联想到掌权做好铺垫。试想一下，假如把这些文字都删去，只保留由剃光头到掌权的联想文字，虽然作品的主旨也可以表现出来，但给人的印象就浅淡得多了，作品的内容不免显得单薄，作品的结构也就缺乏回廊曲道，只剩下干巴巴的一条筋。另外，作品一上来就写由剃光头联想到掌权，也难免显得突兀，生硬。有了古代和现代这些具有鲜明政治色彩的种种关于剃头的材料，再由剃光头说到掌权，就显得水到渠成、自然贴切了。可见，联想需要有丰富的知识，如果知识贫乏，只知其一，不知其二，联想的翅膀也是难以飞腾起来的。

写法上，作品用去四分之三以上的篇幅，极力挥洒古代和现代种种关于剃头的故事，摆出了一副真个要对"剃光头发微"的架式，云山雾罩，但读到后边，我们才恍然大悟：作者的本意原来是要对那些滥施"权威"者加以嘲讽。读完全篇，我们禁不住要拍案叫绝！这种既放得开，又收得拢，回黄转绿，婉而成章的写法，显示出作者的深厚功力。

（该文选入高中语文第二册教师教学用书，人民教育出版社2006年版。）

古代文章学研究的片断回忆

（一）

1980 年中国写作学会成立之后，建立写作学科的呼声日渐高涨。在这一背景下，我和南开大学的徐江、李丽中老师，北京师院（今首都师大）的王凯符老师，以及河北师大的贾振华、韩峰海老师，天津师大的李振起、刘占先老师等，于 1981 年共同承担了一个比较大的科研项目："古代文章学研究"。这个项目由王凯符、徐江和我牵头，负责全书的总体设计和修改定稿工作。

该项目要求系统总结我国古代几千年的写作理论和写作经验，这无疑是一个难度很大、具有开拓性价值的重大项目。要完成这个项目，需要披阅大量古籍，查找和整理大量资料。徐江老师在这方面做了大量艰苦的工作。他摘录的文献资料足有四五十万字，且自己刻蜡版（那时没有电脑打字啊），自己油印，装订成重达一公斤还多的厚厚两大册。不过，仅凭这些资料也还是不够的，根据每人所承担的具体任务，还须更具体、更深入地检阅古籍，查找资料。

我承担的任务是古代论辩文（论说文）研究。这项任务的难度是很大的，它要求对我国古代论辩文的产生和发展作出简要而清晰的描述，对从先秦到晚清几千年的论辩艺术作出准确而系统的概括。我大约用了一年左右的时间，从浩如烟海的古籍中爬罗剔抉，提要钩玄，整理出十几万字的相关资料。之后，又用了几个月时间，撰写出约三万多字的论辩文研究初稿。在这篇论文初稿中，我提出《尚书》中有少量论说文，可以看作是我国论说文的滥觞；我国的论辩文大约形成于战国时代。具体说是墨子和荀子等人创立了立论体制（论证的逻辑形式），而孟子等人则创立了驳论体制。惠施、墨子是我国形式逻辑的开山祖师。论文的主体部分从六个方面对我国古代的论辩艺术进行了概括和总结：一、"论如析薪，贵能破理"；二、据事类议，援古证今；三、即物明理，形象生动；四、周到严密，莫见其隙；五、举纲撮要，条贯统序；六、"外文绮交，内义脉注"。

各部分初稿写出之后，1981 年和 1982 年春天先后在北京师院、南开大学和河北大学召开了三次"古代文章学研讨会"。1982 年暑期还在河北大学召开了定稿会。定稿会主要由王凯符、徐江和我对全书各部分初稿进行修改。为了统一体例，统一笔调，精益求精，大部分章节都做了较大修改，有些章节改得可以说面目全非了。

定稿会上提出由我撰写全书的绪论。绪论具有很强的宏观性、概括性，涉及的面很广，而且要给全书定调，时间又很紧，难度之大，可想而知。由于前期的资料工作做得比较充分，我写得还算比较顺利，开了几个夜车，写出一万五千多字的绪论初稿，提交到会上，稍经修改，顺利通过了。

作为该项目的结项成果《古代文章学概论》一书，1983 年 10 月由武汉大学出版社出版。该书由著名学者、倡导文章学研究的旗手张寿康先生作序。序言中说该书的编写是一个"创举"，"具有深厚的资料基础"，"阐释精微，引证得当"，评价还是比较高的。

（二）

《古代文章学概论》作为开山之作，出版后在学术界产生广泛影响。《写作》杂志、《殷都学刊》等期刊先后开辟了文章学历史研究专栏，一大批相关著作和论文陆续出版和发表。据学人曾祥芹统计，仅二十世纪八十年代初期，研究文章学发展史的著作和论文就有近百种。（参见曾祥芹、洪珉编《文章新潮》，河南教育出版社，1988 年）

在此期间，我继续对我国古代论辩文的一些问题进行了探讨和研究，并发表了一系列论文或文章，计有：《我国古代论辩艺术初探》（《河北大学学报》1982 年第四期）、《"论如析薪，贵能破理"》（《写作》杂志 1981 年3 月）、《漫谈文章的气势》（《写作》杂志 1982 年 3 月）、《我国古代论辩文的写作技巧》（《写作论》北京师范大学出版社，1984 年）等。

1985 年暑期，中国写作学会华北分会在北京师院举办了"古代文章学研讨班"，王凯符老师、徐江老师和我被聘请为研讨班的主讲教师。参加研讨班的学员多达几百人，在北京师院一个大礼堂里授课。在首都这样一个大的课堂授课，对我说来，思想压力还是很大的。授课前，我一连几个夜晚都难以入睡，进行了精心准备。我讲授的内容是由我执笔的《古代文章学概论》中的一章：《我国古代的论辩艺术》。当时正是酷暑难耐的季节，我挥汗如雨，连续讲了三个多小时。我的讲授受到学员们的热情欢迎和鼓励。讲完后，很多学员围住我，提出一些问题，我不顾疲劳，很耐心地一一做了解答或与学员们共同讨论。

（三）

1991 年 8 月 10 日—15 日，中国古代写作理论研究会年会在北戴河召开。由于王凯符、徐江和我是《古代文章学概论》一书主要的编写组织者和定稿人，我们一同被邀请出席了这次会议。会议的议程有两项：一是关于中国古代写作理论的学术研讨；二是古代写作理论研究会领导机构的换届改选。

中国古代写作理论研究会原会长是黄洵教授。由于年龄关系，黄先生主动提出不再连任学会会长。经过充分酝酿，时任中国写作学会华北分会会长、北京师院中文系的王凯符教授，被推举为中国古代写作理论研究会的新一届会长，我和张会恩、张忍让、李白超、冯怀玉、张声怡教授为副会长。正副秘书长为刘九州和徐江教授。会长、副会长和正副秘书长共 9 人组成研究会的常务理事会。

1980 年代初，我和王凯符、徐江等老师，在相当艰苦的条件下协作编写《古代文章学概论》一书，期间结下了可贵的友谊。我参加这次会议，主要是想和老朋友们会面，一叙友情，并没想到被推举为研究会领导成员。受此抬爱，我诚惶诚恐。1982年我被任命为河北大学新闻专业教研室主任之后，我的精力主要用在创办新闻学专业和新闻学的教学和研究上，和古代文章学研究渐行渐远了。因此，我担任古代写作研究会副会长之后，并没有很好地履行自己的职责，甚至连研究会的一些重要活动都没有参加。1986年山西省大同市云中大学举办古代写作理论研究会年会，邀请我参加，我因手头的工作实在推不开，没能到会。此事至今想起来，心中还不免有些忐忑，感到对不起诸位学兄和朋友们对我的关心和期望。

回忆编写《古代文章学概论》前前后后的一些情况，感到最有意义的是当时老师们肯于坐冷板凳、肯于下苦功的精神和一丝不苟、严谨求实的优良学风。我从不同院校的各位老师身上学到许多东西。

在"没有围墙的大学"授课

1980 年代初期，我应邀在"没有围墙的大学"——广播电视大学，即人们常说的"电大"，讲了三年写作课。之后，我又在另一种"没有围墙的大学"——保定中山文史学院讲了两年多写作、新闻学专题等课程。在我长达近半个世纪的教学生涯中，这一段教学只能算是一个小插曲，但至今回忆起来，仍然感到很兴奋，很亲切。

由于"文革"十年废止了高考，剥夺了许多人进大学深造的机会；1977 年虽然恢复了高考，但很难一下子满足多年积压下的大批有志青年进普通大学深造的愿望。在这种情况下，广播电视大学、函授大学等成人教育就成了普通大学的一种重要补充形式。那些没有条件就读普通大学的年轻人，特别是很多在职青年，就转而选择了广播电视大学等成人高校学习。正是这样的历史背景，使当时的广播电视大学红极一时，其生源质量也堪与普通高校相媲美。在高考考场上，他们可能竞争不过那些应届高中毕业生，但他们阅历丰富，思想成熟，大多文化基础也不错。特别是他们在实际工作中感受到学习文化知识的重要性，感受到进大学深造的机会来之不易，因而学习的热情特别高。在我的记忆中，上课的铃声还没有响起，学员们就整整齐齐坐满了教室。给他们讲课，我感到是一件很有意义、很快乐的事情。

电大虽是业余性的成人教育，但师资队伍和所使用的教材可以说都是一流的。由于电大是"没有围墙的大学"，也就不受围墙的限制，可以从各个高校聘请最好的老师给学生上课。电大所使用的教材，也大多是由中央广播电视大学牵头，组织相关大学的优秀教师编写的。例如我在电大讲授写作课所使用的教材，就是由北京师大中文系刘锡庆教授和朱金顺教授等编写的《写作通论》，这部教材当时在国内影响还是比较大的。有消息称：这部教材先后印刷 7 次，总计印行达 320 余万册。这也从一个侧面反映出当时电大教育的兴旺发达。

在"没有围墙的大学"授课，我的主要感受有这样几点：

一是学员听课时能够全身心投入，因而师生的交流感、呼应性特别强。我记得每当我讲到动情处，学员们或是脸上漾出会心的笑容，或是陷入凝重的沉思，师生的情绪一同进入一种十分默契的境界。那一刻，我觉得给学生讲课是一种莫大的享受。

二是他们大多学习很认真，"刨根问底"的精神特别强，且善于将所学的理论知识和自己的工作实际联系起来。我记得每当课间休息时，总是有许多学生找老师问一些实际工作中感到困惑的问题。

三是和普通高校的学生相比，他们大多年龄比较大，受"一日为师，终生为父"的传统观念影响比较深，因而对老师很尊重，很理解老师的甘苦。那几年，我和许多学员成了挚友。例如有一位叫李国栋的学员，他原是保定化纤厂的普通工人，电大毕业后与我保持联系许多年，后来我常住北京后才联系较少了。在那些年中，每到节假日，他都到家里去看我，谈工作，谈生活，共同回忆读电大时的美好时光。

可以毫不夸张地说，在二十世纪八九十年代，"没有围墙的大学"在我国的高等教育中发挥了"半壁江山"的重要作用，为国家培养出大批优秀人才，他们中有许多成为各条战线的领导或骨干。以我曾授课的那个班为例，他们毕业后有的成了作家、企业家，有的成了著名记者、媒体的领导，还有的当上了副市长、县委书记。

据说，和许多事情一样，现在的广播电视大学变了味，学风没有过去那样好了。对此我不得而知。我只能说，果真如此，非常遗憾。

为"猫耳洞大学"编写教材

1987 年 5 月，我接受了一项十分特殊的教学任务——为"猫耳洞大学"编写教材。

当时，我国对越南的自卫反击战正在激烈进行。参加作战的大批解放军官兵，驻守在中越边境依山而建的掩体——潮湿闷热、蚊蝇肆虐的猫耳洞里。战士们在作战的间隙，还要拿起书本刻苦学习。其中有些战士参加了高等学校自学考试，但他们缺乏合适的自学教材。1987 年春天，河北省组织了一个前线慰问团，到猫耳洞去慰问参加自卫反击战的战士们，发现了他们学习中的困难，于是决定用最快的速度为战士们编写一套高质量的高等学校自学教材。慰问团成员、河北省邢台地区高等学校自学考试辅导站的李玉楼和李英洲同志，专程从邢台赶赴保定河北大学，急匆匆找到我后，向我说明了来意，希望我编写一本写作教材。我觉得这是一项支援前线的特殊任务，义不容辞，便立即答应了下来。

编写这套教材的要求很高，其整体质量必须达到一流水平。除此之外，还要速度快，在一两个月内必须完成；通俗易懂，便于自学；简明扼要，重点突出。考虑到战士们在猫耳洞看书不太方便，编写完之后，还要对全部教材进行录音，制作成盒式磁带。全部编写工作是无偿的。

接受任务后，我便利用一切业余时间，夜以继日地投入这项工作。当时正值夏季，酷热难耐，校内的教学、科研任务又十分繁重，但我对这项任务不敢有丝毫懈怠。经过近两个月的奋战，我按时完成了任务，编写出约 8 万字的《写作通论》教材。之后又用了三天时间，对全部教材进行了录音。李玉楼和李英洲将书稿取走后，和另外三种教材《形式逻辑》《中国革命史》《科学社会主义》合在一起，辑印成册，书名为《猫耳洞大学复习资料》。

我拿到书以后，仔细端详那墨绿色的、装帧淡雅大方的精装袖珍本的教材，十分高兴，也不免有些激动。教材的赠言（序言）中有这样一段感人肺腑的话：

战斗在老山前线猫耳洞大学的学员同志们：在战火纷飞、硝烟弥漫的战场上，在低矮狭小、阴暗潮湿的猫耳洞里，你们——新时期最可爱的人，迎来了中国人民解放军建军 60 周年，迎来了猫耳洞大学的又一个新学期。你们经受了血与火、生与死的严峻考验，为祖国、为人民立下了卓越功勋。你们在高温酷暑、蚊虫叮咬等难以想象的艰苦环境中，创造了边作战、边学习的光辉业绩。你们是有理想、有道德、有文化、有纪律的一代社会主义新人的典范，是在新的历史条件下继承和发扬我党我军优良传统的楷模……

每当读到这段话，每当想起我为新时期最可爱的人做了一点力所能及的工作，我心里总感到莫大的欣慰。

后来，我还收到战士们从猫耳洞寄来的几封信，内容是说对老师如何感谢等等。其实，完全没有必要感谢。战士们在前线浴血奋战，我做这点事又算什么呢？

一次严峻考验

1991 年 9 月 13 日，河北大学党委下发（1991）3 号文件，文件说，学校党委报请省委高校工委批准，任命我和韩成武同志为河北大学中文系副主任。任职后我分管系里的科研、行政管理、财务和新闻专业的工作。

一介书生，担此重任，难免有一种"战战兢兢、如履薄冰"的感觉。恰在这时，中文系出现了一个重大突发性事件———一位张姓副教授在天津因车祸死亡。按照分工，我必须马上前去处理此事。

主持处理这样一个非正常死亡事件，涉及到死难方、肇事方、公安交警等方方面面，出事地点又在外地，这对于我这样一个从未经办过红白喜事的人来说，其难度之大，可想而知。怎么办？当年十月初，我在赶往天津的路上，暗暗为自己定下三条"行为准则"：一要虚心，自己不懂的东西，比如相关的交通法规、办丧事的某些必须的仪式程序等，要虚心向别人学习；二要有爱心，要怀着一颗对死难者家属的高度同情和关爱之心处理此事；三要耐心，不管死难者家属提出什么样的要求，情绪多么激动，自己也要不急不躁，耐心应对。

另外，死难者张老师原是中文系教师党支部委员，由于"文革"中受派性的影响，他生前在一些重大问题上对我并不公正。但我作为一名共产党员，一名中文系领导班子成员，一定要站在党性的立场上，不计前嫌，按照党的政策，公正合理地处理好此事。

到达天津后，我首先拜访了河北大学留守处的几位老干部（河北大学原址在天津，1970 年搬迁至保定时在天津保留了一个留守处），请他们多加关照和指导，受到他们的热情欢迎。

第二天清晨，我和我们中文系办公室的一位工作人员赶赴死难者的老家——天津市武清县的一个小村庄。经过许多周折，当我们走进家门时，其家人听说中文系的领导来了，便都迎了出来。其妻子嚎啕大哭，两个孩子走到我面前，"噗通"跪倒在地，泣不成声……我从未经历过这样惊心动魄的场景，只觉得脑子里一片空白，"嗡嗡"作响。我含着热泪一一对他们进行了安慰，并表示一定尽最大努力将此事处理好，他们的情绪才慢慢平静下来。

回到留守处稍事休息，我们便赶往天津市红桥区交警支队，了解车祸的具体情况。交警支队一位负责同志向我们详细介绍了车祸的调查和勘验结果：此次车祸主要是由于死难者张老师骑自行车违规横穿马路，和正在行驶的北京通县某乡镇卫生院的一辆面包车相撞发生的。车祸发生后，肇事司机立即主动报警，并把当时已经死亡的被撞人送往医院抢救。责任认定为"二八开"：死难方的责任80%，肇事方责任20%。

在弄清了车祸的全面情况之后，经过反复考虑，我觉得张老师去世后留下妻子和两个未成年的孩子，孤儿寡母，今后的生活会很艰难；车祸的主要责任又不在肇事司机方面，因此，我确定了处理这件事的基本指导思想：不以追究肇事司机的刑事责任为主，而把重点放在尽量多争取一些赔偿费上，以减轻死难者家属今后生活的困难。经与家属反复沟通，他们认同了我的意见。

经过长达近一个月与肇事方和交警部门的反复谈判与沟通，最后终于达成协议：肇事方向死难者家属支付一笔相当体面的赔偿金（具体数额忘记了），不再追究肇事司机的刑事责任。至此，这一相当棘手的问题，得到了比较圆满的解决，我也算是通过了上任后的第一次"大考"。

主持张弓《现代汉语修辞学》国际学术研讨会

为纪念我国现代汉语修辞学研究的开拓者和奠基人之一、原河北大学中文系主任张弓教授的《现代汉语修辞学》出版发行 30 周年，1993 年 8 月在北戴河召开了"张弓《现代汉语修辞学》国际学术研讨会"。这次会议是由河北大学中文系和河北教育出版社联合举办的。出席研讨会的有我国修辞学界的数十名专家、学者，以及德国、日本等国家的汉学专家。先生在国内外的亲属也特意赶来参加了会议。河北大学校长李志阐教授亲临研讨会指导。我以中文系副主任的名义主持了这次会议，并在会议开始时简短致辞。

张弓教授早在 1926 年就出版了我国第一部修辞学专著《中国修辞学》。此后，先生虽历经坎坷，屡遭挫折，但矢志不渝，始终没有停止对修辞学的探索和研究。1963 年先生的《现代汉语修辞学》正式出版发行。这部著作规模并不算大，总计不足 20 万字，但在我国现代汉语修辞学发展史上，却是继陈望道的《修辞学发凡》之后的又一座里程碑。其主要贡献在于：

（1）创造性地提出了修辞是词句方面同义形式选择的见解，引领了对修辞本质的探讨；

（2）创立了更为科学、完整的修辞方式系统；

（3）以我国传统的"炼字、炼句"学说为基础，提出了"寻常词语艺术化"这个具有重要理论价值和实践意义的修辞学研究新课题；

（4）借鉴国外的语言学理论，筚路蓝缕，初步建立起我国的语体学说。

会议召开之前，河北大学中文系语言教研室的李济中教授和郭伏良、杨礼、张莉等老师，按照张弓先生的遗愿，对1963年版的《现代汉语修辞学》已先期进行了修订，并在河北教育出版社的帮助下重新出版发行。这次研讨会正是以此为契机召开的。

这次学术研讨会，是我出任河北大学中文系副主任之后所主持的一次最高规格的学术会议。我之所以重视这次会议，是因为我觉得，我们中文系有几位在全国学术界堪称大师的著名学者，如顾随教授、裴学海教授、雷石榆教授、张弓教授等。他们是我们的宝贵财富，是我们的"立系之本"。很好地利用和发挥这些人才与学术资源的作用，对于办好中文系至关重要。但是，由于种种原因，此前我们系对这些教授的研究和介绍很不够。我主管科研工作之后，想逐步改变这种局面。遗憾的是，我在中文系领导班子工作的时间比较短，许多事情没有来得及去做。1995年之后，由于工作的需要，我便被调到河北大学新闻传播学系去工作了。

这次会议的大量筹备工作，是由河北大学中文系教授、修辞学专家李济中教授、郭伏良教授等和河北教育出版社的有关负责同志做的，我只是受系主任黄建国教授的委托，代表中文系领导班子从中做了一些组织、支持和协调工作。

与会嘉宾普遍反映：研讨会开得务实，节俭，和谐，成功。

戒烟之难难于上青天

在我的人生旅途中，1994年还有一件事值得回忆，那就是戒烟。

我从1994年8月9日起成功戒烟，迄今已20多年。戒烟之后，我的身体，我的精神，可以说经历了一次"涅槃"。

1964年冬天，我在河北省新城县（现高碑店市）参加"四清"运动工作组时，因经常开夜车，写总结报告之类的材料，不知不觉中学会了吸烟。至1994年，我的吸烟史整整30年。30年中，我每天至少吸一包烟。特别是晚上备课、写文章时，往往是一支接一支地吸，一晚上究竟吸了多少支烟，自己也不知道，第二天早晨只见烟灰缸里的烟头堆得满满的。毫不夸张地说，30年中，吸烟成了我生活的一部分，甚至是生命的一部分。

吸烟对身体的危害是尽人皆知的。自己作为一个"烟民"，对吸烟更是有切肤之痛。但要戒掉烟瘾，谈何容易！从1991年开始，我曾多次尝试戒烟，也发过无数次"毒誓"，比如"这一次我戒不了烟，誓不为人！""这一次我戒不了烟，就是十足的孬种！""这一次我戒不了烟，就是没有停止慢性自杀！"然而，在1994年之前，每一次毒誓发过之后，都是自食其言，复吸之后烟瘾往往会"报复性反弹"，吸得更多，更凶。

别人戒烟难还是不难，我不得而知。对我来说，可以说戒烟之难难于上青天。其主要原因有以下几个方面：

第一，相信"吸烟刺激灵感"的伪命题。几十年中，"拿起笔，衔上烟"，这是不可或缺的"配套动作"。我的每篇论文，每本书，可以说都是用烟"熏"出来的。那个时候，不吸烟，傻傻坐在那里写文章，脑子就无法转动，就会一片空白，当然也就无法产生灵感，无法动笔。

第二，经不起"喜怒哀乐"的袭扰。"喜怒哀乐，人之情也。"人的情感总是起伏变化的，"零度风格"事实上是不存在的。然而对于吸烟的人来说，任何情感的起伏变化，都会成为"吸一支"的诱因和理由。心情好了，高兴了，坐在那里美美吸上一支烟，喷云吐雾一番，才会更加惬意；心情不好了，有什么犯愁的事了，那就更需要"借酒浇愁""吸烟驱愁"了；至于生气了，发怒了，当然需要"拿烟出气"，狠狠地吸，不停地吸……

第三，更重要的是，难以克服精神和身体的失衡。长期吸烟，使吸烟逐渐成为自己身体正常运转、维系精神平衡的一个"精神支柱"。一下子撤掉这个精神支柱，就会引起身体和精神的严重失衡。其表现是：无精打采，六神无主，晕晕乎乎，昏昏沉沉，似百爪挠心，惶惶然难以终日。如果这种痛苦滋味仅几时、几日也便罢了，咬咬牙忍过去也就是了。不是的，在长达数月的漫长时间里，这种痛苦滋味几乎都是挥之不去的。如果这时有人衔着香烟说："人生苦短，何必跟自己过不去呢？"那就极易发生动摇。

那么，1994 年我是怎样把烟戒掉的呢？其实很简单：在任何时候，任何情况下，坚决不吸第一口烟！曾有过许多次这样的情景：或者因为太忙，或者因为要写一篇非写不可的文章，而烟瘾的袭击痛苦难耐时，将香烟衔在了嘴上，并划着了火柴，心里说："只吸一口啊！"但最终还是狠下心将香烟扔掉。就这样，坚持了半年，一年，我终于甩掉了香烟这个魔鬼。想起这一段往事，至今我还感到有些自豪呢！（朋友们见笑了）

出任河北大学中文系主任

　　1994 年 2 月 24 日，河北大学中文系召开全系教职工和学生代表大会，校党委组织部部长俞锡扬同志宣读校党委文件："经校党委研究，并报请河北省委教育工委批准，任命吴庚振同志为河北大学中文系主任。黄建国同志不再担任中文系主任，因年龄关系退休。"从此，我便成了中文系的掌门人。此前，我从 1991 年 9 月起，担任了近三年中文系副主任。

　　河北大学党委副书记、校长李志阐亲临大会，并代表学校党委在会上发表了热情洋溢的讲话。他首先对中文系的工作、对黄建国同志的工作，做了充分肯定，并对我做出评价。他说："吴庚振同志政治站位、理论水平、业务素质都比较高，工作能力较强，坚决贯彻执行党的教育方针。学校党委认为，吴庚振同志做中文系的系主任是合适的。"然后他对我和全系师生提出了几点希望和要求。

　　听了李校长语重心长的讲话，我热血沸腾，走上主席台，做了表态性发言。我说："首先感谢校党委对我的信任。校党委让我主持中文系的行政工作，我感到这副担子十分沉重。就我个人来说，工作能力也好，其他素质也好，和黄建国同志相比，都有很大差距。要做好工作，最重要的是依靠全系师生，依靠中文系领导班子集体的智慧和力量。恳请大家对我今后的工作多多批评和指导。办好一个系，教师是主体，其他各项管理工作，都是为教学、科研服务的，为师生服务的。我一定摆好自己的位置，竭尽驽钝，为办好中文系而奋力拼搏，努力奋斗！"我的发言博得大家热烈的掌声。

　　从自己的人生经历来说，当上一所大学中文系的系主任，总算是一件好事，一件光彩的事，但对一个搞业务的人来说，兼职去做行政工作，也有许多困难和弊端。系主任名义上是所谓"正处级"，但一无权，二无钱，有的只是为师生服务的责任和义务。当时中文系算是大系，老系，但全年的办公经费才区区二万多元，根本不够用，谁当系主任都为此而头疼。另外，当时的系主任没有一分钱的岗位津贴，也不多挣一个"工分"。正如一位评论家所说："除了一支笔，我一无所有！"更重要的是：行政工作占去大部分精力和时间，还有繁重的教学任务，很难再集中精力去搞自己所钟爱的专业研究了。在我担任中文系副主任期间，留给我的无数次记忆是：一篇论文刚写几句话，突然工作上的事来了，必须先放下笔，等忙完工作后重新拿起笔来，原来的思路淡忘了，写作的情绪被破坏了，只好再重新开始。许多论文都是今天写几句，明天写几行，这样一点一点凑起来的。至于寒暑假、双休日和节假日这样的"大块时间"，是从不敢浪费、不敢"潇洒走一回"的。

　　不过，作为"生在旧中国，长在红旗下"，在党的怀抱里长大的一名知识分子，我必须不负党的重托，服从工作需要，不计个人得失，努力把工作做好。

　　那一刻，我想了许多，想起在我的人生道路上所经历的种种喜悦、苦难和挫折，想起当初我穿着姐姐一针一线给我做的一双"千层底"的土布鞋和一身土布裤褂，到天津师大（河北大学前身）中文系来上学，到今天成了这个系的掌门人，禁不住心潮激荡，感慨万千！

　　我出任中文系的系主任不足两年时间。虽然时间很短，但正如学校领导在一次会议上对中文系工作的整体评价所说的：中文系系行政与系党总支密切配合，在消除"文革"影响、稳定中文系局势、推进课程体系改革、制定科研规划、加强学科建设等方面，做了大量工作，并取得明显成效。

　　1995年5月，新闻学、广播电视新闻学和广告学三个专业，从中文系分离出来，组建为新闻传播学系，校党委决定由我改任这个系的系主任兼系党总支书记。从此，我步入人生旅程的一个新阶段，开始了新的艰苦卓绝的创业历程。

下篇

华彩乐章：主持创建
河北大学新闻传播学系

河北大学中文系新闻专业创建琐记

20世纪80年代初，随着我国改革开放的逐步展开，西方国家的一些教育思想、教育理念开始引进我国。在这一背景下，长期在我国新闻界甚嚣尘上的"新闻无学论"逐步被颠覆。新闻宣传和教育部门的一些有识之士，主张在继续办好中国人民大学、复旦大学、北京广播学院等院校的新闻系科的同时，还应选择一些有条件的高校，创办新闻学专业，开展新闻教育。

河北省老一辈宣传家、时任中共河北省委宣传部部长的徐纯性等同志，提议在河北大学中文系创办新闻学专业，得到了省委、省政府领导的肯定和支持。经国家教委批准后，省教委于1980年10月正式下达文件，要求河北大学着手筹备、创办新闻学专业。

据我所知，在这一时期创办新闻学专业的高校还有郑州大学、天津师大、山西大学、宁夏大学、江西大学、吉林大学、辽宁大学、杭州大学、四川大学、兰州大学、华中科技大学等十几所大学。

1980年12月26日下午，河北大学中文系召开全体教职工大会，会上传达了省教委关于在河北大学中文系建立新闻学专业的文件精神，并宣布成立新闻学专业筹备组。筹备组以原写作教研室为基础，谢国捷先生任组长，教务处教学科科长楼沪光同志为副组长。参加筹备组的除我之外，还有张松之、乔云霞、王瑞棠、申德纪等老师。

谢国捷先生是我们写作教研室的元老，又是我们共同的授业之师，德高望重。楼沪光同志毕业于北京大学中文系新闻专业（中国人民大学新闻系的前身），是"科班出身"，但他于 1981 年 5 月就调到光明日报社驻河北记者站去了，在筹备组工作只有几个月时间。不过，楼沪光在帮助我们制订新闻专业教学计划、创办内刊《新闻学教学研究资料》、引进人才等工作中，作出了一定贡献，我们应该铭记。

1981 年 9 月，筹备组完成使命，正式建立河北大学中文系新闻教研室，由谢国捷先生担任教研室主任。1982 年 12 月，谢国捷先生因年事已高退休，中文系领导提名，经校党委批准，由我接任新闻教研室主任，统筹新闻专业的全面工作。从此，我便接过"接力棒"，和教研室的老师们一起，踏上负责创办河北省第一个新闻学专业的艰难历程。

参加新闻专业筹备组，以及稍后担任新闻教研室主任，再后来担任新闻传播学系主任（其间 1991 年 9 月—1995 年 7 月我先后担任河大中文系副主任、主任，卸任新闻教研室主任，新闻教研室主任先后由张松之和乔云霞老师担任，但我代表中文系领导班子分管新闻专业的工作），历时将近 20 年，对我的后半生影响巨大，不仅改变了我的专业方向，而且为我搭建了一个施展抱负的宽广平台。如果说我这一生还是做了一些事情的话，那么所做的最重要的一件事情，就是在各级领导和广大师生们的大力支持下，负责创建河北省历史上第一个新闻传播学系，并做出了引以为豪的成绩。在我的任内，河北大学新闻专业，从开不出许多专业基础课，到拥有新闻学和传播学两个硕士学位授权点，整体实力跻身全国同类院系的前列，可以说实现了跨越式发展。

如今的河北大学新闻传播学院，在新的院领导班子的带领下，具有博士、硕士、学士三级学位授予权，成为河北省高校的重点学科之一，进入全国新闻传播学科的第一方阵。

不惑之年再当学生

我们新闻专业筹备组中的绝大多数教师，原来都是教基础写作课的，对新闻专业应开设哪些专业课程、各门课程的主要内容是什么，不甚了解。在这种情况下，新闻专业筹备组决定选派我和乔云霞老师赴中国人民大学新闻系进修，向有经验的老新闻系学习。

1981年3月初，春寒料峭，新学期伊始，我们便背上行李卷，带上学校发给我们的每人一张钢丝行军床，乘火车赶赴北京。当时，我已年逾不惑。这就意味着，在不惑之年我还要再当一次学生。

新闻专业筹备组给我定的专业方向是新闻理论，给乔云霞定的专业方向是中国新闻事业史。不过，我们觉得这次进修机会难得，因此我们并没有局限于这两门课程，而是将人大新闻系在一、二年级开设的一些主要专业课程基本上都听了一遍。听课时，在座的学生大多十八九岁，而我却已四十多岁了，和他们不是一代人，坐在那里还有点不好意思呢。因此，每次听课，我们总是提前到教室，抢先占领最后一排而且是教室的最里边角落的那张课桌。尽管这样，我发觉老师的眼神还是时不时地给我以特殊关注。毕竟，我这个老学生显得有点太特殊了。在课堂上，我不管老师讲的是不是重点，一律拼命记，尽可能把老师讲的话都记下来，心想这样回校后给学生上课就可以"现趸现卖"，将人大新闻系的某些课程"移植"到河大新闻专业去了。

在人大新闻系我们还有幸聆听了著名学者、中国新闻事业史专家方汉奇先生和著名学者、新闻学理论专家甘惜分先生所作的学术报告和所讲的一些新闻学专题课程。甘先生还允许我和乔云霞到他府上去拜访了他。记得他当时主要向我们强调了新闻报道的阶级性和倾向性。他还向我们推荐了一本书——《卡特总统和美国政坛内幕》。第二天，我们便去书店买了这本书。至今这本书还放在我的书架上。

此外，我们还有选择地听了童兵、刘建明、谷长岭、冯迈等所讲的新闻理论专题、新闻事业史专题等课程。当时，他们中有的是硕士研究生刚毕业留校任教的青年教师，有的则是即将毕业的硕士生。那时我国硕士研究生还很少，因而见到他们我总是用一种崇敬甚至迷信的眼光上下打量。

在人大新闻系进修时，恰逢半个世纪一遇的倒春寒。3月15日供暖停止后，几乎天天刮五六级西北风，气温骤降。北京的小学刚开学不久，因天气太冷，无法上课，只好又放假了。我和同去进修的河北大学马列教研室的张套锁老师，租住一间位于人大西门外万泉庄的平房。这是一间刚建好的平房，很潮湿，因而屋里更加寒冷。我和张老师每天睡觉都是"全副武装"，连袜子都不脱，从头到脚蒙上被子，但还是冻得难以入睡。有一天，张老师做了一个很有趣的实验：他从外面捡到一块核桃大小的冰块，睡觉时他把这个冰块放到我们的"卧室"里，看这块冰第二天会不会化掉。结果呢，第二天那块冰不但没有化掉，反而因水汽凝结变得更大了。

那时的万泉庄还是"城中村"，周围全是菜地。我们的房东是掏粪工，负责从人大厕所里掏大粪，用毛驴车将大粪运到菜地里去。

虽然生活条件十分艰苦，但我们没有耽误一节课。没有课时我们就去图书馆或者和学生们一起上自习，抓紧一切时间努力学习。

这次我在人大新闻系进修一个学期，收获很大，除听了不少课、初步了解了新闻学是怎么回事外，还在人大新闻系副主任秦珪教授的指导和帮助下，把人大新闻系本科生的教学计划和一些教材、教学参考资料带回学校。此外，我和乔云霞老师还在北京的几家书店买了一些新闻学专业书籍。这些，都为我校的新闻专业顺利开办创造了条件。

筹备招收第一届新闻专业本科生

1981 年 9 月，河北省教委通知河北大学，要求中文系新闻专业于 1982 年暑期招收第一届本科生。得到这个消息后，我们十分高兴。时不我待。在谢国捷先生的主持下，我们新闻专业筹备组紧锣密鼓地展开一系列招生准备工作。

（一）制订教学方案

为了使新闻专业第一届本科生能够按时顺利开课，我们着手制订新闻专业 1982 级教学方案。由于我当时刚从人大新闻系进修回来，对人大新闻系的课程安排有所了解，谢国捷先生便责成我先写出一个草案，供大家讨论。

经过新闻教研室老师们的反复讨论，大家逐步形成共识：我们毫无经验，因而必须虚心学习、参考人大、复旦等老新闻系的教学方案和办学经验，但由于我们新闻专业师资力量和教学设施严重匮乏，许多专业课程无法开设，因而照抄照搬人家的做法是不现实的。我们必须根据自己的实际情况，独辟蹊径，走自己的路。河北大学是一所系科齐全、基础比较雄厚的综合性大学，这是刚刚诞生的新闻专业赖以生存的环境和依托，也是我们的优势之所在。为此，我们认为应该适当淡化专业界限，以"宽口径、厚基础、重实践"为指导思想，谋划出一种全新的课程体系。这份教学方案除安排一些必需的新闻专业课程，如新闻理论、新闻采访与写作、报纸编辑、新闻评论、中国新闻事业史、新闻摄影等课程外，大量安排中文、历史、法学等文化基础课程。专业课与文化基础课的课时比例大致各占百分之五十。另外，安排一个学期让学生到新闻单位进行业务实习。

当时这样的安排虽然是不得已而为之，但实践证明，这样的安排，是与后来教育部关于新闻传播学科的教学改革的总体思路相契合的。

（二）师资队伍建设取得进展

师资力量严重缺乏，许多新闻专业课程开不出来，这是刚诞生的新闻专业所面临的一个严重问题。我们必须千方百计加强师资队伍建设。为此，在谢国捷先生的主持下，筹备组采取了以下几项措施：

一是向省教委写报告，请求将重点大学新闻系的应届毕业生分配到我们这里来作为师资（当时是计划经济时代，重点大学的毕业生由省教委统一调配）。此举果然奏效。1982 年 3 月，省教委为河北大学新闻专业分配来 3 名名牌大学新闻系本科毕业生，其中北京大学中文系新闻专业 1 名（李广增），复旦大学新闻系 2 名（焦国章、杨秀国）。他们的业务基础都很好。他们的到来，使我们的师资力量得到显著增强。那一刻，我们喜出望外。

二是发动老师们提供人才线索。当时，各门课程的师资都缺乏，但最难找的是新闻摄影教师。这门课是必修课，专业性又比较强，还要求教师具有比较丰富的实践经验，这样的教师到哪里去找呢？恰在我们一筹莫展之时，原筹备组副组长楼沪光同志虽已调离河大，但还关心着新闻专业的建设和发展。他提供了一个人才线索：保定惠阳机械厂有一位叫崔福隆的，复旦大学新闻系新闻摄影专业毕业，在《科技日报》等中央新闻单位做新闻摄影记者多年，曾给竺可桢等名人拍过照片。我们听说后非常高兴，立即给学校写报告，请求将崔福隆调进我校。学校同意后，我们即派人到惠阳机械厂去联系。在学校领导的关心和支持下，崔福隆老师于 1982 年 9 月顺利调进我校。这样，新闻摄影课程的教师才算有了着落。

其他老师还提供了一些人才线索，但由于种种原因，未能落实。

（三）启动资料室、实验室建设

新闻专业筹备组建立后，老师们陆续购买了一些新闻专业书籍。但是，当时我们没有资料室用房，甚至连一个专用书架都没有。经谢国捷先生积极争取，在中文系领导的支持下，中文系资料室腾出3个书架，专门放置新闻专业图书资料，供老师们借阅。虽然条件极其简陋，但河北大学新闻系（学院）的资料室建设，正是从这里起步的。

1983年4月，汤智敏从河大生物系调到中文系，担任新闻专业资料员。从此，便正式建立起隶属于中文系资料室的新闻专业资料室。

1982年4月，在学校领导的大力支持下，我们正式建立起新闻摄影实验室，王玉琪担任实验员。王玉琪工作能力较强，经她与学校相关部门联系，学校拨给我们十几台破旧的照相机和一些实验材料。有了教新闻摄影课程的教师，又建起了新闻摄影实验室，这样，我们便具备了开设新闻摄影这门课程的基本条件。

至此，新闻专业招收第一届新生的各项准备工作，算是基本就绪。

（四）招收第一届本科生

1982年6月，中文系领导决定由我担任新闻专业第一届本科生政治辅导员（班主任），负责学生工作，同年8月即派我赴秦皇岛招生。我记得那年带领我们去招生的是中文系党总支书记王兰进同志。负责汉语言文学专业招生的是樊大为老师。

记得招生地点设在当时秦皇岛的著名宾馆、省级先进单位——商业服务楼。录取开始前，我心里忐忑不安，不知道报考新闻专业的考生有多少，是否能顺利完成招生任务，毕竟这是新闻专业第一次招生啊！

终于，学校招生办公室开始向各系发送考生档案了。新闻专业招收30名新生，而第一志愿超过投档分数线的竟然有120多人，而且全校文科最高分的考生填报的是新闻专业，大大出乎我的意料，也使我十分高兴和激动。

生源充足，挑选的余地自然很大。除了考分要求高外，考虑到新闻专业是培养新闻记者的，将来的工作须经常抛头露面，所以在身高、形象方面也严挑细选。事后，有的老师说："你们新闻专业招收的新生，不仅全面素质好，连名字都起得新鲜高雅啊！"至今回想起来，这次招生留下的印象仍然十分深刻。

未被新闻专业录取的高分考生，绝大多数都转交给汉语言文学专业录取，这样也就大大提升了汉语言文学专业所录取新生的整体质量。

几十年来，新闻传播学一直是热门学科，其生源一直都很充足，这为办好新闻传播学专业创造了十分有利的条件。

急社会之所需，举办新闻干部专修科

我们党的新闻干部队伍，是一支优秀的队伍，在宣传党的方针政策、当好党和人民的耳目喉舌等方面，功勋卓著。但是，这支队伍是战争年代在工农兵通讯员基础上发展起来的，大多学历层次偏低，文化素质不高。改革开放之后，我国进入以经济建设为中心的时代，这支队伍显得越来越不适应时代的要求了。他们迫切需要提高文化素养，丰富专业理论知识，增强现代化新闻传播技能。于是，进大学深造，就成为当时广大新闻干部普遍的呼声，而且这种呼声日渐高涨。但是，当时的全日制新闻本科教育，无法很好地满足这一要求。1984年10月，在北京召开的中国新闻教育学会成立大会上，中宣部新闻局负责同志指出，到20世纪末，全国各级各类新闻单位需补充新闻干部至少八万人，而当时全国新闻院系每年培养的毕业生，总计才有四百多人，可以说杯水车薪。

我们觉得，新闻专业作为应用性学科，应该急社会之所需，主动为经济建设和社会发展服务，而不能关起大门，脱离实际，把自己禁锢在高楼深院。基于这种认识，我和青年教师申德纪于1984年12月6日，赴石家庄河北省委宣传部新闻处，商讨举办在职新闻干部培训班事宜。时任新闻处处长韩凤英同志听了我们的汇报后，非常高兴，立刻表示完全支持我们的想法。

但是，好事多磨。当时我们河北大学中文系新闻专业刚建立不久，教学条件很差，图书资料和新闻摄影实验室设备严重不足。所以我们提出希望省里给我们拨付六万元新闻干部专修科开办费。韩凤英同志面带难色，说省委宣传部不管钱，如需开办费，还应向省教育厅写报告。韩处长办事一向很果断，她想了一想，说："这样吧，咱们双管齐下，你们向省教育厅写报告，我这里向省委副书记高占祥同志汇报一下，看看从他口袋里能不能批给我们一点钱。"

遵照韩处长的意见，回校后我立即以河北大学的名义，向省教育厅写了报告。报告不长，照录如下：

河北省教育厅：

受省委宣传部委托，河北大学中文系新闻专业决定于 1985 年开办全省在职新闻干部专修科，学制两年，当年招生 50 人。新闻专业系新建专业，摄影器材、图书资料严重缺乏；学员在校学习期间，还要安排实习；河大住房紧张，安排学生住宿也很困难。恳请省教育厅拨付人民币 6 万元作为开办费，请批准。

河北大学

1985 年 1 月 15 日

令我们没有想到的是，事情竟如此顺利。1985 年 1 月 21 日清晨，韩凤英处长写给我一封信，信中说："吴庚振同志，六万元开办费省委和省政府已有批示，只待教育厅落实。我们在这里可以催办。"收到这封信，我高兴得几乎跳起来。后来，我又几次去省委宣传部，与韩凤英同志商讨办班的具体事宜。

1985 年 3 月 8 日，正式签署了《河北大学与河北省委宣传部关于举办新闻干部专修科协议书》。随即，由我起草，新闻教研室全体教师讨论，制订了新闻干部专修科教学计划。另外，考虑到张松之老师工作经验比较丰富，协调能力比较强，安排他做专修科的政治辅导员。至此，相关的准备工作基本就绪。

1985 年 4 月 17 日，中共河北省委宣传部发出冀宣（1985）10 号文件，通知各地市委宣传部、省直及各地市新闻单位，推荐报考河北大学中文系新闻专业新闻干部专修科。因报考的人太多，省委宣传部还给各地市委宣传部及各新闻单位下达了推荐名额和相关要求。

1985 年 9 月初，新闻干部专修科正式开学报到。

另外，在省委宣传部新闻处韩凤英同志的关心支持下，我们申请的六万元新闻干部专修科开办费，很快得到落实。在当时，人们常常把谁家比较有钱调侃为"万元户"，因而可以说六万元是一笔巨款。我们高兴至极！我们用这笔经费购买了三十台海鸥牌照相机和一些图书资料，使办学条件得到明显改善。

担任新闻专业第一届学生政治辅导员

1982 年 6 月至 1986 年 7 月，我兼任河北大学中文系新闻专业第一届本科生（1982 级）政治辅导员。回忆这一段时日，我感到很快乐、很有意义。和学子们在一起，我好像年轻了许多。我喜欢学生，学生们也喜欢和我交流。四年时间里，经常有学生到我家里去谈学习，谈思想，也谈他们生活中的快乐和烦恼。有的学生谈完了干脆在我家用餐。尽管那些年我的教学、科研任务很重，但学生们去找我，我从不拒绝。和学生们在一起，我感到是一种快乐，一种享受。

（一）

我作为一名教师兼任学生政治辅导员，最惬意的事情莫过于很方便将自己的教育设想、教学理念付诸实施。在高等学校，辅导员对学生的思想、学习，乃至为人处事、生活作风等等，影响是最大的。正因为这样，一个班的辅导员对这个班学生今后的成长，至关重要。我担任新闻 1982 级辅导员期间，对学生坚持因材施教，既严格要求，又思想开放。学生们学习也很努力，涌现出一些优秀人才的苗子。

这个班有一个叫高群书的，很有才，喜欢写诗。因为他学的是新闻专业，创作诗歌总怕老师说"不务正业"，所以有些顾虑。有一天，我去教室检查学生晚自习的情况，高群书正在写诗歌，见我去了，赶忙把写出的诗歌作品藏起来。我让他拿出来交我看，他有些惶恐地拿了出来。我看后对他说:"你大胆写,不要有顾虑。写诗和将来当记者并不矛盾。老一辈新闻工作者中,许多也是作家。"他好像如释重负,脸上露出欣喜的笑容。此后,高群书创作了大量诗歌。至毕业前夕,他在全国多家报刊发表诗作数十首。高群书如今是著名影视导演,他执导的《东京审判》《西风烈》等影视作品,在国内外产生重大影响。

当然,我并不是说,我这样做和后来高群书成为著名导演有什么因果关系,而只是想说明,我在当辅导员期间,在对学生进行专业教育时,是坚持因材施教,坚持开放态度的。

这个班的毕业生后来有许多成为著名记者、评论家、杂文作家等。每当想起他们在河北大学新闻专业求学时的情景,我感到十分欣慰。

(二)

粉碎"四人帮"之后,邓小平同志为知识分子正名,拨乱反正,旗帜鲜明地指出知识分子也和工农群众一样,是我们国家的劳动者,而不是"臭老九"。在这一大背景下,为了提倡全社会尊师重教,发展我国的教育事业,国家决定设立教师节。

1985年9月10日,我们怀着十分欣喜的心情,迎来了我国第一个教师节。

当时我作为新闻专业1982级政治辅导员,在这个班讲授新闻学概论和新闻评论学两门课程。那一天上午八点,我满怀着作为一个教师的光荣感去上课。一进教室,迎面黑板上用彩色粉笔写成的一行十分醒目的大字,赫然映入我的眼帘:

祝贺教师节,向老师致敬!

我心里骤然升腾起一种喜悦激动之情,健步走上讲台。此时,学生们齐刷刷站起来,大声喊:"吴老师辛苦了,向吴老师致敬!祝吴老师教师节快乐!"

那一刻，我的热血在周身放纵奔流，兴奋、激动和作为一名教师的光荣感、使命感油然而生！那一刻虽然稍纵即逝，但却永远定格在我的心中！

（三）

1986 年 7 月，河北大学新闻专业招收的第一届 30 名本科生面临毕业分配。我作为专业负责人和该班的政治辅导员，主导了这次毕业分配。当时是计划经济时代，在大学毕业生分配问题上，权力是很大的。我记得那一年省里下达的分配方案是：新华社 1 人，河北日报社 2 人，留校 1 人。其余基本上都回各自的生源地安排工作。毫无疑问，新华社和河北日报社的 3 个指标是大家激烈竞争的对象。学校规定：这三个指标原则上从学习成绩综合排名前五名学生中选拔。

来自唐山农村的一个叫李恩柱的学生，很有才华，特别擅长写评论和杂文。读大学期间，他在老师的帮助和指导下，在各级报刊上发表了数十篇评论文章，有几篇还获得国家级和省级新闻奖。对于一个学生来说，这是很不容易的。他的学习成绩和思想表现，在班上公认也是很好的，但他在班上的综合排名并不在前五名。考虑到他的综合素质很好，报请学校批准，我把他破格分配到河北日报社。

去河北日报社报到前，李恩柱给我写了一封长信，说他是农村孩子，家庭没有任何背景，想不到把他分配到省报工作，如何感激涕零，等等。后来，他发展得很好，曾担任河北省一家报纸的副总编辑，并写出许多很有影响的杂文和评论。

（四）

毕业分配正式开始前，新闻专业 1982 级一个男生，用黑色提包装了几十个他老家产的苹果，送到我家里。他一再表示："没有别的意思，快毕业了，感谢老师几年来的培养。"我婉言谢绝，但那位同学还是执意要把苹果放下。于是，我用严肃的口吻对他说："你们快毕业分配了，总得让我两袖清风吧！"那位同学面带难色，犹豫了片刻，只好有几分尴尬地将苹果拿走了。望着那位同学离开我家时的背影，我心里一阵阵酸楚，总觉得我的态度太过生硬了，伤害了那位同学的自尊心。

也是在毕业分配前夕，家在唐山市的一位男生，扛着当地产的一箱瓷器，送到我家里。他也是一再表明"没有别的意思，感谢老师几年来的培养"。我感到很为难：如果收下，我就不是"两袖清风"了；如果让他扛走，那么沉的东西，再说他住在学生集体宿舍，放到哪里呢？我左思右想，对他说："这样吧，你先把东西放在我这里，等你毕业离校时再取走吧！千万！"他看我的态度很坚决，只好按我的意见办。毕业离校时，他果然将那箱瓷器取走了。

事后我心里也有些酸楚：那么沉的东西，好不容易从唐山搬来，又让他搬回唐山去，实在太为难他了。

回忆往事，五味杂陈。

河北大学中文系新闻专业第一届毕业生合影（1986 年摄）

参加河北省新闻奖评审工作——我生平的一大亮点

第十四届河北省新闻奖评审会全体评委合影（1998 年摄，前排左 3 为作者）

1979 年，由北京新闻学会（中华全国新闻工作者协会的前身）与《新闻战线》杂志社共同倡议，在全国设立好新闻奖，得到各新闻单位的大力支持。河北省于 1983 年设立好新闻奖。1990 年经国务院批准，正式设立我国新闻的最高奖——中国新闻奖，各省市的好新闻奖也随即改为新闻奖。

从 1983 至 2003 年，在长达 20 年的时间里，我先后参加了每年一度的河北省好新闻奖、河北省新闻奖的评审工作，并从 1986 年开始一直担任评委会副主任、河北省新闻学术委员会副主任。为了培养青年教师迅速成长，我还先后带领杨秀国和李广增和我一同去参加河北省新闻奖的评审工作。现在回忆起来，参加这项工作，是很有意义、很愉快的。

第一，参加这项工作，使我们拥有了理论联系实际、迅速掌握新闻实践第一线情况的绝好机会。参加新闻奖评审，不但要阅读大量优秀的新闻作品，还要对一年来全省新闻工作的经验和不足作出梳理和总结，这些都使我们从中学到新闻实践第一线大量鲜活的知识，回到学校给新闻专业学生讲课，当然就有了针对性和实践性。1985 年，我被评为新闻学副教授，1993 年我又被评为河北省第一个新闻学教授。因此，评委会每年都把我放在"专家"的位子上，让我协助省记协领导对过去一年全省的新闻工作作出评述和分析。这实际上是"逼"着自己向实践学习。至今回想起来，是受益匪浅的。

第二，通过全省新闻奖评审这个平台，将河北大学新闻传播学系和全省新闻界紧密联系了起来。几十年来，河北大学新闻传播学系和现在的新闻传播学院，一直和河北日报社，河北电台、电视台，以及省内各市新闻单位保持着亲如兄弟般的密切关系，各新闻单位在学生实习、教学、科研，乃至经费等方面给予我们极大的帮助和支持。我们先后从新闻单位聘请了数十名高水平编辑、记者担任我们的兼职教授或副教授，并请他们为我系师生无偿作了许多次专题业务报告。我们新闻系刚建立时，经费极为困难，是省内各新闻单位为我们捐款总计达 30 万元，帮助我们渡过了难关。当然，在人才培训、业务研讨、项目开发等方面，我们也为新闻单位做了一些力所能及的工作。

新闻传播学科属于应用性学科，和新闻实践部门保持密切联系，将新闻实践第一线的源头活水引进学校，这对于提高教学质量和科研水平，提高应用型人才的培养质量，都是十分有意义的。河北大学新闻传播学系逐步形成了强化基础、重视实践的办学特色，并获得河北省高校优秀教学成果一等奖，应该说是和全省新闻单位对我们的支持和帮助分不开的。

第三，更令我高兴的是：参加一年一度的新闻奖评审，使我结识了一大批新闻界的朋友。在我的记忆中，河北省新闻奖评审一直风清气正，各位评委之间相处得也十分融洽。由于各单位参加新闻奖评审的评委相对比较稳定，这样几年、几十年下来，大家都成了好朋友。由于教学的需要，几十年中我经常到省内一些新闻单位去走访学习，每到一家新闻单位总是像走亲戚一样感到亲切，受到热情接待和帮助。

有道是"千里搭长棚，没有不散的筵席"。2003 年 5 月，河北省记协换届改选，林放和王子英同志不再担任省记协的领导职务，我也卸任河北省记协的常务理事，新闻奖的评审工作也就移交给新一届省记协负责了。

我参加河北省新闻奖的评审工作，历时 20 余年，至此算是画上了一个圆满的句号。

回望历史，心潮澎湃。

河北省新闻学术委员会组成人员合影（1996 年摄，前排左 2 为作者）。该委员会是河北省新闻奖和其他学术活动的咨询、仲裁机构。作者被推举为该委员会和河北省新闻奖评委会副主任。

参加河北省新闻职称评审工作

河北省新闻高级职称评委会全体评委合影（2001 年摄，前排右 4 为作者）

在我的人生经历中，另一件持续时间很长、很有意义的事情，是参加河北省新闻系统专业技术职务（职称）的评审工作。归纳起来，我参加这项工作大致可分为两个阶段。

第一阶段：参加各地市新闻单位中级职称的评审工作。

从 1983 至 1990 年前后，我参加了保定日报社、保定市报社、保定广播电视局、建设日报社（石家庄日报社前身之一）、石家庄广播电视局等多家地市级新闻单位新闻专业中级职称的评审工作。职称改革领导机构规定：地市级评委会有权评审中级职称，但无权评审高级职称。

当时，我国的新闻专业技术职务刚刚设立，此前新闻工作者只有行政职务，而没有专业技术职务。这就是说，新闻职称评审刚起步时，各新闻单位尚无具有新闻职称人员，更没有具有高级新闻职称人员。但有关部门规定：评审新闻职称的评委会，必须由具有相应专业技术职务的人员组成。这就意味着：当时新闻系统要评职称，必须借助"外力"，从高等院校、科研单位去聘请相关专家。河北大学中文系新闻专业，当时只有谢国捷先生是副教授。我于 1970 年前后评为讲师，1985 年评为副教授。正是在这一背景下，那些年谢国捷先生和我每年都参加新闻单位的职称评审工作（不幸的是，谢先生于 1986 年初因病辞世，他只参加了两年）。毫不夸张地说：河北省许多新闻单位最初一批新闻专业技术职务，是由谢先生和我参加评审而产生的。这不是说我有什么水平，而是说当时的特殊背景将我们推向了这一位置。

后来，各新闻单位具有专业技术职称的从业人员逐步增加，我就很少参加地市级新闻职称的评审工作了。

第二阶段：1993—2002 年，我参加了河北省新闻系列高级专业技术职务的评审工作。

1993 年，我晋升为新闻学教授。

当时有关部门规定：全省各级新闻单位申报的高级专业技术职务，一律报送到省里，由省级评委会统一评审，而无权自行评审。

参加新闻职称评审工作，使我有机会接触到全省许多新闻业务骨干，包括各新闻单位的总编辑、副总编辑、部主任等的档案资料，了解他们的主要业绩，这对我是一个极好的学习机会，对我们办好河北大学新闻系，也是一种十分重要的学术和人脉资源。在这个过程中，我结识了许多新闻界的朋友，从他们身上学到许多有益的东西。

我总的感受是：在二十世纪八九十年代，河北的新闻职称评审总体上是风清气正、严肃认真的，评审质量也是比较高的。我参加评审工作几十年，很少遇到拉关系、走后门的事情。

当然，任何事情不可能是完美无缺的。我参加新闻职称评审的另一个感受是：随着时间的推移，新闻职称似乎逐步走向泛化和贬值。在我的印象中，评审的频次越来越高，指标越来越多。刚开始时几年评一次，后来隔年评一次，再后来进入所谓"常态化"，每年评一次。而每次评审设置的职称指标表面看来并不多，但由于评审的频次增加，实际的指标增加不少。到后来有的单位干脆取消了指标限制，"只要够条件就评"。

所谓"够条件"，对某些人来说，其实并不难。比如要评"高级记者"（相当于正教授），除专业成绩外，还须在国家核心期刊发表 3 篇以上学术论文。乍一看，这条件并不算低，但对某些人说来，犹如探囊取物一般，容易得很。有一年我参加河北省新闻职称评审，遇到了这样一种情况：某报社一位记者申报高级职称，他提交的 3 篇论文的作者署名，他都是第二作者。不过，按照评审条件，他还是顺利通过了。后来我了解到，他根本没有参加那几篇论文的撰写，只是因为和第一作者比较熟，挂上了他的名字而已。

像这种在科研论文中乱挂名的情况，并不鲜见。有的一篇论文挂上两三个人的名字，可以成全好几个"教授"，其"含金量"确实很"高"。有感于这种不正常情况，当时我和我的研究生写了一篇题为《署名中的"猫腻"》的评论，刊发在 2000 年 3 月 28 日的河北日报上。

其实，不仅新闻系统，其他系统也不同程度地存在类似问题。

职称泛化的直接后果是搅乱了专业技术队伍，使这支队伍良莠不齐。在这支队伍中，有真才实学者当然是多数，但滥竽充数者恐怕也大有人在。据说有关部门已经了解到这一情况，并已采取收紧指标、加强核查等有力措施解决这一问题。

保定地区新闻中级职称评委会成员合影（1984年摄，中间为谢国捷先生，左3为作者）

八年探索，终获成果（上）

　　河北大学中文系新闻专业于 1982 年招收第一届本科生之后，面临着一系列困难，其中最大的困难是师资缺乏，有些专业必修课开不出来。我作为新闻专业负责人，压力之大，可想而知。形势逼迫我们在下大力加强师资队伍建设的同时，还必须创新思路，深化教学改革，探索新的办学模式。

　　1985 年春天，新闻专业 1982 级学生在河北日报社实习。我到报社去看望他们时，他们对我说：报社领导经常安排经验丰富、理论水平高的老编辑、老记者给他们讲课，他们收获特别大。这一情况好像一下子触发了我的灵感，我想：新闻专业作为应用性学科，如果与报社签订一个联合办好河北大学新闻专业的协议，我们为他们培训年轻的采编人员，而他们则定期或不定期选派资深编辑、记者给河大新闻专业学生开设新闻学专题课程或专题讲座，双方互惠互利，不是很好吗？我把这个想法告诉了实习生的带队教师胡连利老师。胡连利思想敏锐，工作能力很强。他非常同意我的想法，并主动与当时的河北日报总编辑叶榛同志进行了沟通。叶总编表示完全赞同、坚决支持这个想法。

　　回到学校后，征得中文系领导同意，我便立即起草了《河北大学、河北日报社联合办好中文系新闻专业协议书》（草案）。协议书共 12 条，主要内容包括河北日报社每年为河北大学新闻专业学生提供实习基地，选派经验丰富的采编人员对实习生进行指导；双方互派人员兼任职务，进行业务交流与合作，优势互补；河大新闻专业可以选派教师到河北日报社出版的四种报纸参加采编业务活动，以丰富实践经验。河北日报社也可以选派年轻采编人员到河大新闻专业进行短期学习和进修；在国家政策允许的范围内，河北日报社可以优先从河北大学新闻专业挑选优秀毕业生；河北日报社赠送河大新闻专业5份报纸和一些闲置的摄影器材；河大新闻专业师生成立读报评报小组，经常给河北日报提出改进意见和建议；共同承担一些面向新闻实践的科研项目等。

胡连利老师将这个协议草案转交给河北日报总编辑叶榛同志。叶榛同志对协议的内容原则上表示同意，但他提出：因缺乏经验，为了慎重起见，作为第一步，先草签这个协议，在实践中进行联合办学的探索，待取得比较成熟的经验之后，再正式签订协议。我们觉得叶榛同志的意见很好，表示完全赞同。

此后，便开启了长达八年的新闻人才新的培养模式的探索与实践。

按照协议要求，河北日报社对河北大学新闻专业历届学生的业务实习极为重视，安排得十分细致。每届学生到河北日报社实习，报社都专门召开关于安排好学生实习工作的会议，会后向报社全体干部和职工发出通知。通知包括成立由报社一位副总编辑、一位副社长和总编室主任参加的领导小组；要求把学生的思想政治素质的培养放在第一位；各有关部室选派经验丰富的采编人员，对实习生进行业务指导；学习、生活方面，诸如实习生到报社阅览室借阅图书，去卫生室看病，实习用的稿纸、墨水、采访本等物品，以及学生洗澡、作息时间，实习生必须遵守的纪律等事项，都做了具体规定，并指派专人负责。

1987年12月，我们正式邀请河北日报总编辑、河北大学新闻专业兼职教授叶榛同志到河北大学新闻专业作报告，并草签了双方联合办好新闻专业协议书。

协议的签订和实施，为我们解决了在当时来说是两个教学中的关键问题：

一是打开了办学大门，拓宽了办学途径，优化了师资队伍。河大新闻专业建立初期，师资队伍不仅数量少，而且大多缺乏新闻实践经验，这对培养应用型人才是很不利的。协议签订后，我们先后聘请河北日报社8名资深编辑、记者做我们的兼职教授或副教授，他们为我们的学生无偿进行了几十次新闻采编方面的专题讲座，这对培养和提高学生的新闻实践能力起了很大作用。

二是河北日报社作为河北大学新闻专业学生的实习基地，安排好一年一度的新闻专业学生实习，从而使学生的业务实习走上规范化、制度化、常态化的轨道，这对培养学生的新闻实践能力具有十分重要的意义。

此后，每届学生第七学期都到新闻单位进行为期半年的业务实习，并取得了十分可观的实习成果。半年中，学生一般都能采写并发表四五十篇新闻作品，有的多达七八十篇。其中，先后有几十篇作品获河北省新闻奖，还有几篇作品获得中国新闻奖，这对学生是极大鼓舞。

经过五年的探索和实践后，1990 年 10 月 11 日，河北大学校长李志闿、河北日报社社长刘海泉，分别代表各自单位正式签订了《河北大学、河北日报社联合办好中文系新闻专业协议书》。

我们的做法得到上级领导和有关部门的高度重视，这给予我们极大的鼓励和支持。1988 年 11 月，国家教委在南宁召开的全国新闻教育改革座谈会上，介绍、肯定了河北大学中文系新闻专业与新闻单位联合办学的经验，指出：河北大学"在新闻教学中，加强与社会的横向联系，争取新闻部门的支持和帮助，一方面请有经验、有理论的行家来校讲学，另一方面也急社会之需，采取办专修班、委托代培、咨询等形式，为社会多做贡献，这对改善办学条件起了一定作用，增强了办学活力"。同年四月，在《中国高等教育》杂志第四期发表的河北省教委撰写的一篇关于加强大学生社会实践的经验性文章中，也肯定了河大新闻专业实行教学、科研、社会实践三结合的办学体制。

河北大学中文系新闻专业，正是在不断深化改革中得到跨越式发展。

八年探索，终获成果（下）

在与河北日报社联合办好新闻专业取得初步经验之后，我们将这项改革继续拓展和深化。

1992 年广播电视新闻专业和广告信息专业创办之后，我们又与河北电台、电视台，河北经济日报社，以及某些地市新闻媒体签订了联合办学协议，使联合办学的主体覆盖到全省。一时间，河北大学中文系新闻专业成了全省新闻界的"宝贝"。

此外，我们还选派少量德才兼备的优秀学生到光明日报社、经济日报社、中国青年报社、中央人民广播电台、中央电视台等国家级新闻媒体去实习，让学生去见识大场面、大格局，开阔眼界，增长才干。学生也不负重望，采写并在光明日报、中国青年报等媒体刊发了包括长篇通讯、系列报道、重要评论等在内的一大批新闻作品，受到广泛好评。

每年下半年，河北大学新闻传播专业的实习生遍布全省新闻媒体，在各家媒体上都要刊发大量实习生的新闻作品。当时，这些新闻作品的署名都统一规定为"河大实习生"。新闻界有一位朋友风趣地说："每年下半年河大新闻专业都要在全省新闻媒体上'轰炸'一次。"

据不完全统计，1985 至 1992 年的七届共 210 名新闻专业本科生，在每届学生为期五个月的新闻实习中，共采写并在媒体上刊发稿件 8000 余篇（件），每个学生平均近 40 篇，其中 4 篇作品获国家新闻奖，20 多篇作品获河北省新闻奖，另有 20 多篇作品获所属新闻单位的好稿奖。对于尚未毕业的学生来说，取得这样的成绩是很不容易的，在全国同类院系中，也是相当突出的。在此期间，涌现出一些初露才华的新闻传播人才。以新闻专业第一届本科生1982级为例，这个班的高群书、罗绮、李恩柱等同学，在读本科期间就发表过不少作品。后来高群书成长为著名影视导演、剧作家。罗绮成长为著名记者，曾担任新华社河北分社副社长。李恩柱则成长为著名杂文家、新闻评论家，曾担任杂文报副总编辑。在此期间，河北大学新闻专业为河北日报社输送了十几名优秀毕业生，这些毕业生迅速成长为业务骨干。

1992年3月，河北大学教务处鉴于中文系新闻专业在新闻传播教学改革方面所取得的突出成绩，主动推荐这个项目参评河北省高等学校首届优秀教学成果奖。

根据省教委关于优秀教学成果奖申报的要求，1992年10月28—29日，河北大学中文系新闻专业召开了《建立实习基地，深化教学改革》优秀教学成果鉴定会。鉴定专家组由著名学者、中国人民大学新闻系教授、中国新闻史学会会长方汉奇先生任组长，成员有中国社科院新闻所原所长、新华社高级编辑戴邦教授，人民日报著名记者、中国社科院研究生院新闻系王艺舟副教授，中国新闻学院沈如钢教授，河北日报总编辑、高级编辑叶臻同志等组成。专家组通过认真审阅相关材料、参观学生实习成果展览、召开师生座谈会等，对这项教学成果作出评审意见。评审意见中说："河北大学新闻专业与河北日报社、河北省广播电视厅等新闻单位，本着互惠互利的原则联合办学，不仅使学校成功地摆脱了实习经费不足的困扰，而且使学生的业务实习走上了制度化、规范化、经常化的轨道。他们还将这一办学形式用法律条文固定下来，更使学生实习有了可靠保证，这在全国新闻院校中是第一家，具有首创性和示范意义。""河北大学新闻专业作风朴实，不搞花架子。他们早在1987年就与河北日报社建立了联合办学关系，并草签了协议。后经过几年的实践和探索，待条件成熟后才于1990年正式签订协议。这种朴实的作风像革命老区的作风，值得提倡。"

1993年4月12日，河北大学中文系新闻专业《建立实习基地，深化教学改革》项目，荣获河北省高等学校优秀教学成果一等奖（集体项目，本人为项目主持人）。这也是迄今为止河北大学新闻传播学科所获得的教学最高奖项。

八年探索，终获成果。

回望征程，感慨万千！

附：

《建立实习基地　深化教学改革》专家评审意见书

申报项目：建立实习基地　深化教学改革

申报人：河北大学中文系新闻教研室

河北大学中文系新闻专业《建立实习基地　深化教学改革》的成果，在听取新闻专业的汇报后，评审组又认真地审阅了有关材料，参观了展览，与师生进行了座谈，之后在方汉奇教授主持下进行了评审，认为：

（一）河北大学新闻专业与河北日报社、河北省广播电视厅等新闻单位，本着互利互惠的原则联合办学，不仅使学校成功地摆脱了实习经费不足的困扰，而且使学生的业务实习走上了制度化、规范化、经常化的轨道。他们还将这一办学形式用法律条文固定下来，更使学生实习有了可靠保证，这在全国新闻院校中是第一家，具有首创性和示范意义。近年来新闻单位实行经济核算后，新闻单位一般将接受学生实习看作一种负担，学校为联系实习很伤脑筋，有些学校索性采取"放鸭子"的方式（即让学生各回本省本地自行联系实习单位），效果不好。河北大学新闻专业这一做法具有重要的推广价值。

（二）与社会联合办学，建立固定的实习基地，很好地解决了文科教学理论联系实际的问题。这不仅使学生实习有了保证，而且使教师增加了联系实际的机会；新闻单位还经常选派经验丰富的编辑记者到河北大学新闻专业授课，这对培养高质量的应用型人才是很有意义的。

（三）评审组成员通过与河北日报社领导的接触，亲身感受到河北大学新闻专业与新闻单位相处的关系非常好。双方互相合作，优势互补。新闻专业为新闻单位举办专修班、开展评报活动。评选好新闻，新闻单位很满意；新闻单位对学生实习安排很周密，很细致，学校也很满意。联合办学能做到双方都满意，这是很不容易的。

（四）河北大学新闻专业作风朴实，不搞花架子。他们早在1987年就与河北日报社建立了联合办学关系，并草签了协议。后经过几年的实践和探索，待条件成熟后才于1990年正式签订协议。这种朴实的作风像革命老区的作风，值得提倡。

（五）联合办学取得丰硕成果。近三年来河北大学新闻专业不止一百名学生到新闻单位实习，在报台刊发新闻作品达3000多篇，其中还有不少作品在中央及省级新闻单位获奖。教师的科研成果也很可观。十多名教师编写出版了12本教材和专著，还发表了100余篇论文。有4篇论文获得省级科研成果奖，有6篇论文获得校级或省学会级科研成果奖。

（六）联合办学也反映了河北省新闻界具有远见卓识，他们的精神是值得提倡的，应该给他们记一功。

鉴于以上情况，我们认为河北大学新闻专业这一教学成果既有实践意义，又有理论价值，值得推广，同意他们申报省级优秀教学成果奖，并向国家优秀教学成果评审委员会推荐。

方汉奇　戴邦　沈如钢　王艺舟　叶榛　楼沪光　张绍宗（签名）

1992年10月

研究典型报道

在给学生讲授新闻学理论课程时，我经常思考这样一个问题：典型报道是我党新闻宣传所使用的一种十分重要、十分独特的传播形式，在推动党的中心工作、引导社会舆论方面发挥了重要作用。可以说，典型报道是我党在新闻宣传方面的一大发明。据说国外是没有"典型报道"这一称谓的。然而，在相当长的一个历史时期内，无论是学界还是业界，对典型报道的研究却一直不够重视，研究成果比较零散，且局限于"术"的层面，没有形成比较系统、完整的理论框架。一般新闻传播学教材中，也没有专门研究典型报道的章节。有感于此，我一直想对典型报道问题进行一些探讨和研究，但由于杂事缠身，没有动笔。

机会终于来了。

1985 年 11 月，中国新闻教育学会在广西桂林召开新闻教育改革研讨会。为了改变新闻理论教材长期以来内容陈旧的问题，会议决定发挥各个院校的优势，采取集体协作的方式，编写一部新的新闻理论教材，教材定名为《当代新闻学》。编写工作由南京政治学院新闻系主任郑旷大校牵头。经过反复协商，成立了包括南京大学、华中科技大学、四川大学、兰州大学、河北大学、郑州大学等 20 所高校新闻系（专业）在内的阵容颇为壮观的编写组。我受各位专家、教授的垂爱，被推举为该书编委会委员、副主编。

经过大家讨论，决定将典型报道问题设为《当代新闻学》的专章来论述。由于我此前对文艺学中的典型理论进行过一些粗浅的研究，并发表过一些相关的研究成果，所以编委会责成我承担《新闻传播中的典型和典型报道》一章的编写任务，并负责修改本书部分章节的书稿。我欣然接受。

典型报道问题既是一个复杂的理论问题，又是一个实践性很强的问题，涉及面很广。我首先本着"竭泽而渔"的精神，在搜集和梳理相关资料方面下了较大功夫。

第一，为了准确阐释"典型"的内涵，我对从古希腊、罗马到当代几千年的典型理论发展史，进行了比较系统的学习和梳理，并积累了比较系统的相关资料。

第二，典型报道发端于我党延安时期的《解放日报》。为了厘清典型报道发展史，我对能找到的我党各个历史时期的党报党刊进行了比较系统的检阅，对一些有代表性的典型报道作品进行了学习和摘引，积累了大量资料。

第三，为了系统总结典型报道经验，我将《新闻战线》《中国记者》这两种杂志从创刊到1985年的全部刊物从图书馆借出，搬到我家中，对其中所刊载的关于典型报道的大大小小的文章、资料，逐篇进行阅读、摘记和爬梳。

经过长达半年的艰苦努力，我积累了数万字的相关资料，做出70多张资料卡片，并逐步形成了这一章的基本框架：一是从梳理典型理论发展史入手，全面而又简明扼要地阐明"典型"的基本内涵；二是将新闻典型和文学典型进行比较分析，从美学角度全面深入地阐释"新闻典型"的深刻涵义；三是系统梳理从延安解放日报到改革开放初期，其间大约40多年我国典型报道产生和发展的历史脉络；四是系统总结我党领导的新闻事业各个历史时期，特别是改革开放以来典型报道的主要经验，并上升到理论的高度；五是采写典型报道应遵循的基本原则；六是新时期典型报道必须改革以及改革的基本思路。

1986年放暑假后，我便集中精力动笔写作了。由于准备得比较充分，写得还算顺利，用了大约半个月时间，就完成了初稿。只是篇幅太长了，有三万多字，而编委会规定每章不超过二万字。经过几次删削修改，润色文字，于当年八月底才算定稿了。

这只是一部教材中的一章，篇幅也不到二万字，但我花费的精力和时间是相当多的。我体会，写一篇有一定价值的学术论文是很不容易的。时下有的人一年可以出好几部专著，佩服！

1990年6月，时任国际关系学院新闻系主任、现任清华大学新闻与传播学院教授、著名学者刘建明先生，来函邀请我参加由他主编的长达380多万字的《宣传舆论学大辞典》的编写工作，并担任该辞典的编辑委员会委员。他在来函中说："久闻你在典型报道研究中取得可喜成果，准备邀请你做这卷辞书的撰稿人，撰写有关典型报道的条目。"之后，刘建明先生又邀请我组织撰写新闻写作学的有关词条。这两部分总计近百个词条，约八万多字。

我觉得，辞书是学术的"圭臬"，它的编写较之一般文章的写作，要求更高，更严格。接受任务后，我又邀请杨秀国老师参加了新闻写作学词条的编写工作。杨秀国毕业于复旦大学新闻系，业务基础很好，多年来一直从事新闻写作学的教学与研究工作。在酷暑难耐的暑期，我们艰苦奋战，按时完成了编写任务。

典型报道这篇论文作为《当代新闻学》中的一章，于1987年由长征出版社出版后，除被多所大学用作教材外，迄今已被引用达数百次之多，成为学界研究典型报道的重要参考文献之一。1988年，这一章作为单篇论文，获河北省社科优秀成果二等奖，本人晋升一级工资。

赴京参加中国新闻教育学会成立大会

（一）大会的基本情况

1984 年 10 月 30 日至 11 月 2 日，中国新闻教育学会成立大会在北京召开。参加这次大会的有来自全国 33 所高校新闻系（专业）的 35 位代表。中宣部新闻局局长钟沛璋、新闻教育处处长洪一龙、中国高等教育学会会长肖岩、中国社科院研究生院院长温济泽，以及新华社、人民日报社、光明日报社等新闻单位的负责同志莅临大会指导。

经过充分酝酿协商，大会选举我党老一辈新闻宣传家温济泽同志为中国新闻教育学会会长，中国人民大学新闻系教授甘惜分、复旦大学新闻系教授王中为副会长，洪一龙同志为副会长兼秘书长。我作为河北大学中文系新闻专业的代表被选举为学会理事。

（二）大会的主要议题

这次大会在我国新闻教育史上具有里程碑意义。中宣部对这次会议极为重视。会议主要讨论了以下几个当时新闻教育所面临的迫切问题：

1. 我国新闻教育的现状及发展规划。到会议召开时，全国共有新闻教育专业点 33 个，专业教师 500 余人，在校本科生 1877 人。1983 年新闻专业毕业生 471 名，是新中国成立以来最多的，但仅占每年所需毕业生的十分之一。到 20 世纪末，全国需补充专业新闻干部 8 万人以上。

2. 加强对新闻教育工作的领导。1983 年中宣部、教育部联合发出 38 号和 47 号文件，文件提出："必须提高对新闻教育工作重要性的认识。有关党政领导部门要支持和关心新闻教育，要在人力、物力和财力上提供必要的条件。目前我国新闻教育设备缺乏，条件很差，一些新办的新闻专业更是困难。各主管部门对所属新闻院系的办学条件要予以足够的重视，帮助他们切实解决报刊、图书资料和基建等方面的困难，提供专款和一定数额的外汇，给他们配备所需的现代化的教学和实习设备。"

3. 大力培养、建设师资队伍。我国新闻教育发展很快，但师资队伍严重缺乏，政治素质和业务素质亟待提高。会上，各院校交流了培养和建设师资队伍的一些经验和做法：

一是聘请新闻单位有经验的编辑、记者到学校授课；

二是选派青年教师外出进修；

三是从新闻专业或中文系高年级学生中选拔优秀学生到教育部委托举办的师资培训班学习一至二年，回校后承认其本科学历，留校做新闻专业师资；

四是从中文、外文本科毕业生中招收双学位生。

我在大会上重点介绍了河北大学新闻专业两条经验和做法：一是依托综合性大学学科齐全的优势，加开一些人文、经济、法学等课程，适当压缩一些新闻专业课程的课时，培养知识面宽广、基础理论扎实的应用型人才；二是制定出分批分期将新闻专业全部青年教师派往中国人民大学新闻系、北京广播学院（今中国传媒大学）和中国社科院研究生院新闻系进修一年左右的规划。到本次会议之前，这个规划已实施三年，共派出 5 名青年教师外出进修。我的发言受到与会代表们的热情鼓励和欢迎。

（三）胡乔木、邓力群接见与会代表

参加这次大会至今难忘的是在会议结束后，我党马克思主义理论家、革命家，曾多年担任毛泽东主席秘书、时任中共中央政治局委员的胡乔木同志和中央书记处书记、中宣部部长邓力群同志，在中南海接见了与会的全体代表。

记得在去中南海之前，大会负责人很严肃地向代表们讲了一些应注意事项，我们便出发了。我兴奋，激动，又有点忐忑不安——毕竟中南海是中国的心脏，是中央最高领导人工作和生活的地方。

11月2日下午3点30分，我们乘专车准时进入中南海。在一个可容纳100来人的长方形的会议室里，我们都按照指定位置落座。每个代表的桌子上都整齐地摆放着一个笔记本、一支铅笔和一个茶杯。几名端庄秀气的服务员笑容可掬地站在会议室门口。整个会议室庄严肃穆。我们虽然也是见过一点世面的人，但多年来习惯于崇拜伟人，崇拜权威，因而到了这里还是有点大气不敢出。我们规矩地坐在各自的座位上，翘首等待中央领导同志的出现。

会议室里鸦雀无声，一片寂静。

终于，胡乔木和邓力群同志在几名礼宾人员的引导下，缓步来到会议室，我们报以长时间热烈的掌声。

胡乔木同志看上去是一位十分和蔼可亲的老人。大家坐定后，他说，因为有一个会议，来晚了些，请大家谅解。接着，新闻学会负责人简要做了情况汇报后，胡乔木同志即开始讲话。

他说，新闻教育发展很快，很好。希望各级党委都要重视新闻教育，要培养一大批高质量的新闻人才。新闻院校要培养学生具有坚实的马克思主义理论基础。胡乔木还说，作为一个新闻工作者，不仅要掌握新闻业务的基本技能，还要有宽广的知识面，既要懂得法律、经济、历史等社会科学方面的基本知识，也要懂得一些自然科学方面的基本知识。此外还应接触社会生活的各个方面，对各种事物都应有广泛的兴趣。他指出，如果新闻教育过于专业化，那么它的适应性就小了。胡乔木同志希望新闻教育工作者要解放思想，不要设很多条条框框，条条框框多了，就难以培养学生灵活的反应和应变能力。

胡乔木同志讲完后，邓力群同志也发表了讲话。他要求大家要认真学习胡乔木同志的讲话精神，解放思想，勤恳工作，教书育人，为国家培养出大批思想和业务能力都过硬的优秀新闻人才。

　　领导讲话、和与会者座谈，大约进行了一个半小时，之后我们便按顺序走出会议室，坐上大巴。当汽车发动机轰隆隆响起时，我们的每一双眼睛都尽力打量中南海的一切——毕竟来中南海并不是一件很容易的事情，看一眼是一眼啊！

赴广州参加宣传学研讨会

1988 年 12 月 6 日至 9 日，我应邀参加了由广州市委宣传部在广州召开的"宣传学研讨会"。会议的中心内容是探讨什么是宣传学以及怎样编写一部高水平宣传学教材等问题。此前广州市委宣传部创建了一所业余大学——广州宣传学院。

记得临行前我很激动。此行是我第一次乘飞机。当时乘飞机还是一种很奢侈的事情。河北大学规定：只有校级领导因公外出才可以乘飞机，其他人员出差如需乘飞机，必须经校长特批。学校领导考虑到我的工作十分繁忙，批准了我乘飞机的申请。当时北京至广州的机票价格是 320 元，我觉得这是一个天文数字啊！

1988 年 12 月 5 日清晨，我早早来到首都国际机场的候机室。我坐在椅子上，脑子里充满乘飞机的各种遐想，兴奋而激动，向往而又有几分恐惧。经过长时间的等待，办理各种复杂的登机手续，我乘坐的飞机终于腾空而起，飞向天空。在飞机上，我的两眼不停地向窗外张望，一碧如洗的天空中时而有朵朵白云飘过，时而是茫茫云海翻腾。从机窗向下眺望，隐约可见如黛的青山，蜿蜒的河流，苍茫的云雾……

此行也是我第一次去广州。广州是全国改革开放的"排头兵"，我很想去亲眼看看广州到底有哪些新鲜事物。

我从天寒地冻的北京飞达广州，走出机场，举目望去，花红树绿，满眼是春。大街上，很多人穿着很洋气的西服或是很合体的夹克衫，而我们从北方来参会的代表穿的都是非黑即蓝的中山服。马路两侧，有许多摩天大楼，还有许多规模宏大的建筑工地。来往的车流中，有许多招手即停的出租汽车，而北方（包括北京）当时还没有出租汽车。总之，来到广州，感到一切是那样新奇。至于广州人和我们交谈，经常挂在嘴边的一句话是"你们北方"如何如何，语气中充满调侃和不屑。

12月6日上午，研讨会在广州市干部俱乐部开幕。参会的除少数几所大学新闻系（专业）的代表之外，绝大多数都是各省市委宣传部门的负责同志，总计约四五十人之多。

时任广州市委宣传部新闻处负责人黎××，在会上详细介绍了广州市委宣传部创建宣传学院的初衷、经过和未来的设想。他们要把宣传工作作为一门学问来研究，这门学问叫"宣传学"。这在全国具有首创性。此前黎××已出版一部专著《宣传学概论》。他给我的印象是：朴实稳重，思想敏锐，谈吐不俗。当时他才三十多岁。我觉得，他的发展空间很大，前途无量啊！

根据会议的安排，我重点介绍了河北大学中文系新闻专业编写有关教材的一些经验和做法，并简要阐述了"新闻与宣传之关系"的一些观点，受到与会代表们的热情鼓励和肯定。

在会议的间隙，广州市委宣传部还安排我们去深圳看了看。深圳是邓小平同志"画了一个圈"的地方，全国瞩目。不过，当时深圳的城市建设刚刚起步，我们只看到为数不多的高楼，但宽阔整洁的马路两侧有很多建筑工地，一片热气腾腾的景象。

前几年有报道称：黎××后来出任广州日报报业集团董事长兼总编辑，官果然做大了，但因受贿和生活作风腐败等问题，被判了重刑。得知这一消息，我不免有些惋惜和怅然。看来，越是有才气的人，越需要谨慎行事，约束自己啊！

参加一次具有特殊意义的座谈会

1989 年 11 月初，河北省新闻工作者协会在石家庄河北日报社召开了一次新闻宣传座谈会。参加这次座谈会的除全省新闻媒体采编人员的代表之外，还有相关高等学校和科研单位的代表，总计达数十人之多。我应邀参加了这次座谈会。当时我担任河北大学中文系新闻教研室主任、河北省记协和河北省新闻学会常务理事，是当时河北省唯一的新闻学副教授。

这次座谈会的宗旨是：继承和发扬我党新闻工作的优良传统，坚持新闻工作的党性原则，坚持正确的舆论导向，总结前一阶段新闻宣传中的经验教训，努力开创新闻宣传工作的新局面。由于众所周知的原因，这次座谈会具有特殊重要的意义。

参加这次座谈会，自己感到责任重大。我的发言必须以马克思主义新闻观为指导，还应该尽可能理论联系实际，有针对性，不能一味地空谈理论，坐而论道。好在从 1985 年开始，我一直参加河北省一年一度的新闻奖评审工作，对河北省的新闻宣传工作还算比较了解。经过认真思考、梳理前一阶段新闻宣传在舆论导向方面出现的一些问题，我觉得必须正确看待西方的所谓"新闻自由"。新闻宣传能否坚持正确的舆论导向，当好党和人民的耳目喉舌，如何正确看待新闻自由问题，是一个核心问题，关键问题。在改革开放的大潮中，少数新闻工作者对西方的新闻自由盲目崇拜，导致自觉或不自觉地偏离新闻宣传的正确方向，给党的事业造成损失。为此，我给我在这次座谈会上的发言拟定了一个有针对性的题目：《资产阶级新闻自由果真那么迷人吗？》。

座谈会伊始，主持人点名让我首先发言。我重点谈了以下几个问题：一是简要阐释了马克思主义的新闻自由观。新闻自由是言论自由的一部分。它是一种上层建筑，是由经济基础决定的。谁占有了新闻生产资料，谁就有新闻自由。新闻自由是相对的，而不是绝对的。它和纪律是一对矛盾，没有纪律就没有自由；二是对资产阶级的所谓"五大自由"（采访自由、传播自由、批评自由、出版自由、贩卖自由）逐一进行了分析，指出其为垄断资产阶级服务的本质；三是对资产阶级新闻自由最容易迷惑人的地方，即所谓"绝对自由"的假象进行了深入分析，指出其本质不过是资产阶级不同的利益集团之间的相互争斗的一种表现而已。发言时，对每一个观点的阐述，我都结合一些生动的实例，还算深入浅出吧。

参加这次座谈会，虽然事前我做了比较充分的准备，但毕竟面对的是全省的新闻工作者，所以思想压力还是很大的。想不到我的发言结束后，大家报以热烈的掌声，给了我极大的支持和鼓励。

1989 年 11 月 25 日，河北日报在理论版的显著位置，以大半个版的篇幅，全文发表了我的发言稿。

我这一生，不知道参加过多少次各种各样的座谈会，但参加这次座谈会似乎具有特殊的价值和意义，兹以纪之。

游走于万里长城的两端

（一）

1990 年 7 月，由中共河北省委宣传部和河北省记协举办的"河北省首届新闻评论研讨班"在秦皇岛召开。我和中国人民大学新闻系的胡文龙教授，作为特邀专家担任研讨班的主讲教师。参加研讨班的都是河北省各新闻单位的评论骨干，其中多是新闻单位的领导或评论部主任。

我有幸聆听了胡文龙教授的精彩讲解。胡文龙先生是我国著名的新闻评论学专家。

根据研讨班的安排，我给学员们作了《新闻小言论写作的哲学思考》的专题报告。其主要内容分为三个部分：（1）新闻小言论勃兴的社会历史原因；（2）新闻小言论的审美特征；（3）巧妙处理新闻小言论构思写作中的矛盾和问题。

我从事新闻评论学的教学与研究多年，觉得有机会向全省的新闻评论工作者发表自己的一些见解，为推动党的新闻宣传工作贡献自己的一点力量，感到十分荣幸。我的报告从头至尾满怀激情，受到学员们的热情鼓励和欢迎。嗣后，这篇报告的全文刊登在《河北大学学报》上，题目改为《新闻小言论论纲》。1994 年这篇论文获河北省哲学社会科学优秀成果奖，本人按规定晋升一级工资，始料未及啊！

在学习、研讨的间隙，研讨班的全体成员还特意到山海关参观了万里长城的起点——老龙头，去领略和感受那厚重灿烂的中华文化。

老龙头是明长城的起点，它犹如一条蜿蜒巨龙的龙头探入渤海，故而得名。老龙头由澄海楼、入海石城、靖卤台等景点组成，它原是集山、海、关、城于一体的军事防御设施，如今成了著名的爱国主义教育基地，旅游胜地。

（二）

说来也巧，同年8月初，中国新闻教育学会第六次年会在万里长城的另一端——甘肃省嘉峪关市召开，我作为学会的理事应邀参加了这次会议。当时，我还是第一次去祖国的大西北，第一次穿越绵延千里的河西走廊，第一次看到一望无际的大戈壁，看到传说中沙漠中的"海市蜃楼"。一路上，我的两眼不停地向外眺望，心情始终处于无比的兴奋和激动之中！

参加这次年会的有全国30余所高校的新闻系（专业）的代表，中国新闻教育学会会长、我党老一辈宣传家温济泽同志，以及国务院新闻办公室、新华社等单位的相关负责同志莅临年会指导。在会上，我重点介绍了河北大学新闻专业锐意进行新闻教育改革，与河北日报社等新闻单位联合办学，建立实习基地，培养高质量应用型新闻人才的一些经验和做法，受到与会领导和代表们的热情欢迎和肯定。

会议期间，我们还参观了长城的终点——嘉峪关古城堡，去感受从长城的"这一头"到长城的"那一头"的喜悦、激动和心跳！嘉峪关古城堡位于嘉峪关市西南约40华里处，是一座高几十米、周长约400多米的保存完好的方形古代军事城堡。这座古城堡建于明万历三十九年（1611年），距今已有400多年的历史。"初有水尔后置关，有关尔后建楼，有楼尔后筑长城，长城筑尔后可守也。"高大巍峨的古城堡门楣上，据传由清嘉庆皇帝手书的雄浑苍劲的四个大字："天下雄关"，和长城的另一头山海关城楼上的"天下第一关"遥相呼应。

我们绕城一周，近观远眺，禁不住心潮激荡，感慨万千，为我国古代劳动人民的伟大创造而感到无比骄傲和自豪！

（三）

会议期间，作为东道主的兰州大学，还安排我们到大漠深处的敦煌进行调查研究活动，参观了举世闻名的莫高窟、鸣沙山和月牙泉。

记得早晨五点钟，我们就搭乘会议上安排的一辆大巴，沿着一条还算平坦但比较狭窄的公路，向敦煌行进。走出嘉峪关不久，就进入茫茫的大戈壁。车到玉门关，我们下车小憩，眼望那高远的天空和无边的戈壁，心中默念着王之涣的凉州词"黄河远上白云间，一片孤城万仞山。羌笛何须怨杨柳，春风不度玉门关"的诗句，真是"别有一番滋味在心头"！

我们乘坐的大巴开行了四五个小时，到达位于嘉峪关市西南部的安西县。

安西古称"瓜州"，因盛产甜美的蜜瓜而得名。我们到达安西时，正是中午时分，烈日当头，酷热难耐。县领导为我们安排了一次无比丰盛、无比甜美的蜜瓜宴。在一个大礼堂里，只见一个个餐桌连在一起，沿着大礼堂转了一圈，餐桌上摆满了西瓜、哈密瓜、白兰瓜等上百种各种各样的蜜瓜。我们几十名会议代表排成一队，依次品尝。虽然我们每种蜜瓜只品尝一小块，但一路品尝下来，我们的肚子都变得滚圆滚圆了。

在我的经历中，这次蜜瓜宴是最甜蜜、最清爽、最惬意的一次宴会，非大城市中的山珍海味所能比。有道是"冰泉浸绿玉，霸刀破黄金；凉冷消晚暑，清甘洗渴心！"

（四）

汽车开行了大约八个多小时，终于到达茫茫戈壁中的敦煌市。那里与北京地区的时差有两三个小时，我们到达敦煌时，虽然已是下午五六点钟，但艳阳高照，阳光灿烂，蓝天白云，仿佛还是在中午。

第二天上午，我们怀着十分敬畏的心情，参观了久已向往的莫高窟。

我们去参观时，敦煌莫高窟不久前被联合国教科文组织列为世界文化遗产。那里保存着从南北朝到元十个朝代的彩塑和壁画，是雄踞于丝绸之路上最伟大的佛教艺术宝库，是世界人类文明史上的一个奇迹。莫高窟有洞窟 490 多个。洞窟中的壁画数以万计，总计有 45000 多平方米。这些壁画虽然数量之多难以胜数，但每一幅都独具特色，据说没有哪一幅是与其他壁画相同的，具有极高的艺术价值。这些壁画有神像、飞天、伎乐、仙女等，其中尤以飞天的艺术价值最高。除此之外，洞窟中还保存着彩色泥塑近 2500 身。这些泥塑最小的只有 10 厘米，而最大的则高达 33 米。

由于参观的人太多，按照敦煌莫高窟管理局的规定，参观者只能跟随队伍在洞窟内慢慢前行，一边走一边参观，不允许停留。所以我们的参观虽然用了三四个小时，但也只是走马观花而已。不过，我们参观完后从莫高窟中出来，回望那嵌居于半山腰中一字排开的一个个洞窟，心中还是感到无比地震撼。我们为中华民族的辉煌历史、灿烂文化，感到无比自豪！

伟大啊，中华文化！

伟大啊，中华民族！

（五）

我们在莫高窟观览了人类的奇迹之后，又来到位于敦煌南部约 5 公里处的"山有鸣沙之异，水有悬泉之神"的鸣沙山和月牙泉。

鸣沙山沙峰起伏，"如虬龙蜿蜒，金光灿灿"。它虽名曰"山"，但全然不见石头，海拔千余米，都是洁净细软的黄沙。它是千百年来，狂风裹挟着黄沙，慢慢堆积雕凿而成。据说每当夜晚，大风骤起之时，鸣沙山都会发出清音缭绕的鸣叫声，并因此而得名。不过，敦煌遗书所载鸣沙山"盛夏自鸣，人马践之，声震数十里"，"沙吼声如雷"，恐怕是有点夸张了。

我那时还算年轻，和大家一起爬到鸣沙山山顶。我举目远眺了一番之后，心潮激荡，竟然横卧黄沙，从山顶上向下滚了几十米。只有在这时，我才真切地体会到王羲之在《兰亭序》中所说的那种"放浪形骸"的人生境界。

月牙泉横卧于鸣沙山脚下，因其形状酷似月牙而得名。鸣沙山金光闪闪，月牙泉则清澈明丽，二者宛如一体，相映成趣。月牙泉是由当地特殊的地质结构形成的。它被四面的黄沙包围，水质清澈见底，且千年不涸，令人称奇。据说在清代之前，月牙泉长约150米，宽约50米，泉水最深处达13米，可以行驶大船。"泉水极深，细沙为底，深不可测。"后来由于周围垦荒造田，大量抽取地下水，植被遭到破坏，导致月牙泉附近的水位急剧下降，月牙泉也就不可避免地迅速缩小。我们去参观时，月牙泉的面积只剩十几亩，水深也只有一米左右了。不过，它那俊美靓丽的风姿犹存，细细品味，还是给人以十分惬意的美感享受。

中国新闻教育学会第六次年会全体代表合影（1990 年摄于嘉峪关市酒钢招待所）

组织召开庆祝河北大学新闻专业创办十周年大会

新闻专业创建十周年大会现场（1992 年摄）

1992 年 10 月 29 日上午，微风和煦，碧空如洗。河北大学彩旗飘扬，宾客如云，庆祝河北大学中文系新闻专业创办 10 周年大会在图书馆报告厅隆重举行。参加大会的除我们新闻专业师生和河北大学各系师生代表外，还有省委宣传部、省记协和保定市委宣传部的有关负责同志，以及全省 30 多家新闻单位的总编辑或副总编辑等贵客嘉宾，总计达数百人之多。

他们中有我党老一辈新闻宣传家、河北省记协主席、原河北省委宣传部常务副部长、河北日报总编辑、高级编辑林放同志，省记协常务副主席、原河北日报社总编室主任、高级编辑王子英同志，省记协副主席兼秘书长、原省委宣传部新闻处处长、高级编辑安孟吉同志，河北电视台副台长、高级编辑何振虎同志，中共保定市委宣传部部长张广琦同志等。河北大学党委书记兼校长吴家骧同志亲临大会指导。

在这次大会上，我以中文系副主任的身份，代表中文系领导班子作了题为《艰苦创业，砥砺前行》的报告，简要介绍了十年间新闻专业的快速发展和在教学、科研等方面所取得的巨大成绩。1982 年河北大学中文系新闻专业刚创办时，专业教师不足 10 人，教师的年龄结构、知识结构、职称结构又极不合理，没有资料室、实验室等最基本的办学条件，许多新闻专业必修课开不出来。但在学校领导的关心支持下，通过新闻专业全体师生的艰苦努力，到 10 年后的 1992 年，形成了一支职称和年龄结构比较合理、整体实力比较强的师资队伍，建立起新闻专业资料室和新闻摄影实验室，办学条件有了明显改善。新闻专业师生锐意改革，大胆创新，走出了一条与新闻单位联合办学，培养知识面宽广、基础理论扎实、实践能力较强的高质量应用型人才的办学道路。所培养的学生受到各新闻单位的广泛好评。这一办学经验多次受到国家教委和省教委的表扬，并于 1993 年获得河北省高校优秀教学成果一等奖。"十年磨一剑"，经过十年的建设和发展，河北大学新闻专业从无到有，从小到大，其整体实力跻身当时全国 100 余所高校新闻系（专业）的前十名。

回想十年间我们所走过的不平凡的道路，克服的一个个难以想象的困难，我和全专业师生感慨万端，激情满怀，整个会场弥漫着一种昂扬奋进的感人气氛。正当我讲到动情之处时，参加大会的河北省记协常务副主席王子英同志突然站起来，大声说："在座的全省各新闻单位的代表请站起来，向河北大学新闻专业的全体老师们鞠一躬，感谢他们多年来对全省新闻工作的支持和帮助！"随即，全省 30 余名各新闻单位的"老总"（总编辑）齐刷刷站起来，向我们鞠了一躬。那一刻，全场震撼，掌声雷动，一片沸腾！

我被这激动人心的场面惊呆了。稍稍镇静一下之后，我才大声说："全省各新闻单位对我们的帮助更大，我们衷心感谢！"

实际情况也是这样。从 1983 年开始，我一直参加每年一度河北省新闻奖的评审工作，和各新闻单位的领导和许多编辑、记者结下了深厚友谊。各新闻单位热情接纳我们新闻专业师生的业务实习，并派出有丰富新闻实践经验、理论水平较高的老编辑、老记者为我们的学生开设专题课或作专题讲座。我们所取得的每一项成绩和进步，都和全省各新闻单位对我们的无私帮助分不开。

这次大会是在校系领导的大力支持下，新闻专业全体师生积极参与、举全专业之力召开的。大会开得隆重，热烈，激动人心。会后许多嘉宾动情地说："你们的大会开得很好，很成功，向你们祝贺！"

校党委书记兼校长吴家骧同志握着我的手说："想不到你们小小的新闻专业竟有这么大能量！"

这次大会在新闻专业发展道路上具有标志性意义。它标志着新闻专业走出象牙塔，与新闻单位合作，共同培养高质量应用型人才的路子走对了，受到新闻实践部门的认可和欢迎。

这次大会也较好地宣传了河北大学新闻专业，扩大了新闻专业在社会上的影响。会后，河北日报、河北电台、电视台和各地市新闻媒体都报道了这次大会的盛况。一时间，"河北大学新闻专业"这个名字，在燕赵大地上不胫而走，极大地提升了在广大高考考生中的知名度，这又为优化新闻专业的生源质量、进一步办好新闻专业创造了条件。

附：

金秋，燃亮美丽的红烛
——省记协为河大新闻专业贺生日小记

本报记者　赵兵

深秋金色的朝阳斜洒在河北大学新图书馆报告厅内，张张笑脸与阵阵发自肺腑的欢声笑语把收获的气氛烘托得愈来愈酽。省及部分地、市新闻单位的代表与新闻专业的师生们，在 10 月 29 日这天，为我省高校中唯一的新闻专业，欢庆她的 10 岁生日。

1982 年秋，当河北省第一个新闻专业在河北大学中文系创办时，省新闻界便同它有了一种默契、一份真诚的情谊。河北日报与河北大学新闻专业签订了联合办学协议；各新闻单位成了新闻专业学生实习及社会实践活动的基地。新闻专业的教师们每年都参加省记协组织的省内好新闻评选工作，协助新闻单位举办了各类新闻培训班、评点新闻作品。帮助新闻工作者提高理论水平。10 年来，新闻专业已先后毕业了 419 名本、专科学生。如今他们已在各级新闻单位及宣传部门尽展风姿。

"如诗清泉浇心田，淡茶一杯也有情。"热烈的会场上，由省记协常务副主席王子英提议，几十位新闻单位的代表起立向老师们致敬并祝新闻专业生日快乐。"呼啦"，全体教师和新、老学生自动起立，顷刻，掌声雷动。

十支美丽的红蜡烛，悄悄地在每个人心中燃烧着……

（原载《河北日报》1992 年 11 月 1 日）

获此殊荣，备受激励

记得是在 1992 年 5 月间，我们河北大学中文系党政领导班子正在开会，学校教务处的薛岩彬处长突然来到中文系，把主持会议的系主任黄建国同志叫出去谈话，那神情好像很神秘的样子。

我们的会议结束后，黄建国主任对我说：学校党委让你把自己的教学和科研情况总结一下。我问："写总结做什么？"黄主任说："先写吧，以后再说。"

又过了几天，人事处给我送来一张表格，我一看是《政府特殊津贴申报表》。我心里有些忐忑，心想："这种事怎么会落到我头上呢？"我知道享受政府特殊津贴是很难的。我也不便多问，只是按要求填好了表格。

当时我的所有教学评估，包括校级和系级，都是优秀；获河北省优秀教学成果一等奖 1 项（集体项目，本人为项目主持人），河北省哲学社会科学优秀科研成果二等奖 1 项，三等奖 1 项，河北省优秀新闻论文一等奖 2 项。我按要求很快填好了表格。之后在长达一年多的时间里，没有任何消息。

1993 年 10 月的一天，我突然接到通知，说我申请的政府特殊津贴被批准了，还送来了国务院给我颁发的享受政府特殊津贴证书。看着证书上那金黄色的国徽图案和"中华人民共和国国务院"的大红印章，我心情激动，分外高兴！虽然津贴数额当时每月只有 100 元，但我觉得这是一种荣誉，是国家对我所做工作的肯定。

过了几天，我从激动中走出来之后，慢慢滋生出一种不安和战战兢兢的心情。国务院政府特殊津贴几年才评一次，每次给河北大学仅一两个名额，学校上千名教师，难度之大，可想而知。我觉得，我的成绩不一定最突出，这个荣誉落到我头上，完全是意想不到的。可以告慰的是，无论是在申报前还是申报后，在整个过程中，我没有请托过任何人，没有走过任何"门子"。

我暗暗下定决心：以百倍努力做好教学、科研和自己所担任的中文系副主任的工作，回报党和政府对自己的关怀和厚爱。可以告慰的是：我基本上实践了自己的诺言——尽管我做得还很不够，但我确实努力了。

晋升教授

1962年我于河北大学中文系毕业留校任教时，虽然已经见过不少教授，但对教授仍然怀着一种敬畏之心。当时我们河大中文系的教授算是比较多的，但也只有三四名正教授。有几位在学术上做出开拓性、奠基性贡献的著名学者，如古代汉语研究大师裴学海先生、古代文学研究著名专家詹锳先生等，其学术声誉听起来如雷贯耳，但当时他们也只是"副教授"。我的恩师谢国捷先生，博古通今，但当时他只是一名"讲师"。那时我总觉得教授恐怕是"特殊材料制成的"，是"高不可攀"的，像吾辈"从高粱地里钻出来的"凡夫俗子，恐怕是不能奢望当什么教授的。如果说"不想当元帅的士兵不是好士兵"，那么我当时真的算不上"好士兵"。

时光荏苒。时间到了公元1985年，我和许多同事一起，顺利地被评上了"副教授"，从此算是有了"高级职称"。我还是河北省第一个新闻学副教授呢。我的恩师谢国捷先生是我们新闻专业的第一个副教授，但省里给他下达的职称任职通知是"辞章学副教授"。从那时起，我国的专业技术职称开始泛化，高等学校逐步进入"教授一走廊，副教授一礼堂，讲师助教一操场"的时代。所以，我虽然被评上了副教授，但觉得"不过尔尔"，希望有一天被评上正教授。

按规定，副教授任职满五年即可申请正教授，但当时国家要进行职称改革，在很长一段时间里，停止了职称评聘工作。直到1993年，职称评审才重新开始。这一年，我任副教授已满八年，也就顺理成章地参评了正教授。

　　这一年职称评审的方式进行了重大改革，由过去的"印象性标准"改为"量化标准"。河北大学根据上级文件精神制订了考评细则，要求对申请人的教学、科研等成绩都要按照一定的标准打分，然后按分数排队，择优晋升。我们中文系组成了以詹锳、雷石榆、魏际昌等几位著名学者、老教授为主体的考评专家组。当时我已出版专著一部，主编专著、教材5部，在省级以上期刊发表学术论文几十篇，获省部级以上科研成果奖也算是比较多的，因而以中文系考核第一名的成绩顺利通过校、系评审。后来报到省里评审也是一路顺风，毫无悬念地评上了正教授。

　　虽然晋升了正教授，但我的感觉还是"不过尔尔"。因为我深知自己的功力、自己的学术造诣，和老一辈教授、老一辈学者相比，相差甚远，只能说自己是"忝为教授"。

　　以我的观察，这些年高等学校的职称结构又发生了很大变化，由过去的"正金字塔结构"变成了"倒金字塔结构"，即正教授数量最多，副教授次之，讲师、助教最少。我的感觉是，我们这一代人评上了什么职称，什么职称就开始贬值。不过，这也没什么要紧，不考虑这些表面的"名头"，自己好好工作，对得起党和国家的培养，为实现中国梦多做贡献，才是最重要的。

主持创办河北大学广播电视新闻学和广告学专业

    二十世纪九十年代初期，随着邓小平南方讲话的发表、建立社会主义市场经济体制的提出，广播电视和广告业迅猛发展。面对新的形势，我和新闻专业的许多老师都认为应该审时度势，抢抓机遇，迅速增设广播电视新闻学和广告学两个新专业。于是，在中文系党政领导班子的支持下，我于 1992 年 3 月起草了《关于在河北大学中文系新闻学专业基础上增设广播电视新闻学（专科）和广告信息学（专科）的报告》，上报给学校。学校领导研究后觉得这个报告很好，表示支持，并正式上报给省教委。

    我在报告中之所以提出先增设专科专业，主要是考虑以下几点：（1）当时我们新闻专业的师资力量和相关的仪器设备虽然有很大发展和提升，但还有不少短板，还不完全具备培养这两个专业本科生的条件和能力；（2）当时国家规定：高等学校增设专科专业经本省审批即可，而增设本科专业必须经国家教委审批。从我校当时的情况看，批准增设这两个本科专业的概率并不高；（3）当时国家启动了大学生培养收费制度的改革。按照国家规定，河北大学本科专业暂时仍然一律招收公费生，而应用性专科专业可以招收自费生。另外，为了鼓励各系为学校"创收"，还规定自费生的学费收入 60% 由本系使用。这就意味着：如获批准，将大幅增加中文系的办学经费，翻转来对办好这两个新专业创造必要的条件，何乐而不为！

    事情在我们的预料之中顺利发展。1992 年 12 月，河北省教委下达文件，正式批准河北大学增设广播电视新闻学和广告信息学两个专科专业。这是在全国高校中最早建立的为数不多的同类专业之一。

根据省里下达的文件要求，1993 年暑期这两个新专业招收了第一届新生，其中广播电视专业招收了 40 余名，广告信息专业招收了 30 名，新闻传播学科的学生数量大幅增加。至此，新闻传播学专业不再是河北大学的"独生子"，它又有了两个"小兄弟"，而新闻传播学一级学科的框架也基本搭建起来。新闻专业师生长期以来建立新闻传播学系的梦想也即将实现。

1993 年 9 月初，新生入学前，广播电视教研室和广告学教研室同时成立。由我提名，中文系党政领导班子研究同意，王瑞棠老师任广播电视新闻教研室主任，杜浩老师为副主任；崔福隆老师任广告信息学教研室主任，胡连利老师为副主任。至此，两个新专业的教学、科研组织正式建立起来。

随着师资队伍的不断壮大和办学条件的逐步改善，1995 年 9 月我们即向省教委写报告，要求将广告信息和广播电视新闻这两个专科专业晋升为本科专业。1996 年 3 月，经省教委批准并报国家教委备案，广告信息学晋升为本科，并更名为广告学专业。遗憾的是，由于种种原因，广播电视新闻学专业晋升本科未获批准。

1998 年 3 月，主管全省文教工作的副省长刘健生同志来新闻系考察，我们向他汇报了希望将广播电视新闻学专业晋升为本科的请求，并提出在未获批准之前，暂在新闻学专业开设播音与节目主持方向本科生的设想，得到刘副省长的大力支持。

一通百通，水到渠成。

1998 年 8 月，经省教委批准，我们即招收了播音与节目主持人方向本科生 15 名。

1999 年 10 月，省教委正式批准，我校的广播电视新闻学增列为本科专业，并于 2000 年招收第一届本科生。

经过师生们的艰苦努力，河北大学新闻学和广告学两个专业，先后于 1998 年和 2000 年获得硕士学位授予权。而如今的河北大学新闻传播学院，已获得一级学科博士学位授予权。这就意味着，河北大学新闻传播学院的所有二级学科，包括广播电视新闻学和广告学两个专业，不仅可以招收本科生，而且还可以招收硕士和博士研究生。每念及此，我都禁不住兴奋和激动！

出版第一部学术著作

我的第一部学术著作《说理艺术漫谈》，1993 年 12 月由河北教育出版社出版。这是一部集中阐释和论述说理文之论证方法技巧的专著。该书第一版印制 2000 册，很快销售一空，后又加印 3000 册。这部书除在市场上销售外，还用作河北大学成人教育学院的文科教材。此外，近年来，该书还在一家网刊上转载，受到读者的好评。中国文字著作权协会还给我转来一笔网刊稿费。

究竟什么是说理艺术？《说理艺术漫谈》的前言中对这个问题做了简约概括和说明：

说理艺术存在于说理的全过程中；说理的艺术性主要表现在分析论证的说服力与感染力上。而要增强说服力与感染力，一要靠观点正确，二要靠精到的方法技巧。一篇论说文如果对某个问题的分析论证既正确深刻，又具有生动感人的力量，引人爱看，就可以说它的说理艺术是高超的。

本书不足 20 万字，规模不算大，但它的成书却经历了一个漫长的历史过程。

1962 年我大学毕业留校任教后，一直从事基础写作和论说文写作教学与研究工作。1981 年河北大学新闻专业成立后，我又担任新闻评论学的教学工作，至 1990 年代初，前后从事论说文教学与研究长达 30 余年。其间，我对论说文写作中的一些带有规律性、关键性的问题进行了探讨和研究，偶有所得，便写成文章，积以时日，竟有数十篇之多。另外，1990年我应河北日报编辑部之约，为《河北日报通讯》撰写了13篇论述新闻评论写作技巧的文章，在这家刊物上连载。《说理艺术漫谈》就是我几十年研究论说文写作技巧的感悟和结晶。

如果说这本书有什么特点，我觉得主要是这样两点：

其一，前边说过，这部书是我在长期的教学和科研实践中，对论说文写作技巧的一些感悟和体会，是思想的一些"闪光点"，思想的"火花"，因而每个篇章都有新的见解或新的角度，决非人云亦云、东拼西凑、任意"注水"之作。例如《"启发"发引》《"由头"论》《说理的"理趣"》等篇章，就我的视野而言，在该书出版前，尚未见到对这些问题专门性、系统性的论述。

其二，这是一部学术随笔式的著作。换言之，我是将比较抽象枯燥的学术问题，尝试着用杂文随笔的笔法来表现的，尽量使其精短，生动，有味，可读性强。我觉得，既然这是一部论述说理技巧的著作，如果自己正襟危坐，板起面孔一味地抽象论述，写出的文章味同嚼蜡，那岂不成了自我讽刺！

时至今日，还有读者向我求购该书，这说明读者对这部书的价值和特点是认同的。

主持建立河北大学新闻传播学系

新闻传播学系挂牌剪彩仪式

（1995 年 11 月 25 日摄，左二为校党委书记兼校长吴家骧，右一为河北省记协主席林放）

1995 年 6 月 8 日下午三点，河北大学中文系召开全系教职工和学生代表大会，校党委副书记、常务副校长李星文同志在大会上传达了河北省教委（1994）57 号文件，并宣布了校党委的决定：经省教委报请国家教委批准，学校党委决定在原中文系新闻学专业、广播电视新闻学专业和广告信息学专业的基础上，组建河北大学新闻传播学系。从此，河北省历史上第一个新闻传播学系正式诞生了！

河北大学新闻传播学系的前身新闻学专业，始建于 1981 年。1981 年 9 月正式建立新闻学教研室，行使专业管理职能。经过全专业师生的共同努力，到二十世纪八十年代后期，河北大学新闻专业的整体实力跻身全国地方院校同类专业的前列。

为了加快河北省新闻教育事业的发展，早在 1984 年 11 月，我在参加中国新闻教育学会成立大会回校后，在向学校领导的汇报提纲中，就提出应尽快将新闻专业改建为新闻系，并建议可参考郑州大学"一套班子，两块牌子"的做法，即一套系级领导班子，下设中文系和新闻系两个系。待条件成熟后，两个系再完全分开。此后，我于 1987、1990 和 1992 年，先后三次向校党委撰写报告，请求将新闻学专业升格为新闻系，但由于种种原因，未获批准。

1994 年 1 月，校党委报请省委高校工委批准，任命我为河北大学中文系主任。虽然我当时豪情满怀，决心带领全系师生创造中文系的美好未来，但从全局考虑，从新闻传播学科的发展考虑，觉得还是应该将新闻专业分离出去，建立新闻系。

我始终认为，新闻专业依附于中文系并不是有什么不好，事实上中文系的领导和老师们始终对新闻专业的发展很关心，很支持，但由于中文系历史悠久，基础深厚，实力强大，教学和科研资源必然按照惯性向中文系集中。有道是"大树底下不长草"。在这种情况下，新闻专业很难快速发展。所以，我上任不久，便写了第四份关于建立新闻系的报告。好事多磨。这一次终于获得批准，新闻专业师生们多年的愿望终于实现！

校党委组织部负责人在大会上宣布了党委对新闻传播学系的人事安排：由我担任系主任，负责新闻系的党政全面工作；张伟同志负责学生工作；颜士义同志担任系团总支书记。

在这次大会上，我以中文系主任的名义宣布了中文系党政领导班子的决定：原中文系新闻学教研室和新闻资料室整编划归新闻传播学系，并从中文系抽调部分干部和教师到新闻系工作。

由我提名，校党委研究同意，1995 年 6 月 25 日和 1996 年 4 月 28 日，又先后任命李广增和胡连利同志为新闻传播学系副主任，系领导班子得到健全和加强。1996 年 3 月，报请校党委批准，任命贾文学同志为新闻系办公室主任。至此，新闻系的行政管理层全部建立起来。

1995 年 7 月 6 日，新闻传播学系召开全系党员大会，选举产生了第一届系党总支委员会，吴庚振、张伟、李广增同志当选为党总支委员。不久，校党委下达文件，决定吴庚振同志兼任新闻系党总支书记，张伟同志为副书记。

1997 年 4 月，我向校党委提出建议，进一步健全党总支委员会。校党委经研究同意我的意见。4 月 13 日召开新闻系全体党员大会，选举产生了第二届新闻传播学系党总支委员会，吴庚振、张伟、颜士义、李广增、胡连利同志当选为系党总支委员。我提出辞去系党总支书记职务，由张伟同志接替。颜士义同志任党总支副书记，负责学生工作。校党委同意我的意见。至此，新闻传播学系的整体架构完整地建立起来。

新闻传播学系刚建立时，共有教职工 29 人，本专科生 350 余人。下辖三个专业：新闻学专业、广播电视新闻学专业和广告学专业。

新闻传播学系建立后全体教师合影（1995 年摄）

飘着的河北大学新闻系终于落地

　　河北大学新闻传播学系于 1995 年 6 月建立之后，面临着诸多困难。首先是没有起码的办公条件——没有一间办公用房，没有一张桌子，甚至连一个板凳都没有。此时的新闻系还徒有其名，飘在空中。这并不是说学校领导不重视刚刚诞生的新闻系，而是学校当时的条件确实很困难。河北大学于 1970 年从天津搬迁至河北保定之后，校舍一直很紧张。学校领导和党政各部门、各处室，挤在一幢上世纪 50 年代建造的破旧的二层小楼上，实在找不出一间多余的房子。

　　党委书记兼校长吴家骧同志，在百忙之中亲自解决我们新闻系的办公用房问题。他对我和新闻系党总支副书记张伟说："我手里没有房子，你们到校园各处去看看，如发现哪里有可以腾出来的房子，回来告诉我。"于是，我们便睁大了眼睛，一连几天在河北大学大院里到处去寻找闲置的房子，结果一无所获。

　　我们十分沮丧，想去找吴家骧同志汇报，但他作为书记兼校长，工作之忙，可想而知。我和张伟同志几次去找他，都难以如愿。记得有一天上午，我们听说吴书记主持党委常委会议，我和张伟便于十一点半左右就蹲在会议室门口，焦急地等待会议结束。也算是好事多磨吧，我们等啊等，一直等到将近中午一点钟，会议终于结束了。只见吴书记一脸疲惫，叼着一支香烟，从会议室里蹒跚而出。我和张伟像见到太阳一样，疾步向前，大声喊道：

　　"吴书记！"

办事一向十分干练的吴书记，知道我们的心事，便极为简捷地对我们说："你们去找成人教育处黄处长吧。我和她谈了，请她帮助你们解决两间房子。他们的办公用房也很紧张，你们不要要求太高啊！"

我们心花怒放！那一刻，我们心里像吃了蜜一样甜。

当天下午，我们找到成人教育处的黄玉芳处长，很顺利地拿到两间各20来平方米的房子，一间对着男厕所，另一间对着女厕所。

我和张伟商量了一下，这两间房子，系党总支和系行政各占一间。张伟是女性，党总支办公室就占用对着女厕所那间；我是男性，系行政办公室就占用对着男厕所那间。

后来，我们又从成人教育楼一楼楼梯处找到一间校学生会存放杂物的阴暗潮湿、很不规整的库房，作为新闻系办公室。张伟同志和学校的后勤部门比较熟，由她出面从学校家具库借来一些缺胳膊少腿的废旧桌椅，请人修理了一下，用来办公使用。

1995年6月28日，办公室安排就绪，正式启用。新闻传播学系这条"船"，就在这样的条件下扬帆起航了！我们仔细端详着这虽然简陋但来之不易的办公室，畅想着新闻系的美好未来，激动不已，兴奋至极！

正是在这简陋得不能再简陋的办公室里，我们策划了一系列推动新闻系跨越式发展的重大举措。

邯郸梦

邯郸是一个有梦的城市——"黄粱梦"就是确证。

1995年10月，正是在邯郸这座古老而美丽的城市，我们美梦成真。

1995年6月，河北大学新闻专业从中文系分离出来建立新闻传播学系之后，面临着许多难以想象的困难。人们常说"有钱好办事"，但我们恰恰没有钱，甚至连一分钱的办公经费都没有。中文系当时每年的办公经费只有两万多元，根本不够用，年年都是寅吃卯粮。六月份新闻系建立时，中文系当年的办公经费已基本用完，而下一年度的经费省里还没有拨下来，不可能再分一部分给新闻系。学校只拨给新闻系一部分办公用品，诸如稿纸、墨水、圆珠笔等，安装了办公电话。

新闻系建立起来了，但因没有经费，无法运转。怎么办？我们只有自己想办法了。新闻系党政领导班子经过反复研究，决定向省内各新闻单位求助。恰在这时，河北省记者协会于10月14—15日在邯郸召开全省报纸质量评比工作会议。我和李广增副主任经省记协同意后列席了这次会议。

当时我正罹患严重的面瘫病，说话很困难，我强忍着病痛，在会上做了激情洋溢的长篇演说，述说河北大学新闻系创办的经过、发展前景和所面临的诸多困难，请求各新闻单位伸出援手。说完，我深深向大家鞠了一躬。与会的全体同志报以长时间热烈的掌声，那场面十分震撼和动人！

莅临会议的省委宣传部副部长韩丰聚同志，以及省记协领导林放同志、王子英同志等，出于对全省新闻教育和新闻工作的关心与支持，在会上呼吁各新闻单位从自己的实际情况出发，量力而行，尽可能给河北大学新闻系以帮助。

河北教育报社、邯郸日报社、河北日报社等新闻单位的领导，当场表示要捐款给河北大学新闻系。会后，许多新闻单位的"老总"找到我和李广增副主任，纷纷表示要给我们以帮助。后来，河北教育报还以《吴教授鞠躬》为题，报道和评述了这一激动人心的场面。

在邯郸会议之后一个多月的时间里，全省 30 多家新闻单位共向河北大学新闻系捐助办学经费 30 余万元，极大地缓解了新闻系办学经费的困难，也提振了全系师生办好新闻系的信心和决心。

为了使用好这笔来之不易的捐款，不浪费一分钱，不辜负全省新闻人对我们的期望和重托，我们把各新闻单位的捐款数量、我们的每一笔开支，都张贴在实验室的墙壁上，请全系师生监督。

这笔钱除少量用作日常办公经费外，还建起了一个广播电视实验室，购置了一批图书资料，设立了科研奖励基金，初步改善了办学条件。可以说正是靠着这笔"善款"，靠着领导和方方面面的支持和帮助，我们才得以梦圆，使新闻传播学系这条"魅力之船"，向着光辉灿烂的未来扬帆起航！

事情虽然过去了 20 多年，但每当想起当时的情景，我仍然感到十分亲切和激动。如今的河北大学新闻传播学院今非昔比，综合实力有了巨大发展，办学条件有了极大改善，但我们永远不能忘记在我们极端困难的时候，全省各新闻单位曾给予我们的无私关心和帮助！

附：

吴教授鞠躬

粟纹

深秋。邯郸梦林大酒店会议厅。

全省报纸质量评比会议正在这里进行。当会议进入尾声时，一位年近六旬的老教授缓步走上主席台。他叫吴庚振，是河北大学新闻系主任。他曾多次担任河北省新闻奖评委会副主任，为全省的新闻工作做出了贡献。

他向坐在台下的我省几十家报社的总编们通报了新闻系经国家教委批准的喜讯，还打算举行个建系仪式，届时请在座诸位光临。带着实难启齿的神情，他袒露了建系之初经费拮据的苦衷。他都快退休的人了，强烈的事业心和责任感促使他专程赶到邯郸，向老总们求助。他向台下60多位老总们深鞠一躬，令在场的老总们无不动容。

省委宣传部副部长韩丰聚同志动情地说，河大新闻系是为我省培养新闻人才的基地，帮助新闻系发展我们也有一份责任。各报社能力大的多出一点，能力小的少出一点，都要表示个意思……吴老师身体不好，都夜深了，还未回房间休息。为筹措一点经费，他费尽了苦心。新闻系初建，办学条件尚不适应教学需要，这成了他的一块心病。明日一早，他要走了。他得赶快返校，因为那里的学生还等着他上课呢！……

（原载《河北教育报》1995 年 12 月 20 日）

主持召开河北大学新闻传播学系建立庆祝大会

作者在庆祝大会上致辞并作《艰苦创业，玉汝于成》的报告

河北大学新闻传播学系于 1995 年 6 月建立之后，全系师生十分高兴。在那一段时间，全系上下激荡着一种决心要把新闻系办好的巨大热情。为了凝聚全系师生的积极力量，向党和人民宣示我们一定要把新闻系办好的决心，新闻系党政领导班子研究决定，适时召开一次庆祝新闻系建立大会。

庆祝大会于 1995 年 11 月 25 日召开。参加这次大会的除我系师生和部分校友外，还有全校各系、各处室的主要负责同志。河北省委宣传部、保定市委宣传部、省记协的领导，以及全省 50 多家新闻单位的"老总"

等贵客嘉宾，莅临大会。全国20多所高校新闻系（专业）为大会发来了贺电或贺信。河北大学党委书记兼校长吴家骧同志亲临大会指导。这次大会虽然名为新闻系建立庆祝大会，实则成了河北大学全校的一件盛事。

我以新闻系主任的身份在大会上作了题为《艰苦创业，玉汝于成》的汇报性报告。报告内容分为三个部分：一是新闻系建立的历史过程和艰难情况；二是新闻专业自1981年建立以来，锐意改革，不断创新，在探索新的办学模式方面所取得的巨大进展；三是新闻专业在人才培养、教学科研等方面所取得的一系列重要成果。

我满怀激情，在报告中讲了下面一段话：

建立新闻传播学系，使我省有一个新闻学专门人才的培养基地，是几代人为之奋斗的目标。为了实现这一目标，省内许多老领导、新闻界的老前辈，曾对我们提出殷切的期望和具有强烈使命感的嘱托。一届又一届莘莘学子，十几年来翘首以盼。全体师生更是为此而艰苦奋斗，玉汝于成。十几年前曾参加筹建新闻专业的一些老教师，有的已长眠地下，有的已退出工作第一线，有的当年风华正茂，而今却"而视茫茫，而发苍苍，而齿牙动摇"（韩愈《祭十二郎文》）。和我们同期建立的外省市十几个新闻专业，一个个先后建成新闻系，有的还建成了新闻学院，而我们却一次次丧失机遇，新闻系迟迟不能建立，许多师生为此而扼腕叹息！今天，我们在各级领导，包括中文系领导的亲切关怀下，在各新闻单位的大力支持和帮助下，终于圆了这个难圆之梦，建立起了河北省历史上第一个新闻传播学系。我们有理由为此而欢欣鼓舞，有理由为此而热烈庆祝！

这段话在整个会场上激起巨大反响，先是发生一阵骚动，而后响起长时间雷鸣般的掌声……

大会开得热烈，庄重，激动人心。

大会结束后，著名书法家熊任望教授在图书馆大厅挥毫泼墨，庆祝新闻传播学系成立。

当天下午三点，召开了两个座谈会：一个是部分新闻单位领导座谈会，另一个是返校校友座谈会，请他们就如何办好新闻系献计献策。

晚上，在学校大礼堂举行了盛大的以"奔向辉煌"为主题的联欢晚会。

庆祝新闻传播学系成立大会现场

作者与庆祝新闻系成立文艺晚会《奔向辉煌》演出人员合影

河北大学党委推广新闻系的办学经验

河北大学新闻系在深化教学改革方面持续发力，不断探索，逐步形成了自己具有鲜明特色的办学模式。这个办学模式的核心要义是：找准位置，办出特色，在为地方经济建设和社会发展服务中培养高素质新闻人才。

作为地方性综合大学河北大学新闻系，究竟有没有优势？起初我们的认识并不很明确。后来我们反复学习邓小平教育理论，特别是小平同志关于"教育要面向现代化，面向世界，面向未来"的指示，逐步统一了认识，找准了位置。我们理解，所谓"面向现代化"，就我们新闻系来说，就是要面向经济建设主战场，就是要为地方的经济建设和新闻宣传工作服务，而不是不切实际地去和全国重点大学新闻学院（系）比办学层次，否则，就会上下够不着。所谓够不着"上"，是毕业生很少去搞高层次的科学研究，社会也不需要那么多人去专门搞研究；所谓够不着"下"，是和地方的经济建设不沾边，和社会需要相脱节。试想，这又怎么能被社会所接受？又怎么能取得各级领导的关心和支持？地方院校不主动为地方经济建设和社会发展服务，就是一种"错位"。从我校我系的实际情况出发，扎根燕赵大地，积极主动地为河北省的经济建设和社会发展服务，为河北省的新闻宣传服务，使全省思想宣传战线和决策部门感到河北大学新闻系"用得着，离不了"，这就是我们的最佳位置，这就是我们办学的基本思路。

河北大学新闻系教学改革的经验和做法，受到上级领导和众多媒体的广泛支持与关注。1997年《中国记者》第七期刊载冀新文的《开阔创新，办出特色——河北大学新闻系在探索中前进》。《河北大学学报》也刊载了吴庚振、李广增、胡连利撰写的长达八千多字的经验性文章《以邓小平理论为指导，找准位置，办出特色——河北大学新闻传播学系教学改革的基本思路和做法》。其他媒体如河北日报、新闻出版报以及众多地市新闻媒体，也集中报道了河大新闻系的办学经验，一时间蔚为大观。

正是在这样的背景下，1996 年 10 月，河北大学党委研究决定，号召全校各系各单位学习新闻系的办学经验。校党委办公室和校长办公室联合主编的《河大简报》第 254 期，加按语刊载了介绍新闻系办学经验的文章。按语指出："目前，全国高校正展开一场学习河北农大'太行山道路'的热潮。"

"我校新闻专业自 1982 年创办以来，在办学思想、办学道路上找准了自己的位置，走出了一条开拓创新、服务地方的特色之路，其经验对我校各院系具有普遍的指导意义。现将新闻系的做法转录如下，请各单位结合学习农大经验，结合本单位实际，认真组织学习。"

河北大学新闻系为地方经济建设和社会发展服务的主要做法是：

第一，锐意政革，大胆创新，走出一条与新闻单位联合办学之路。

只有走向社会，了解社会，融入社会，才能培养出社会所需要的高质量应用型人才。如果把自己关在高楼深院，"两耳不闻窗外事，一心只读圣贤书"，培养的学生"四体不勤，五谷不分"，又怎么能被社会所接受呢？我们认为，新闻专业作为应用性学科，必须开门办学，与新闻实践部门紧密结合。

另外，1982 年河大新闻专业刚创办时，只有几名原来在中文系教写作课的教师，实验设备、图书资料更是一无所有，是地地道道的白手起家。在这种情况下，怎样才能有所作为？怎样才能培养出合格人才？经过充分调查分析，他们一方面派人去名牌大学进修，学习人家丰富的办学经验；另一方面又不照抄照搬别人的做法，而是锐意改革，大胆创新，走一条与新闻单位联合办学之路，探索一种新的办学模式。

早在 1985 年，他们就与河北日报社在联合办学问题上达成了共识，并于 1990 年 10 月，正式与河北日报社签订了联合办学协议。1992 年广播电视新闻专业建立之后，他们又与河北省广播电视厅签订了联合办学协议。协议内容主要包括：新闻单位提供实习基地、并在经费上给予支持；双方互派人员兼任职务，进行业务交流与合作。共同承担一些重大科研项目等。

　　新闻系的这一做法在全国同类学科中搞得最早，受到国家教委和河北省教委的充分肯定和表扬。1992年10月，以国务院学位委员会学科评议组成员、中国人民大学新闻学院教授、博士生导师方汉奇先生为组长的高级专家组，在考察了河北大学新闻系的联合办学情况之后说："河北大学新闻专业与新闻单位联合办学，使学生实习有了保证，这在全国新闻院校中是第一家，具有首创性和示范意义。"

　　由于有稳定的实习基地，新闻专业历届学生的业务实习都取得了可喜成绩。1993年新闻专业《建立实习基地，深化教学改革》项目，还获得了河北省普通高校优秀教学成果一等奖。

　　第二，急社会之所急，大力开展岗位培训和各种形式的成人教育。

　　为了尽快改变我省新闻队伍学历层次偏低、思想业务素质不能很好地适应新形势需要的局面，新闻系在全日制教育任务相当繁重、人手十分紧缺的情况下，发扬艰苦奋斗精神，大力开展岗位培训和各种形式的成人教育。他们先后承担省委宣传部委托举办的新闻干部专修科1个班、新闻专业证书班3个班、新闻函授大专班1个班、新闻学专业"专升本"4个班。另外，还协助学校举办新闻学硕士研究生课程班1个班，并一直开展新闻学专业自学考试和业务培训。为了适应我省广播电视事业发展的迫切需要，最近他们又举办了"播音与节目主持人培训班"。近10年来，新闻专业在岗位培训和成人学历教育方面共培养各层次人才800余人，为河北省的新闻队伍建设作出了一定贡献。

　　第三，从新闻实践第一线寻找课题，大力开展科学研究。

　　新闻系的科学研究工作一直坚持面向实际，注意研究解决新闻实践中的一些重大问题，特别强调为我省的新闻宣传工作服务。党的十四大提出建立社会主义市场经济体制之后，新闻报道的价值取向、工作路线、内容形式都将发生一系列重大变化，广大新闻工作者普遍感到不适应。在这种情况下，研究社会主义市场经济体制下的经济报道，就成为一个急待解决的课题。于是，新闻专业领导及时组织力量，开展对这个课题的研究。他们承担了省教委下达的《经济报道研究》重点科研项目。经过师生的共同努力，撰写出专著1部，编著2部，并围绕这一课题发表了十几篇论文。

1994年党中央强调新闻宣传"要坚持正确的舆论导向"，他们又及时组织力量，承担了河北省社会科学研究规划项目《新闻舆论导向研究》，发表《舆论导向的结构模式》等论文多篇，并获得河北省社科优秀成果奖。

新闻系还一直参加河北省报纸系统新闻奖和全省新闻科研成果奖的评审工作。在这一过程中，他们注意把新闻学研究与新闻工作实践结合起来，力求从理论的高度探讨我省新闻宣传工作中的一些重要经验和问题。

1985年以来，新闻系现编制内教师有12项成果获得省部级科研成果奖，其中获省级奖10项，获国家教委优秀教材奖1项，获省文艺振兴奖1项。此外，还有20余项成果获河北省新闻学会、河北大学科研成果奖。

此外，他们还通过在师生中建立读报评报小组、兼任新闻单位职务、参与新闻改革论证等形式，积极为新闻单位开展咨询服务活动。

实践证明，新闻教育与新闻实践相结合，在为地方经济建设和社会发展服务中发展壮大自己，这条路子走对了。河北大学新闻系的路子越走越宽，正以崭新的姿态实现跨越式发展。

组织师生对河北省"两报两台"进行受众调查

　　我们新闻系的办公地点确定之后，尽管办公条件极差，但我们决心高举中国特色社会主义旗帜，深化改革，积极探索新的办学模式，在为地方经济建设和社会发展服务中培养高素质新闻人才。

　　1996年10月，我们新闻系党政领导班子经过反复研究，谋划了一个重大项目：对河北日报、河北经济日报、河北人民广播电台、河北电视台等"两报两台"进行大规模受众调查。目的是为我省的新闻改革提供依据，同时在实践中锻炼提高师生们的采访和群众工作能力，提高新闻系教学和科研为新闻实践服务的水平。当时全国新闻战线正在认真学习、贯彻党中央关于新闻宣传"要坚持正确舆论导向"的重要指示精神，研究如何增强新闻传播的针对性和引导力的途径和方法。从当时的形势看，我们算是抓住了一个时宜性强、"一碰就响"的问题，因而受到上级领导和新闻单位的高度重视。1996年11月初，我和新闻系副主任李广增、胡连利赴省委宣传部，向宣传部领导汇报了我们的想法，立刻受到部领导的肯定和支持，希望我们尽快搞出一个受众调查的实施方案，并表示方案在实施过程中有什么困难，宣传部尽量帮助解决。

　　1997年1月8日，中共河北省委宣传部向各地市委宣传部和全省各新闻单位印发了"冀宣通（1997）"2号文件《关于协助河北大学搞好新闻传播受众调查的通知》。通知全文如下：

各市、县（区）委宣传部：
　　为落实党的十四届六中全会和省委五届三次全会精神，省委宣传部委托河北大学新闻系对河北日报、河北经济日报、河北电台、河北电视台进行新闻传播受众调查。调查人员由河北大学新闻系师生员工组成，调查时间为 1997 年 1 月至 3 月。请在调查人员到达后，在调查抽样、食宿、交通等方面提供方便，协助搞好这次调查活动。

中共河北省委宣传部

1997 年 1 月 14 日

省委宣传部还拨了 20 万元专项经费对这个项目予以支持。

领导如此重视，我们当然不敢懈怠。为了搞好这次调查，由胡连利副主任出面，聘请我国著名民调专家、中国社科院新闻研究所陈崇山研究员、北京广播学院（今中国传媒大学）柯惠新教授担任我们的项目顾问，请二位专家对我系师生进行业务培训，并对我们编制调查问卷进行指导。

问卷设计出来之后，我们印制了 1200 份，分发给全系 200 多名同学，让他们利用寒假时间，将这些问卷投放到全省各个地市，并要求同学们利用走访、召开座谈会等形式，尽可能多掌握一些第一手资料。

同学们以极高的热情、十分认真的态度，去完成系里交给的任务，使这次受众调查进行得很顺利，投放的问卷基本上悉数收回，且无效问卷所占比例不到百分之二。

1997 年 5 月，我们先后召开几次师生座谈会，对收回的问卷进行分析。之后，由我和李广增、胡连利共同执笔，撰写出长达三万余字的调查报告。《河北大学学报》《采写编》杂志等多家报刊摘要发表这份调查报告后，产生广泛影响。同年 8 月 10 日，河北日报在一版显著位置刊载消息《开发民意资源，服务新闻改革——河北大学新闻系开展受众调查》。此外，新闻出版报等 20 多家报刊也先后报道了这次受众调查的情况。许多报刊对我系依托重大项目推动教学改革的做法给以高度评价。《中国记者》杂志 1997 年第七期刊载《开拓创新，办出特色——河北大学新闻系在探索中前进》一文，介绍了河北大学新闻系的办学经验，这对我们是极大的鼓励。

这次受众调查所取得的收获是多方面的。首先，为新闻改革提供了大量鲜活生动的第一手资料和许多有价值的意见和建议；其次，更重要的是，这次受众调查对于增强新闻工作者的受众观念、克服"我传你受、我打你通"的传统观念，起了重要的推动作用；最后，这次受众调查对于推动新闻教育改革、锻炼提高师生的调查研究能力，也是很有意义的。

组织师生拍摄电视系列专题片
《学苑春潮——河北省高校精神文明建设巡礼》

1997 年 3 月初，在完成"两报两台"受众调查之后，我们新闻系党政领导班子又策划了一个重大项目——组织师生拍摄大型电视系列专题片《学苑春潮——河北省高校精神文明建设巡礼》。

当时的形势是：党的十四届六中全会刚开过不久，会后发布了《中共中央关于加强精神文明建设若干问题的意见》。为贯彻中央全会精神，国家教委发出要把高等学校建设成为"精神文明示范区"的号召。河北省委五届三次全会也提出要大力加强高校的精神文明建设。因此，我们策划的这个项目可以说又抓在了点子上。

1997 年 3 月 11 日，我和李广增、胡连利副主任亲赴石家庄，向省教委汇报了我们策划这个项目的目的、意义和具体设想，立即得到省教委领导的充分肯定和支持。1997 年 3 月 26 日，中共河北省委高校工委和河北省教委联合向全省各高校发出通知。通知中说："为落实党的十四届六中全会和省委五届三次全会精神，省委高校工委和省教委拟进一步推动全省高校创建文明校园工作，摄制《河北省高校精神文明建设巡礼》电视系列专题片，目的是把各校在精神文明建设中所取得的新成果、新经验推广开来，带动全省高校和全社会精神文明建设迈上新台阶。"通知要求相关高校做好准备工作，并为参加拍摄的河北大学新闻系师生安排好食宿、交通等。

我系负责这项拍摄任务的青年教师李亚虹、杜友君、王俊杰等，以及部分同学，团结奋战，走访了全省 20 多所高校，历时四个多月，高质量完成了 10 集电视专题片的拍摄任务。师生们不仅以自己的实际行动为社会做出了贡献，而且在实践中增长了才干。

1997 年 8 月 26 日至 27 日，河北省委高校工委副书记、省教委副主任靳宝栓和省委组织部巡视员高希同志等一行 4 人，在河北大学党委书记吴家骧、校长张留成等陪同下，审视了我系拍摄的 10 集电视专题片《学苑春潮——河北省高校精神文明建设巡礼》后，对我系的教学、科研改革、办学道路，给予高度评价，说我系的办学思路"具有开拓性，值得推广"。

这部电视片从 1997 年 9 月 8 日开始，陆续在河北电视台播出后，受到广泛好评。

1997 年 9 月 16 日，河北大学党委办公室和校长办公室联合发出了第 334 期《河大简报》，简报说：

由我校新闻系摄制完成的大型电视系列专题片《学苑春潮——河北省高校精神文明建设巡礼》，已于 9 月 8 日、9 日、10 日在河北电视台连续播出，有关高校接省委通知后，组织教工进行了收看，引起了良好的社会反响。不少同志认为，此片在 15 大召开前，又赶上教师节前播出，意义深远。

简报对我系师生在这项工作中的表现给予高度评价："新闻系领导班子精心组织，广大师生团结协作，表现出极大的热情和奉献精神。""在摄制过程中，他们不畏寒暑，加班加点，终于如期完成了任务。"

校党委对我们的支持和表扬，极大地激发起全系师生进一步深化改革、搞好教学、科研工作的热情。在那一段时间里，河大新闻系师生强大的凝聚力、豪迈的激情、拼搏奉献的精神，达到了一个新的高峰。

在争进"211"的日子里

所谓"211 工程"，是二十世纪九十年代国家实施的一项宏大的高校建设工程。其内容为：面向 21 世纪，国家要遴选 100 所左右的大学和一批学科，进行重点建设，力争使这些学校和学科到 21 世纪初叶，基本达到或接近世界一流大学的水平。这就意味着：哪所大学如果进入"211 工程"，就将成为国家重点建设大学。可以说，事关各大学的发展前途。按照国家的统一规划，除了教育部直属的几十所高校（如北大、清华等）之外，各省市一般只能有一所大学进入"211"，因此，竞争是相当激烈的。我有幸见证了河北大学争进"211"的全过程，感受了其中的酸甜苦辣和惊心动魄，并为此抛洒了许多汗水和泪水。

1996 年春节之后，省政府下达通知：省里要对河北大学和河北工业大学进行全面评估，从这两所学校中择优选定一所进入"211 工程"。程序是：先由专家组对这两所大学进行全面考察和评估，确定拟推荐的学校，然后报省政府批准，并报教育部备案。要求这两所大学认真做好相应的准备工作。这个通知在全校中层干部大会上传达之后，立刻引起强烈震动，全校的气氛骤然紧张起来。学校领导表明了志在必得的坚强决心。于是，一场争进"211"的大规模战役便打响了。

当时我是以新闻系主任兼系党总支书记的身份参与这项活动的。也就是说，当时我只是学校的一名中层干部，要全面记述河北大学争进"211"的情况，我是无能为力的。下面，仅从个人的角度回忆我参与的几项主要活动。

（一）参与向"211"评估专家组汇报材料的修改工作

1996 年 4 月中旬的一天，乍暖还寒。晚上十点左右，我正在看书备课，突然接到校党委办公室的电话，让我马上去校党委吴书记的办公室。

我急急忙忙赶到吴书记办公室，只见吴书记一脸疲惫，嘴里衔着一支香烟，在办公室里来回踱步。见到我之后，吴书记说：

"老吴啊，找你来，是想请你修改一下向'211'专家组的汇报材料。"

我一听说让我修改这么重要的材料，顿感吃惊，压力倍增，诚惶诚恐，便脱口而出：

"我的能力恐怕难以胜任啊！再说，我也不太了解学校的全面情况。"

"不必客气，我了解你的情况。至于缺什么材料，我可以请有关处室随时提供。"

我虽然有些惶恐，但推脱不过，只能从命。再者说，"士为知己者死"。我作为一介书生，学校领导对我如此信任，如此抬爱，我也只能披肝沥胆，竭尽驽钝。还有，我从读书到留校任教，在河大吃了几十年"干饭"，心灵深处早已埋下"河大情结"，关键时刻为学校出点绵薄之力，也是责无旁贷的。

接着，吴书记拿出一份由学校秘书班子起草的汇报材料，让我先看一下。汇报材料有一万多字，共分六个部分：河北大学概况介绍、历史沿革、师资队伍、人才培养、科学研究、建设规划。

我看完材料之后，吴书记说："'211'专家组进校后，第一个'节目'就是由校长作不超过一小时的汇报。因此，汇报材料写得好不好，至关重要。这份材料总感到写得不够充分有力，文字不够生动，篇幅也太长了。"让我对每一部分内容和文字表达，都要仔细推敲，提出修改意见。

大约晚上 11 点左右，我和吴书记边讨论，边对汇报材料进行修改。其间，吴书记用电话先后从被窝里将教务处、科研处、人事处、设备处等处室的负责同志喊醒，请他们前来提供相关情况。修改工作持续了六个多小时，至凌晨五点，我们才敲定最后一个标点符号——这也并非最后定稿，事实上以后又修改了多次。

在修改过程中，吴书记总是烟不离口。我们停下笔之后，只见他烟灰缸里的烟头堆得满满的。我瞥了他一眼，只见他目光呆滞，面色青癯，嘴唇干裂。至于我，就更"稀松"了，当时所患严重的面瘫症尚未痊愈，身体比较虚弱。经过一夜"鏖战"，我只感到脑袋嗡嗡作响，浑身发麻，几乎站不起来了。

"老吴啊，你辛苦了，快回去休息吧！"吴书记十分关切地说。

我踉踉跄跄走出办公室。好在我家离办公室不太远，我扶着墙壁一步一步艰难地挪到了家中。

（二）主持摄制"211"电视专题片

按照国家教委的统一要求，"211"评审专家组进校后，除听取校长口头汇报外，还要观看一部反映河北大学全面情况的电视专题片。专题片由学校电化教研室于 1996 年 4 月摄制完成，但学校领导观看后不太满意，要求重新拍摄。为此，学校成立了一个专题片摄制组。摄制组由校党委李副书记直接领导，具体工作则由我负责。

接受任务后，我"压力山大"。这项任务非同一般，要求很高，时间又很紧，五月底之前必须摄制完成。回想在那一段时间里，我几乎每天都寝食难安，一天到晚满脑子都是"电视片"。

经过摄制组反复讨论，集思广益，逐步明确了专题片的基调、框架和重点，并明确了分工：专题片脚本主要由我和中文系韩盼山教授执笔，新闻系副主任李广增教授负责设计、安排镜头，学校电化教研室负责拍摄影像资料并最终编辑合成。电视片时长为 45 分钟。

关于电视片的基调，我们认为既不能像一般文艺片那样华丽、轻佻，又不能像一般政论片那样理性、刻板，而应该走一条真实、庄重、大气的路线，力求具有强大的说服力和感染力。为此，我们将电视片的总标题定为《燕赵之光——迈向新世纪的河北大学》。开篇写道："燕赵文化，光辉灿烂；古城保定，人杰地灵。"

关于电视片的基本框架，我们认为虽然其内容无非是学校的历史沿革、师资力量、人才培养、科学研究和建设规划等，但不能平铺直叙，没有重点，而应该用较多篇幅集中介绍河北大学比较深厚的基础和比较强大的实力。为此，我们将师资力量、人才培养、科学研究和基础设施合并为一章，强力展示，并将该章的标题定为"初展宏图"。

为了打造电视片的亮点，给领导和专家组留下深刻印象，电视片专门设立了"学术砥柱"一章，集中介绍河北大学几个在全国具有一流水平的重点学科，包括漆侠教授主持的中国古代史之宋史研究，詹锳教授主持的中国古代文学之李白研究和古代文论研究，滕大春教授主持的外国教育史之美国教育史研究等。

我们在脚本撰写的过程中，有些问题是比较纠结的。比如河北大学所在的保定市，既不是省会，又不是经济发达的中心城市，又怎样去发掘它的"优势"呢？经过反复考虑，写下了下面一段话：

保定距北京137公里，沿京深高速驱车北上，只需一个半小时就可到达天安门广场。这里没有大都市的喧闹，没有灯红酒绿"挡不住的诱惑"，优雅宁静，信息灵通，加之学校在住房、科研启动经费等方面提供的优厚条件，实在是做学问的好去处。许多专家学者正是看准了这方热土，才纷纷应聘来校工作的。

为了增强领导和专家对河北大学争进"211"的认同感，在电视片临近结束时，高调推出不久前省委书记视察河北大学时的一段讲话：

河北省的高校，河大不带头，叫谁带头？河北大学如果不进"211工程"，不仅你们，就连我们省委、省政府的领导成员，都要成为历史罪人。

电视片脚本接着写道：

全校师生聆听了省委领导的讲话后，群情激奋，热血沸腾，深深感到使命光荣，责任重大，决心抓住机遇，迎接挑战，为使河北大学成为全国重点建设大学而努力奋斗！为了表达决心，全校近万名师生自动发起了"我为争进211做贡献"声势浩大的签名活动，其场面之激动人心，前所未有。

电视片经过学校领导的几次审看和修改，终于最后完成。当然，我也如释重负。

（三）以大局为重

1996年6月22日，我去找河北大学党委书记吴书记汇报工作，顺便问及争进"211"有无消息。吴书记沉思了一会儿说：

"还没有消息。"

"专家评审过去好几天了，怎么还没消息？万一出现意外，可就不得了了。"我焦急地说。

"不得了也得了。我们作为党的干部，一定要顾全大局。要做好两手准备。"

吴书记的话使我立即产生一种不祥的预感。回到新闻系之后，我闷闷不乐，心里如翻江倒海一般。

6月23日下午三点，学校召开全校中层干部和部分著名教授参加的会议。会议室里气氛凝重。吴书记坐在前边，一脸严肃——我知道，大事不妙。

果然，吴书记走上主席台，操着沙哑的声音宣布：经过专家评审和省政府研究，决定推荐河北工大进"211"，河北大学被淘汰出局。

吴书记话音刚落，全场一片哗然，群情激愤。

那一刻，我泪如泉涌，泣不成声。冷静一会儿后，我慷慨陈词，力陈自己的看法和感想。我主要谈了三点意见：一是河大的整体优势明显；二是省政府不要只看一所学校直接的经济效益；三是地处天津的河北工大进"211"，河大被淘汰，就意味着河北省境内没有一所国家重点建设大学。我的发言得到大家的广泛认同。

听完大家的发言后，吴书记说："作为党员干部和德高望重的老先生，请大家务必以大局为重，保持河大安定团结的局面。不允许发生上街游行的事情。"当时听说某省的一所综合性大学因没进"211"，部分师生上街游行。

回到系里之后，我强忍着悲痛和激动，和系里其他党政领导班子成员一起，给师生们做深入细致的思想工作，使新闻系始终保持顾全大局、安定团结的局面。

在争进"211"开始之前，河北省主要领导各确定了一所大学作为"联系点"。河北大学是省委书记的联系点，而河北工大是省长的联系点。考虑到这一情况，争进"211"失利后，校党委责成我以河北大学的名义，给省委书记写了一封长信，力陈河北大学应该进"211"的理由。但是，当时省委书记正在率领中共代表团在罗马尼亚访问，联系很不方便，这封信由学校用电报的形式发给了他。省委书记回信说："等我回国后了解一下情况再说。"但是，河北省进"211"的事木已成舟，也只能不了了之。

现在看来，应该以虚心、大度的胸怀来看待争进"211"问题。河北工大进了"211"，我们应该为他们祝贺。河北大学自身应该认真寻找差距，虚心向兄弟院校学习，共同为党和人民的教育事业做出应有的贡献。

主持创建新闻学硕士点

河北大学新闻传播学系建立之后，其整体实力稳居全国地方高校同类院系的前列，但当时我们还没有一个硕士学位授权点，还没有培养研究生的资质。每念及此，我和我的同事们总是心存遗憾，寝食难安。

1995 年上半年，国家曾组织过一次新闻学硕士授权点的评审工作。那一年是把新闻学硕士点放在文学学科进行申报和评审的。整个评审工作分两个阶段进行：第一阶段是专家通讯评议，对申报单位进行初步筛选；第二阶段召开专家组评审会议，对通过通讯评议的单位进行评审。当时我们中文系新闻专业积极组织力量进行了申报。结果还不错，全国几十家新闻院系申报，通讯评议只通过了两家，其中有我们河北大学中文系新闻专业（听说另一个是杭州大学新闻学院）。但那一年国家只给了新闻学硕士授权点一个名额，我们在专家评审时功败垂成。

申报新闻学硕士点失利之后，我们没有气馁。1997 年上半年，国家又进行了一次增列新闻学硕士点的评审工作。为了促使新闻系快速发展，使新闻系的人才培养迈上一个新台阶，我们新闻系党政领导班子研究决定：举全系之力，向新闻学硕士授权点发起冲击！为此，我们采取了以下几项措施：

（一）狠抓科研，集中推出一批高水平研究成果

从河北大学新闻系当时的情况看，硕士点能否申报成功，关键在科研。

因此，我们号召全系教师在努力搞好教学工作的同时，狠抓科研。我们系党政领导班子成员张伟、颜士义、李广增、胡连利等同志，努力为老师们做好深入细致的思想动员和服务工作。与此同时，我们决定压缩一般性行政经费开支，利用创收经费，设立申报硕士点临时科研奖励基金。规定本系教师凡在国家中文核心期刊发表的学术论文，每篇奖励 1000 元，每出版一部学术著作，奖励 5000 元。这个奖励数额在今天看来也许不值一提，但在几十年前，还是相当可观的。

新诞生的新闻系凝聚力非常强。这些措施极大地激发起老师们搞科研的热情。中老年教师带头写论文，并手把手指导、帮助青年教师搞科研。经过全系教师的奋发努力，撰写出一批高水平科研成果，并陆续在国家出版社和《新闻与传播研究》《新闻战线》等本专业权威期刊、国家中文核心期刊发表，大大增强了申报硕士授权点的竞争实力。

（二）下大力引进高层次人才，加强师资队伍建设

当时博士是稀缺资源，又是申报学位点的重要筹码，我们决心想方设法引进博士。恰在这时，时任新闻系副主任的胡连利同志，从中国社科院新闻研究所陈崇山研究员那里得知，刚从澳大利亚回国一位新闻学博士，名叫张威，还没有落实工作单位。在陈崇山先生的热情帮助下，我们立即采取措施，于 1997 年 7 月 28 日，由胡连利同志将张威博士从北京接到学校来。经过长时间的艰苦谈判，张威博士终于被我们的满腔热情所打动，同意来我系工作，并按照河北大学人才引进的相关规定，最终签署了人才引进协议。从此结束了我系没有博士的历史，也为硕士点的申报成功创造了重要条件。据说，当时全国新闻学"海归"博士只有 8 名，我们这里有一名，实属不易。张威博士的学术水平和科研能力是公认的，他在教学、科研方面所做的大量工作，特别是他对新闻系成功申报新闻学和传播学两个硕士点所做出的贡献，我们应该铭记。

（三）提前动手，精益求精，整理好申报硕士点的相关材料

在学校正式部署申报学位点工作之前三个月，即 1997 年 4 月份，我们从学校本学期工作要点中得知要开展学位点的申报工作，便立即着手搜集、整理申报硕士点的相关材料。在承担大量教学、科研和行政工作任务的情况下，我和新闻系副主任李广增、胡连利同志共同负责，由我执笔撰写了三个材料：《河北大学新闻系教学、科研特色和主要优势》《河北大学新闻系学术队伍简介》和《河北大学新闻系 1992 年以来主要科研成果简目》。这三个材料总计近 3 万字，是经过字斟句酌、反复修改而成的。这些材料为后来正式填写硕士点申报表打下了良好的基础。

1997 年 7 月 14 日，李广增、胡连利副主任和张威博士赴北京广播学院，拜会了国务院学位委员会新闻传播学科评议组成员赵玉明和丁淦林教授，向他们递交了这三份材料，请他们批评指导。同时，我们还将这三个材料广泛寄送给国内相关专家，以期获得他们的了解和支持。

此外，我还撰写了一封给有可能参加新闻学硕士点评审的全国专家的信，和上面三份材料一并寄给相关专家。这封信很短，只有三百多字，但我是经过认真思考、反复修改而成的。我觉得这封信一要短，二要内容深厚，有说服力，三要有感情，要让专家看后留下印象。信的全文如下：

尊敬的先生：

您好！今年我系又一次申报了新闻学硕士学位授权点。为了取得您的宝贵指导和帮助，现寄去三份汇报材料，烦请在百忙中予以审阅。

1995 年我系曾申报过新闻学硕士学位授权点，且为全国两个通过专家通讯评议的院系之一（另一个是杭州大学新闻学院）。由于那年新闻学科只有一个指标，我系在最后评审中未能通过。此后，我们认真寻找差距，制订措施，经过艰苦努力，各项工作取得突破性进展，办学模式和科学研究初步形成自己的鲜明特色。

河北省是新闻大省，现有公开发行的报纸 70 余家，市县级以上电台、电视台 130 余座，新闻从业人员超过 3 万人。但从总体上看，这只队伍的

学历层次偏低，基本素质还不够高，在全省众多的新闻单位中，新闻学硕士基本上还是空白。河北省是京畿大省，但北京毕业的研究生基本上没有来河北工作的，我省只有立足自己培养，才能逐步解决对新闻学高层次人才的迫切需要。因此，请您多加批评和指导。

顺致由衷的敬意！

河北大学新闻传播学系
年　月　日

1997 年 10 月 4 日，我们将硕士点申报表和上边的三个材料作为附件报送学校，得到学校领导的充分肯定，在学校中层干部大会上予以公开表扬。1998 年 3 月 25 日，北京广播学院（今中国传媒大学）常务副院长、国务院学位委员会新闻学科评议组成员赵玉明教授，莅临河北大学新闻系考察调研，他说："来这里之前，我在北京看了你们申报硕士点的材料，觉得很充分，很严谨，很好。"这是对我们的鞭策和鼓励。

我有生以来最激动、最幸福的时刻之一——1998 年 5 月 22 日深夜 11 时 25 分，我备完第二天要讲的课，刚刚入睡，骤然响起的电话铃声把我惊醒。懵懂中我心生疑虑，心想可能出什么大事了，不然怎么会深更半夜有人来电话呢？我顾不得穿衣，急忙拿起电话筒，万万没有想到，对面传来的是河北大学教务处张玉柯处长的声音："张留成校长来电话让我马上转告你，刚刚得到消息，你们新闻系申报的硕士点，国务院学位委员会新闻学科评议组经过评审，已获得通过。"这声音如春风，如美乐，如甘霖，一下子在我心中激起狂喜之情！张校长很了解我的心情，他知道我在那一段时间里最关心的就是新闻学硕士点能否申报成功。次日上午 9 时许，我给国务院学位委员会新闻学科评议组一位老先生打电话询问此事，得到了证实。老先生说："你们的实力不错，材料整理得也很好，是全票通过的。向你们祝贺。不过，还需经国务院学位委员会审批。"

也许有人会说："不就是一个硕士点吗？值得这么激动吗？"是的，在今天看来，硕士点多如牛毛，研究生批量生产，区区一个硕士点的确不值一提。但在二十世纪九十年代，硕士学位授权点由国家统一组织评审，名额又很少，一般地方院校要申报成功，难度是很大的。1998 年全国新增新闻传播学科硕士学位授权点总共才有 6 个，我校获得一个，实属不易。高校大规模扩招后，硕士点和博士点先后下放到省里评审，情况发生了很大变化。

2000 年 5 月，我们新闻系又申报成功传播学硕士点。这样，我系两个二级学科就都具有了硕士学位授予权，成为当时全国地方高校中具有新闻学和传播学两个硕士学位授权点的极少数高校之一。

从 1981 年创办新闻专业，经过 18 个年头的艰苦奋斗，河北大学新闻系从无到有，从小到大，从开不出许多本科专业的必修课，到拥有两个硕士学位授权点，为国家培养了一大批优秀新闻传播人才，每当想起这一不平凡的历程，我和我的同事们、老师们，都会感到无比欣喜和自豪！

主持招收第一届新闻学硕士研究生

河北大学新闻传播学系于 1998 年获得新闻学硕士学位授予权之后，便于 1999 年招收了第一届硕士研究生。

招生之前，我们做了一系列比较充分的准备工作。

（一）从零开始，虚心学习。怎样制订研究生的培养方案？怎样设置研究生的研究方向？对这些问题我们不甚了解。于是，1998 年 10 月，我和李广增副主任、胡连利副主任先后赴中国人民大学新闻学院和北京广播学院进行了学习考察，比较全面地了解了这两所学校培养研究生的做法和经验。

（二）在认真学习兄弟院校经验的基础上，根据我系的实际情况，制订了研究生培养方案和学分制教学计划。新闻学硕士学位课程包括公共基础课、专业基础课、专业课和选修课等四种。

（三）遴选并确定了包括吴庚振、李广增、乔云霞、焦国章、郝亦民、张威、胡连利、徐明、陈燕等 9 名教授、副教授的导师组。导师组由吴庚振教授担任组长。

（四）根据我系的师资力量和社会需求，确定了 6 个研究方向：（1）新闻传播理论研究方向（李广增）；（2）新闻业务研究方向（吴庚振、焦国章）；（3）中外新闻事业史研究方向（乔云霞、胡连利）；（4）比较新闻学研究方向（张威）；（5）广告学研究方向（陈燕）；（6）新闻文化学研究方向（郝亦民、徐明）。

（五）确定了招生考试科目。除国家规定的统考科目外语和政治之外，专业课我们确定考三个科目：（1）新闻史论；（2）新闻业务；（3）文史知识。

我们之所以将文史知识纳入研究生入学考试科目，主要是基于这样两种考虑：一是文史知识是所有学科（包括文科和理工科）的根基。根基不牢，地动山摇。只有具有深厚的文史根基，才有良好的培养前途；二是有利于吸引中文、历史等专业的考生报考新闻学研究生，扩大生源范围，提高新生质量。

（六）经过导师组充分讨论，由我执笔，编写出《新闻学硕士研究生必读书目》。必读书目包括专业类书籍100种，文化经典15种，并要求精读唐诗、宋词各100首以上，中国古代散文50篇以上。此外，还确定了包括人民日报、《新闻与传播研究》等11种必读报纸杂志。

第一届研究生共招收9名。这9名学生是从31名考生中严格按照招生程序精心挑选出来的，整体水平还是不错的。后来，他们中的绝大多数又获取了博士学位，并晋升教授或副教授，成为所在单位的业务骨干。

我与石家庄日报的情结

1997年10月，我收到石家庄日报社领导的一封信，邀请我参加将于11月召开的庆祝石家庄日报创办50周年大会，并希望我为大会撰写一篇相关的纪念性文章。我欣然应允。

提起石家庄日报，我总有一种特殊的感情。这是因为几十年来，在一些重要的历史关头，我都从石家庄日报社的领导和记者身上，学到过许多有益的东西；石家庄日报社对我先后所在的河北大学中文系和新闻系，也有过许多宝贵的帮助和支持。下边记述的是几个片断。

尊师：一个并不轻松的话题

1975年下半年，在极"左"路线还在肆虐、我国社会主义历史命运处在"子夜"的时刻，校领导让我带领河北大学中文系的十几名"工农兵"大学生，到石家庄日报社实习。当时的大学生担负着"上、管、改"的任务，即"上大学、管大学、改造大学"，我作为一名教师，自然是被改造的对象。众所周知，当时的知识分子被看作除地、富、反、坏、右、敌、特、叛等八种反动分子之外的第九种人，名曰"臭老九"。由于"臭老九"的身份，我孤身一人带领学生去实习，心里是有些忐忑不安的，生怕搞不好犯政治错误。此外，实习生中还有几名很特殊的学生——有驻军某部军长的儿子，还有全校学习政治理论先进典型等，我觉得自己也没有资格和能力管理他们。

我没有想到，报社的同志们不避政治风险，给了我极大的帮助和支持。

记得当时报社的领导，还有一些老编辑，如农村部主任刘石林同志等，利用一切场合教育学生要尊重老师。他们还身体力行，为学生做出尊师的榜样：两鬓斑白的老编辑们，称我这个当时还比较年轻、实不敢当为"老师"的老师为"老师"；有些重要的稿子拿给我看，让我提出修改意见；在一些抛头露面的场合，比如开会、照相等，总是把我推到"上座"的位置。至今我还珍藏着我们实习师生与报社同志们的一张合影照片。他们还用生动的实例对学生进行教育：来石家庄日报社实习的北京一所著名大学中文系的学生，由于对他们的老师（一位著名现代汉语专家）不大尊重，总是找碴和老师"辩论"，甚至出老师的"洋相"，因而实习效果并不好，也给报社留下了不大好的印象。

在报社同志们的言传身教之下，我和我们的学生建立起一种良好的师生关系：学生们对我很尊重，很关心，我也感到学生们可爱，而不是"头上长角，身上长刺"了。在那种特殊的年代，我能受到这样的礼遇，真有点"受宠若惊"了。从学校来到报社，我好像打破了精神枷锁，获得了自由，因而工作的劲头特别足。对学生们的思想表现和业务学习中存在的问题，我也敢于向他们指出，因为有那些老编辑、老记者做我的后盾。

前边说的实习生中那位学习政治理论先进典型，家境贫寒，作风朴实，但由于受"左"的形式主义的影响，有些事情处理得不太妥当。比如到报社以后，他每天都用大半夜时间甚至通宵达旦学习政治理论，第二天不能按时起床，上班后昏昏欲睡，写不出像样的稿子。有的同学说他不是真学理论，而是想当什么"先进"。我找到他个别谈话，肯定他学习毛主席著作、学习政治理论是很好的，但要安排好时间，也要注意自己的身体。不料他很不高兴，说别人压制了他的"革命行动"。后来在报社几位老编辑的耐心劝说之下，他终于认识到了自己的不妥，安排好了学习理论和业务学习的时间，进步很快。临近实习结束时，他流着眼泪向我做了自我批评，还特别感激报社对他的帮助。

传统：用生命作证

深入实际，深入群众，到第一线去抓取"活鱼"，当好党和人民的耳目喉舌，是老一辈新闻工作者的优良传统。这个传统在石家庄日报社的许多老编辑、老记者身上是体现得非常充分的。

那是 1975 年岁末，天寒地冻。为了推动冬季的"农业学大寨"运动，报社领导和农村部的负责同志经过认真研究，决定去灵寿县进行一次规模采访，并组成了专门采访小组。采访小组一行 5 人，我记得有高文远、李鹏图等，由报社副总编辑梁德寿同志带队。我也有幸参加了这次难忘的采访活动。

沿着崎岖的山路，经过几个小时的颠簸，我们所乘的汽车终于来到了X 村。下车后我们冻得四肢麻木，舌头僵硬，说话也不怎么利索了。

村里的老乡很热情。我们五人分头吃过派饭后，被安排到一间比较安静的房子里住下。村干部怕我们冷，指派专人从大队部拉了一小车煤，特意为我们生起了火炉。屋内没有安装烟筒，我们担心中煤气。老乡说：村里人生炉子都不安烟筒，没出过事。听了这话，我们也便放心了。

晚上开完调查会之后，大家回到住处。一间不大的房子，土坯炕上"码"着我们"五条汉子"，又有火炉，还是比较暖和的。"梁总"岁数比较大，又是领导同志，我们对他特别照顾，让他挨墙边睡，免受"两面夹击"之苦。但"梁总"终因年龄较大，体力不支，和我们开了一会儿"卧谈会"之后，便鼾声如雷，甜蜜地进入梦乡。

大约凌晨两三点钟，一位同志下地小解，不知被什么"庞然大物"绊了一脚，"咕咚"一下摔在地上。幸而这声音惊醒了一位同志，这位同志划着火柴，燃着油灯，往地上一看，大叫一声："老梁病了！大家快起来！"我醒来后只见老梁躺在地上，脸上有血迹，呻吟着。另一位被他绊倒的同志也躺在地上。不知是谁急忙去救人，刚一下地，就瘫在了地上，动弹不得。我当时被吓懵了，没多想，也赶快下地去救人，不料也摔在地上。这时我们才察觉是中了煤气。一位尚能动弹的同志，记得可能是李鹏图，扶着墙，踉踉跄跄走到门口，打开了门窗，我们才从去见马克思的路上又返了回来。

事后听一位"老煤气"说：煤气是喜欢顺着墙从上往下扩散的。这时我们才幡然有悟：大家照顾"梁总"，让他挨着墙边睡，其实是帮了倒忙的。我们几个人中，他受一氧化碳的毒害最严重。

第二天上午，我们尝够了中煤气后头痛、恶心、浑身无力的滋味，饭也吃不下。我简单洗漱了一下，便蒙头大睡了。一觉醒来之后，我听到院里有说话的声音，出门一看，是老梁在和村民（当时叫"社员"）们谈论修路、挖井、造地的事。只见他稍有驼背，被摔伤的脸红肿着，双眼无神，说话声音沙哑，我不由得心头一颤：老梁中煤气最严重，还不肯休息，坚持采访，这需要多大的毅力啊！

尽管采访小组出现了意外事故，但由于大家的共同努力，还是按时完成了采访任务。三天后，我们带着足够发几个专版的稿子，回到了报社。

事情过去了几十年，有些细节我记不太清楚了，但在这次采访活动中，石家庄日报社的同志们所表现出来的我们党的新闻工作者的优良传统和作风，对我们的教育和影响是刻骨铭心的。今天，石家庄日报社虽然发生了翻天覆地的巨大变化，但我相信，老一辈新闻工作者留给我们的这个光荣传统，一定不会丢掉，一定会在年轻一代身上发扬光大。

改革：谱写新的篇章

1987 年 6 月，我受建设日报（地市合并前的石家庄地委机关报、现石家庄日报的前身之一）总编辑崔金铭同志的邀请，和我系的王瑞棠、李广增、杨秀国三位老师一起，前去参加他们举行的新闻文体改革专题研讨会。从 1982 年起，建设日报先后创办了"庄稼通游记""活财神广传致富经""猪八戒振兴高老庄""老纪检巡视记""王大娘串门"等五个栏目，对如何增强新闻的可读性问题进行了大胆的探索。在总结实践经验的基础上，他们还写出了《兼收并蓄，交叉创新》的经验体会文章，主张在坚持新闻真实性原则的前提下，借鉴、吸取一些文学的表现手法，冲破新闻文体的陈旧模式。这和前新华社社长穆青同志所提出的写消息要适当采用一些"散文式笔法"的主张，本质上是一致的。

来到建设日报社之后，我们被一种浓烈的改革气氛所感染。从报社领导，到一般编辑、记者，从两鬓如霜的老同志，到风华正茂的年轻人，都在谈改革，议改革。我们也学着记者的样子，对建设日报的记者进行了"采访"，惊喜地发现：从1979年开始，建设日报社陆续出台了一系列重大改革措施，如《关于改革会议报道的意见》《关于改革经济宣传的几个问题》《关于实行"三定"岗位责任制的意见》《关于实行一版头条好新闻奖的规定》《关于实行好稿奖励的规定》等。他们还于1985年初在全国地方党报中率先创办了《周末》版。正是在这样一个基础上，他们召开新闻文体改革研讨会的。

我对建设日报的同志们勇于探索、锐意改革的精神深表钦佩，也很受启发，于是本着抛砖引玉的精神，在研讨会上坦率地谈了自己的意见和看法。我的发言是很粗浅的，但却受到报社领导和同志们的高度重视，发言稿还被收入《探索新闻改革之路》（河北人民出版社出版）一书中。

我国历史上有许多"以文会友"的事例被传为佳话，而我们这一次却是"以会会友"了。这次研讨会之后，我和建设日报社的许多同志结成了好友，经常互通信息。建设日报社有什么改革的新措施，总是及时告诉我。我每去石家庄办事，也总喜欢到建设日报社看一看。如果有一段时间见不到建设日报社的同志，心里便有一种怅然若失的感觉。

1993年原石家庄日报与建设日报合并。合并后的新的石家庄日报，综合实力大为增强，报社的影响也越来越大。前些年我在参加河北省新闻奖的评审中，每每见到石家庄日报的一些颇见功力的作品和很有特色、很有影响的专栏，十分高兴。而今，虽然我已经离开新闻教学第一线，但仍然关注着石家庄日报的发展变化。

衷心祝愿石家庄日报越办越好。

（该文原载石家庄日报1997年11月18日，获庆祝石家庄日报创办50周年征文一等奖）

指导研究生，甘苦自知

当研究生导师，指导研究生学习，是我人生旅途上值得回忆的经历之一。我从 1999 年开始招收新闻学硕士研究生，前后共招收研究生 30 余名（含在职）。这些研究生毕业后大多又攻取了博士学位，成为所在单位的业务骨干。以我指导的 1999 级 4 名研究生为例，他们毕业后一名分配到央视《焦点访谈》工作，一名分配到教育部，现在已是处级干部，另外两名留校任教，现在已是教授或副教授，并已成为研究生导师。

我感到，指导研究生这项工作的最惬意之处，是在很大程度上可以按照自己的学术专长、思想方法、学术风格，乃至自己的为人处世准则去培养学生，使自己在学术上后继有人。

我在多年的教学和科研实践中体会到，不下苦功，不做出艰苦努力，在学术上是很难有所作为的。基于这种认识，我指导研究生坚持的一条准则，是"严"当头，在读书、听课、写论文乃至说话办事等各个环节，都从严要求。

第一，要求他们必须沉下心来，围绕自己的研究方向，认真研读一批中外专业名著，并有计划地涉猎一些文学、语言学、历史学、逻辑学、心理学、政治学等著作，为撰写学位论文做好知识理论准备。新生入学后我即根据他们每个人原来的专业背景和业务基础，为他们分别开列出必读书目，并随时检查他们的阅读情况。

第二，要求他们打下坚实的辞章学（文章学）基础，练好写文章的基本功。我所指导的研究生是新闻业务方向，这就要求他们必须很好地掌握写文章的基本功，具有较强的写作能力。遗憾的是，他们虽然是研究生了，学历算是比较高了，但有些人刚入学时，对写文章的一些基本要求还缺乏了解，有的甚至连文通字顺都做不到。根据这种情况，我要求他们无论写什么文章，首先必须懂得"文章千古事，得失寸心知"的道理，树立严谨细致的作风，惨淡经营，刻意求工，决不允许漫不经心，粗枝大叶，率性而为，写那种华而不实的"才子文章"。对他们所写的学术论文，无论长短，我都逐字逐句进行修改，连一个标点符号都不放过。有的文章经我修改之后，原文所剩无几，面貌一新。学生们看到老师为修改他们的文章花费如此巨大的心血，心有所动，慢慢地也就养成了严肃认真、一丝不苟的写作态度。

第三，要求他们必须树立良好的学风，坚持优良的学术操守，决不允许抄袭和投机取巧。写任何文章都要使用自己的语言，不能胡乱拼凑。有的学生不敢明目张胆地抄袭别人的整篇文章，而是从电脑上东抄一段，西摘一段，写文章时将摘抄的这些资料当作"预制件"，像盖大楼那样拼凑在一起，而又不注明所引用资料的出处。这样的文章表面看来洋洋洒洒，很有"水平"，但没有自己的货色，不是自己的语言，实质上仍然是一种抄袭行为。这样的情况我一经发现，便严肃批评，并责令其重写。久而久之，学生们知道我在学术道德方面要求很严，写文章时也就不敢搞小动作了。

对我的从严要求，绝大多数同学是理解的，支持的，但也有个别学生不理解，认为我太死板，太教条，太书生气，跟不上时代的发展。不过，这也没关系，作为老师，心地坦然，甘苦自知就可以了。对学生的成长负责，对国家培养研究生的质量负责，才是最重要的。相信学生们毕业之后，随着社会阅历的不断丰富，实践经验的不断增加，是会对我的做法和苦衷有所理解的。

收获季　师生情

一次愉快的旅行

1996 年 4 月，经河北大学党委推荐，我被选为保定市劳动模范，以表彰我在教学、科研和主持新闻系行政工作等方面所作出的突出贡献。那一年，河北大学被选为保定市劳动模范的只有我一人。

时隔两年之后的 1998 年 8 月，我有幸参加了由保定市总工会组织的市劳模赴四川省的公费旅游。参加这次旅游活动，可以说是既光荣又愉快的。说光荣，是因为这次旅游活动是对劳模们辛勤工作的一种肯定、关怀和奖赏。说愉快，是因为这次旅游参观了四川省一些具有代表性的、举世闻名的景点和名胜古迹。整个活动组织得周到细致，有条不紊。

这次旅游参观的"路线图"大致是这样的：8 月 8 日上午，我们从北京乘特快列车踏上赴四川的旅程，于 9 日下午到达成都。10 日参观了武侯祠和我久已向往的杜甫草堂。11 日乘大巴从成都出发，历时 14 个小时，到达世界著名风景区九寨沟。12 日在九寨沟参观游览一天。13 日由九寨沟赴茂县参观。14 日由茂县直赴都江堰，参观李冰父子所创造的那闻名中外的岷江水利工程，当晚返回成都。15 日由成都南下，参观乐山大佛和位于峨眉山脚下的报国寺。16 日全天游览了峨眉山。17 日品尝了成都著名的系列小吃之后，返回河北大学。

这次旅行虽然过去了 20 年之久，但至今回忆起来，还有许多情景难以忘怀。

（一）感受九寨沟"童话世界"的美妙

二十世纪九十年代，九寨沟旅游区刚刚开发出来，前去旅游观光的人还不算太多，因而污染很轻微，较好地保留着原始风貌。走进九寨沟，山上山下那青翠茂密的原始树林，高山峡谷间不时闪现的猴子们那腾跳嬉戏的身影，还有那如同天籁之声的啾啾鸟鸣，都足以让人陶醉。当然，最称奇的是九寨沟的"海子"——那有的碧绿，有的湛蓝，有的绛紫，有的赤红，一个个五颜六色、散落在九个村寨的湖泊和水塘。置身其中，仿佛进入一个脱离尘世、至纯至美的童话世界。我一向不喜欢作诗，此时也忍不住胡诌了一首七言绝句《九寨沟感怀》，诗曰：

> 童话世界降人间，
> 一游心地一焕然。
> 书卷暂腾余空腹，
> 云烟吞吐嗅若兰。

（二）亦惊亦喜的峨眉山之游

峨眉山是中国四大佛教圣山之一，被称作"佛国圣地"。关于峨眉山的种种传说，那一个个动听的故事，足以装一火车。这次去四川旅游，可以说最大的愿望是看一看传说中的峨眉山。

8月15日晚上，我躺在眉山市宾馆的床上，辗转反侧，怎么也睡不着，心里总是预想着登临峨眉山时那种种神奇的情景。16日清晨5点起床后，我捷足先登，到食堂吃完饭，便随旅游团向峨眉山出发了。

很快，我们乘坐的旅游大巴开到了峨眉山脚下。时值八月，酷热难耐，我们一个个汗流浃背，但旅行社给我们每人发了一件军大衣，说是峨眉山海拔达3000多米，从山下到山上，要经历一年四季，山上很冷的。这更增加了我们对峨眉山的好奇和憧憬。

开始登山了，我们背上干粮和水壶，还有那件军大衣，沿着崎岖的山路拾级而上。山上林木茂密，遮天蔽日。据说峨眉山上生存着 3000 多种植物和 2000 多种动物，蛇、猴子之类是经常出没的。果然，我们行至一处陡峭的石径，突然窜出一只小猴子，在我背后摘我的水壶，吓得我"哎呀"一声大叫。这时导游小姐说，别怕，猴子一般不会伤人的。果然，小猴子没有摘下我的水壶，便窜到一棵树上，瞪着眼睛安详地看着我们。这一惊心动魄而带有几分传奇色彩的情景，至今想起来还像吃了一道上等的川菜那样，又香又辣，有滋有味。

经过大约一个半小时的跋涉，我们来到峨眉山半山腰的一个缓坡地带，导游小姐让我们稍事休息，等待乘缆车上山。虽说是在峨眉山的半山腰，但已是冷风嗖嗖，寒气逼人，我们又累又饿，盼望及早登上缆车。可是，我们等啊等，一直等了两个多小时，导游才大声呼喊我们排队去上缆车。我们像见到太阳那样高兴得心花怒放。回想刚才等缆车的滋味，一位游客大声喊出这样两句话："不来峨眉山终生遗憾，来了峨眉山遗憾终生！"引得大家轰然大笑。

从缆车上下来，我们沿着十分陡峭的山路又攀登了约半个多小时，终于到达峨眉山的最高峰——那鼎鼎大名的金顶。金顶和山下完全是两个世界，只见白雪皑皑，冰天雪地，我们登上金顶时还飘着大片雪花。这时，我们携带的军大衣派上了用场。金顶是一片约百米见方的开阔地，上面建有一座不大的寺庙。我们怀着兴奋至极而又十分好奇的心情，在金顶上近观，远眺，左看，右瞧，好像非要从石头缝里发现一些惊人之处不可，但我们除了见到许多善男信女在庙门前念念有词、上香跪拜之外，并没有发现那修行千年、终成正果的美女蛇之类。

（三）品尝成都美食

旅游活动临近结束时，8 月 17 日上午八点，导游小姐将我们带到一家餐馆品尝成都美食。餐馆不大，名字我现在忘记了，但据说是成都最好的老字号小吃店。这次品尝活动，从上午八点一直持续到十点半，可以说尝遍了成都的美食。记得当时是按系列上餐的，包括蒸食系列，如小笼包、烧麦、蒸饺等;辣面系列,如炒面、焖面、汤面、馄饨等;甜品系列,如各种自制小点心、麻球、汤圆等。还有各种味道的泡菜系列贯穿始终。当然,每一种食品我们只能品尝一两口,再多了是吃不下的。大家边品尝边谈感受,说说笑笑,好不热闹!

品尝活动结束后,又上了一道川茶。这时,那位身材苗条、面容姣好、皮肤白皙、笑容可掬的导游小姐,向我们发表了热情洋溢的告别辞。她有些激动地说:感谢大家对她工作的支持与配合,还说七天来和大家结下了深厚友谊,祝大家返程顺利等等。她还把她的联系方式告诉了我们。说完,她竟热泪盈眶。

我们怀着一颗激动的心,依依不舍地赶往火车站,乘车离开了成都……

峨眉山金顶留影（1998 年摄）

河北大学新闻传播学院建立的前前后后

2000 年 5 月，河北大学开始进行管理体制改革，将原来的"校、系"体制改为"校、院、系"体制。校党委提出的基本原则是：按相近学科组建学院，原来的系一般不能单独建立学院。

新闻传播学系怎么办？最初学校领导的意见是与中文系合并组建文学院。校领导的解释是：新闻系规模太小，历史又很短，暂时不宜单独建立学院。我听说后非常着急。经过长期艰苦努力，于 1995 年刚从中文系分离出来的新闻系，如果再回到中文系去，其快速发展的强劲势头必然受到很大影响。新闻系党政领导班子经过反复讨论和研究，一致认为必须力争新闻系单独建立学院，并决定立即采取以下几项措施：

第一，给学校党委写一个报告，陈述新闻系单独建立学院的理由。

时不我待，但当时我的身体有点"不给力"——面瘫病复发了（1995年我患过一次面瘫），不但说话很困难，还发高烧，医生要求马上输液。按说在这种情况下，可以请其他同志执笔写这篇报告，但我觉得此事关系重大，我还是亲自写比较好。没办法，我只好把新闻系党总支副书记颜士义同志请来，我躺在校医院的病床上，一边输液，一边口述给校党委的报告，请他作记录。就这样，经过几个小时的努力，一篇长达近 2000 字的报告初稿完成了，后经颜士义整理修改，及时上报给了校党委。

第二，利用范敬宜同志来我系作报告的机会做点文章。

2000 年 5 月 13 日，经刘焱同志联系，我们荣幸地请到原人民日报总编辑、清华大学新闻与传播学院院长范敬宜同志来我系作报告。当时我们想，范敬宜大名鼎鼎，蜚声中外，如请他就建立新闻学院问题向河北大学领导说几句话，可能会起一定作用。范敬宜同志来到学校后，我们向他表达了这样的愿望，他很愉快地答应了下来。另外，我们还准备好了纸和毛笔，范敬宜同志作完报告后，请他为"河北大学新闻传播学院"院名题了字。午餐时，学校主要领导作陪，我们顺势将范敬宜的题字展开，请他们欣赏。一位校领导笑着说："学校还没有研究决定呢，你们就把新闻学院建起来了。"这时，范敬宜同志很巧妙地说："从全国的情况看，新闻系还是单独建立学院有利于发展。"

第三，找学校主要领导汇报一下我们的想法。

说来也巧，有一天，我在河大外语楼旁边的马路上正想怎样找学校领导汇报呢，学校一位主要领导同志迎面走来。我赶快迎上去，说有重要事情汇报。这位领导其实知道我要谈什么，便说："好，谈谈吧。"于是，我便在马路旁边把为什么要建立新闻学院的理由比较详细地作了汇报。这位校领导听完后说："我觉得你们的意见可以考虑，但还需要和有关方面做些协调工作。"

2000年6月初，学校召开全校中层干部会议，专门研究组建学院问题，我在会上抢先作了较充分的发言，大意是：（1）新闻学院是一张名片，建立新闻学院不仅对学院本身的发展有好处，而且对宣传河大、提升河大的知名度也很有好处。（2）"大树下面不长草。"中文系实力强大，基础雄厚，新闻系和中文系合并组建学院，各种教学要素、学术资源就必然按照惯性主要向中文系流动，新闻系也就很难快速发展。（3）新闻系刚从中文系分离出来四五年时间，如再走回头路，全系师生恐怕难以接受。

此后不久，学校确定了最终院系体制改革方案，决定新闻传播学系单独建立学院，院名为"河北大学新闻传播学院"，院牌为非常漂亮的范敬宜同志的题字。至此，在新闻传播学院发展历史上具有深远意义的重大决策，总算尘埃落定。

梦圆新世纪——出版《新闻评论学通论》

跨入新世纪的 2001 年 6 月，我的《新闻评论学通论》一书由河北大学出版社正式出版发行。这部书规模不算大，凡 263000 言，但它确实是我的心血之作，代表了我的整体水平，或曰"代表作"。这部书初版印制 3000 册，2003 年第二次又印刷 5000 册，总计 8000 册。作为一部学术著作，其印数也算可观了。

这部著作出版后在学术界产生较大影响。著名学者、中国人民大学新闻学院教授、中国新闻史学会会长方汉奇先生为之作序。方先生在序言中说了一段语重心长、至今读来仍令我感动不已、热血沸腾的话：

我和庚振教授有十几年的交往，他的宽厚朴挚、恂恂谦谨的作风，通达古今，明辨慎思，厚积薄发的治学态度，都给我留下了很深的印象。我祝贺他的这一新作问世，并相信她一定会受到广大新闻工作者、新闻院校的教学工作者和新闻系学生们的欢迎。

新世纪初叶，《新闻战线》杂志创办了一个新专栏，叫"三新书屋"。这个专栏每期介绍一部新出版的、对新闻工作有重要指导意义的新闻学优秀著作。2001 年《新闻战线》第八期"三新书屋"刊载林放和李广增题为《继承与创新的结晶》的文章，向广大读者重点推介了《新闻评论学通论》。文章说：

河北大学新闻传播学院吴庚振教授撰写的《新闻评论学通论》（河北

大学出版社 2001 年 6 月出版), 是一部植根深厚、体系完备、论述精当的著作, 是近年来新闻学研究的一项重要成果。这部著作既不是书斋深院里闭门造车式的纯理论推演, 也不是一般的写作经验的总结, 而是在作者掌握大量材料并取得一定实践经验的基础上, 经过由感性到理性升华的产物, 因而既具有较高的学术价值, 又对新闻评论写作实践具有启发和指导意义。该书提出了许多真知灼见, 洋溢着改革开放的时代气息, 充满了开拓创新精神, 是新闻评论学理论继承和创新的结晶。

此外,《采写编》杂志、河北日报、新闻出版报等报刊也分别刊文对这部著作予以推介。许多高校将该书选定为新闻传播学本科生或研究生教材, 列入学生必读书目, 还译成英文介绍到国外。该书关于"新闻评论"的定义被高中语文课本所采纳。2002 年该书获河北省哲学社会科学优秀成果二等奖, 本人晋升一级工资。

有关本书的成书过程和有关情况, 请参见下面所附的该书"自序"。

附:

《新闻评论学通论·自序》

(一)

我始终认为, 对一般人来说, 出版一本书虽不是什么高不可攀、神秘莫测的事情, 但也决不像时下某些"抄书家"所说的那么轻而易举。以这本小书为例, 它的出版大致经历了几十年的积累过程。从 20 世纪 60 年代初到 80 年代初, 我在大学中文系讲授一般论说文的写作; 从 80 年代初到现在, 我又一直在大学新闻系讲授新闻评论的写作, 两者相加, 大约有 30 多年的历史。期间, 我撰写并发表大大小小的评论文章百余篇, 并承担过两个和本书有关的较大的科研项目: 一个是 20 世纪 80 年代曾与南开大学、北京师院等高校的几位老师一起, 编写《古代文章学概论》(该书于 1983 年由武汉大学出版社出版), 我负责绪论和我国古代论辩文部分的研究和撰写。承担这个项目，使我有机会对我国古代论辩文产生和发展的历史、我国古代博大精深的论辩艺术，做了较为系统的学习研究；另一个是近年来我独立承担的河北省教委重点项目《新闻评论的可读性研究》。为了完成这个项目，我又花费了相当大的精力，比较系统地研究了新中国建立以来，特别是改革开放以来，新闻评论在说理艺术方面所取得的成就，并出版了专著《说理艺术漫谈》（河北教育出版社，1994）。这两个项目的研究，使我能够将古代的论辩文和现代的新闻评论贯通起来，从而获得一种宝贵的"历史感"。总之，这部书虽然不敢说有什么学术水平，更不敢妄谈什么"创见"，但确实是我竭尽几十年之驽钝的产物。

（二）

新闻评论是说理的，它要以理服人，这就要讲究说理艺术。什么是说理艺术？我认为，说理艺术存在于说理论证的全过程中；说理的艺术性主要表现在说理的说服力和感染力上。而要增强评论文章的说服力与感染力，一要靠观点正确，二要靠精到的方法技巧。一篇评论文章如果对某个问题的分析论证，其观点既正确深刻，又具有生动感人的力量，引人爱看，就可以说它的说理艺术是高超的。基于这种认识，本书从挖掘我国古代的论辩艺术入手，用相当多的篇幅论述了说理论证的方法技巧问题，以期对学习写作评论文章的同志们有些切实的帮助。这里所说的说理论证的方法技巧，不仅仅指语言的表现形式，它还包括构思立论以及说理结构等问题。因为说理论证和说理结构，说到底也是为增强文章的说服力服务的。

在新闻评论分类问题上，本书也做了新的尝试。目前，一般新闻评论学教科书几乎都是按照权威性大小和规格高低，将报刊上的新闻评论体裁依次列出，分为社论、评论员文章、短评、按语、专栏评论、述评、杂文等。这样分类我觉得其线索显得不够清晰，对相近类型的评论体裁也缺乏必要的整合。本书首先将新闻评论的文字体裁分为两种类型：一是代表报刊编辑部的评论，二是报刊署名评论，然后再按照权威性的大小和规格高低，各归其类。此外，考虑到报刊讨论式评论是近年来新出现的一种重要的评论形式，本书也设专章对其作了比较系统的介绍。

（三）

我的恩师、已故辞章学家谢国捷先生，家学深厚，学风严谨，其家兄谢国桢先生是我国著名历史学家，其胞弟谢国祥先生是我国当代著名京剧艺术专家。谢先生一再告诫吾辈：凡是从自己手里出去的文字，哪怕是一篇短文，一则小札，也要认真对待，一字一词一标点都不可有半点马虎，否则，就是不懂得写文章的起码知识。这些金石之言犹如一杯陈酿，历时愈久其味愈浓。联想到当前著作界某些人存在的粗制滥造、文风不正、"无错不成书"等学术不端行为，备感谢先生教诲之珍贵。某虽不才，但对先辈的教诲未敢忘怀，每执笔为文，总是殚精竭虑，惨淡经营。在本书编写过程中，我也基本上坚持了这样的态度。不过，也有遗憾和不安。在本书临近杀青时，我突发疾患，看书、写字都十分困难，而交稿期限早已敲定，因而某些章节可能显得有些粗疏，甚至有些讹误之处，敬请各位专家和广大读者批评指正。

吴庚振

2000 年 10 月于河北大学

《新闻评论学通论》研讨会，省记协主席林放同志在会上发言（2001 年摄，左 1 为林放）

"受宠"杂感

仅从新浪博客上，我就看到中国人民大学新闻学院马少华教授几次提到拙著《新闻评论学通论》，褒奖有加（也有批评）。联想到人大新闻学院教授方汉奇先生以德高望重的著名学者之尊，为这本小书撰写序言，还有在学术界颇有影响的人大新闻学院秦珪教授、胡文龙教授、涂光晋教授等给我留下的谦逊和善的为人之道，至今想起来我的内心还不免搅起波澜。众所周知，中国人民大学是全国著名大学，人大新闻学院则是国内顶尖级的新闻学院之一，而我所履职的却是地方高校——河北大学。老实说，拙著能受到他们的关注和嘉许，我是有点"受宠若惊"的，也不免产生一些杂七杂八的感想。

（一）某些重点大学的某些教师（不是全部），在一些学术会议上，放不下身段，总以"第一世界""超级大国"自居，在和地方高校、"第三世界"的教师打交道时，总给人一种居高临下、气吞万里、舍我其谁的感觉。实事求是地说，重点大学虽然整体水平比较高，但也不一定没有滥竽充数者；地方大学虽然整体水平比重点大学差一些，但在某些学科或某些研究方向上，也不一定全无优势。已故河北大学文学院的裴学海先生，当年只是某中学的一名语文教师，但他的一部煌煌巨著《古书虚字集释》，却是我国古代汉语研究的奠基之作。还是讲一点学术民主、"在学术面前人人平等"有利于学术的发展。

（二）大凡真正有学问的人，真正的学者，都是谦虚的，平易近人的。这是因为只有在知识的海洋中畅游过、搏击过的人，才知道知识海洋的浩瀚博大，才知道做学问的艰苦，也才知道自己的渺小。相反，那些没有在学术研究上下过苦功的人，对学术研究的甘苦缺乏切身感受的人，往往把学术研究看得很容易，往往自视甚高，夸夸其谈。有道是"半瓶子醋爱晃荡"。

（三）和传统的老学科、基础学科相比，新闻传播学科还很年轻，基础还很薄弱。无论是重点大学还是非重点大学的新闻传播学教师同行们，我们都应该有一种谦虚的精神，艰苦创业的精神，而不应该有半点骄傲自满情绪。因为我们确实没有骄傲的资本啊！

我这篇小文如果伤害到哪位同仁，请予谅解。

附：

致敬吴庚振先生——回应学术平等问题

马少华

按：中国人民大学新闻学院马少华教授这篇"回应"文字，对拙文《"受宠"杂感》中所谈到的学术平等问题，进行了精彩的延展、开掘和深化，读来颇受启发。现附在下面，以飨读者。——吴庚振

这些天早晨醒来都很早，不到五点就醒了。躺在床上用 iPad 消磨一下时间再起床。偶然就看到了河北大学教授吴庚振先生的一篇（新浪）博客文章《"受宠"杂感》(2012-05-05　15:31:31)，一开头就提到：

仅从新浪博客上，我就看到中国人民大学新闻学院马少华教授几次提到拙著《新闻评论学通论》，褒奖有加（也有批评）。联想到人大新闻学院教授方汉奇先生以德高望重的著名学者之尊，为这本小书撰写序言，还有在学术界颇有影响的人大新闻学院秦珪教授、胡文龙教授、涂光晋教授等给我留下的谦逊和善的为人之道，至今想起来我的内心还不免搅起波澜。众所周知，中国人民大学是全国著名大学，人大新闻学院则是国内顶尖级

的新闻学院之一，而我所履职的却是地方高校——河北大学。老实说，拙著能受到他们的关注和嘉许，我是有点"受宠若惊"的，也不免产生一些杂七杂八的感想。

——文章由此谈及重点高校与地方高校的学术平等问题。

吴庚振老师的《新闻评论学通论》，是我2001年刚刚从报纸评论员的岗位转入高校教学岗位时在新华社门外的新闻书店买的一本书。（巧了，那一年刚好这一部书出版。）我也是由此接触到高校新闻评论教学体系的。但是，我却记不清我"几次提到"这本书，"褒奖有加（也有批评）"的事情了。

后来在自己的博客上查找，才发现我自己曾在一篇题为《对一部评论教材论证部分的简评》中集中谈到吴庚振的《新闻评论学通论》；还曾在《时评的历史与规范》《论媒介言论中具有论证性的修辞》《评论课日志十九：杂文》等篇论文和博文中征引过这部书的观点。没想到被吴老先生看到了。

当初从方汉奇先生2001年为《新闻评论学通论》而写的序言和作者自序来看，吴庚振是一位从事论说文和新闻评论教学40年的老先生。他是从古代议论文和文章学研究的历史源流中进入新闻评论教学的。这个基础是我这一代"文革"期间长大的教员很薄弱的地方。实际上，这位老先生1962年大学毕业留校任教后，一直从事基础写作和论说文写作教学与研究工作，后来就成了河北大学新闻学教育的创建者。1962年，吴老先生任教那一年，我才1岁。而现在，他居然像我一样频繁更新博客。只不过我们分属新浪与搜狐两个网络空间，不方便交流罢了。

在《"受宠"杂感》这篇文章中，我能感受到吴老先生平和谦虚的品格。他文中的这一句话说得特别好："只有在知识的海洋中畅游过、搏击过的人，才知道知识海洋的浩瀚博大，才知道做学问的艰苦，也才知道自己的渺小。"这说出了谦虚的一个根本理由即：知识是使人谦虚的，而不是使人自大的。

我也想回应一下吴老先生在文中谈到的重点大学与地方高校的"平等"

问题。

我认为，他文中提到的那样一种情况——某些重点大学的某些教师（不是全部），在一些学术会议上，放不下身段，总以"第一世界""超级大国"自居，在和地方高校、"第三世界"的教师打交道时，总给人一种居高临下、气吞万里、舍我其谁的感觉——可能并不是学问造成的，而是体制造成的。因为所谓重点大学与地方高校，就是体制的产物，而不是学问的产物。它本身是教育行政化的一个表征。

当然，因为行政体制能够调动资源，集聚资源，因此"重点大学"在许多方面的研究水平和教学水平，的确会比"地方高校"要高一些。尤其是需要较多资金投入现代科学领域，你没有这个设备，没见过，也就做不出来。

但是，人的精神创造、思想创造的能力的分布，说到底并不取决于物质资源，更不取决于学校的行政级别。共同面对知识世界，我们每个人都是只能冥心孤往的平等个体。

这是学术平等的一个根本理由。因为我们只能尊重人，而没有尊重钱的。

何况新闻评论教学与广播电视、新媒体教学不同，作为帮助学生提高思考和表达能力的教学，基本不依赖于金钱和设备。

在这个意义上，我们不仅要特别尊重新闻评论教学的前辈吴庚振老先生，也要尊重任何一位"地方高校"的教师同行。抛开行政体制为学校所赋予的地位和我们新闻学院学术团队的整体实力，单就赤裸裸的一个学习和思考的人而言，我想不出我自己有什么一定高于"地方高校"的同行的地方。

登上最高的学术殿堂

2001 年 6 月 26 日，为庆祝中国共产党建党 80 周年，中国社会科学院新闻与传播研究所在北京举办了"党与党报"大型学术研讨会。我和我的研究生刘赞有幸应邀参加了这次意义重大的研讨会。

我是 4 月 17 日收到这次研讨会邀请函的。邀请函说，拟邀请李铁映同志和其他社科院领导以及中宣部、广电总局、新闻出版署、新华社、人民日报、中央人民广播电台、中央电视台、光明日报、经济日报等中央主要新闻媒体负责人出席会议。我看了邀请函后，顿生许多顾虑。这次会议的规格很高，自己去参加，"够格"吗？经过反复考虑，觉得机会难得，最后还是决定出席这次会议，而且一定要拿出一篇有一定水准的学术论文。

选个什么论题呢？当时我的《新闻评论学通论》刚出版，我想从这部书中选一个合适的点位，加以开掘和深化，可能会写得顺利些。于是，根据研讨会的要求，经过认真考虑，我决定就党报社论的改革问题写一篇论文，提交给研讨会。

研讨会于"七一"前召开，时间紧迫。当时我的教学任务很重，只好请我的研究生刘赞帮助我撰写这篇论文，届时和我一同去参加会议。刘赞基础理论扎实，学风严谨，科研能力比较强，有他做我的助手，我心里踏实了许多。

经过一个多月的艰苦努力，一篇长达一万多字的学术论文终于完成。

论文的题目是《试论党报社论的改革——为纪念建党 80 周年而作》。

研讨会于 2001 年 6 月 26 日在社科院学术报告厅召开。主持会议的是著名新闻传播学专家、社科院新闻所陈力丹研究员。

研讨会安排我作了学术报告。我主要讲了四个问题：（1）增强党报社论的贴近性；（2）丰富党报社论的表现形式；（3）党报社论要力求精短；（4）合理安排党报社论的数量。我的报告有些新的见解，而且结合国内外、近现代一些重要媒体的"社评""社说"进行论述，内容比较丰厚，说服力还算比较强。报告时，我从始至终充满激情，受到与会领导和专家们的热情关注和欢迎。

这次研讨会层次高，规模大，时间点特殊，意义重大，领导重视，因而开得很成功。

会议的组织者是这样描述这次研讨会的：

来自中国人民大学、清华大学、南京大学、华中科技大学、河北大学等科研机构和人民日报、新华社、解放军报、经济日报、中国新闻出版报以及全国记协等单位的 70 多位专家学者和领导出席了这次会议。围绕着会议主题，大家进行了有时效的热烈讨论，各抒己见，畅所欲言。与会同志认为，这是近年来我国新闻理论界召开的同类研讨会中规模较大、水平较高的一次。（参见《新闻与传播研究》杂志 2001 年第三期第 4 页）

会后，中国社科院新闻所主办的《新闻与传播研究》杂志 2001 年第三期全文刊载了我和刘赞这篇论文。

"党与党报"学术研讨会全体代表合影（2001 年摄，前排左 1 为作者）

主持编写马克思主义新闻观辅导教材

　　新世纪伊始，河北省委宣传部与河北省新闻工作者协会根据中央精神，决定在全省新闻系统深入开展一次马克思主义新闻观的教育活动。为了配合这次教育活动，省委宣传部和省记协领导决定编写一部马克思主义新闻观的辅导教材，由省记协学术委员会组织实施。我当时是省记协学术委员会副主任，又是河北大学新闻系教授，省记协领导便把辅导教材编写的具体工作交由我负责。

　　按照领导的要求，我主要做了以下几项具体工作：

　　（一）与省记协领导一起，研究确定了辅导教材编写的基本要求和选题计划。基本要求是：全面准确地阐述马克思主义新闻思想的基本观点、理论体系和现实意义，理论联系实际，具有现实的针对性和实践性。根据这个基本要求，经过反复协商、认真筛选，最后确定了十二个选题，包括马克思主义新闻观的精神实质和理论特色、马克思主义新闻观的理论体系、社会主义新闻工作的党性原则、真实性原则、舆论监督和作风建设等。

　　（二）承担了两个选题的编写任务。我除了统筹全书的编写工作外，还撰写出两篇论文。（1）《与时俱进——马克思主义新闻观活的灵魂》，这是本书的开篇之作，理论性很强，撰写的难度也很大。为完成这篇论文，我和我的研究生花费了相当大的精力，翻阅了马克思恩格斯全集、列宁全集、毛泽东选集、邓小平文选等经典著作中的相关内容，以及大量其他著作，最后撰写出长达一万六千字的论文；（2）《新闻工作者要树立大局意识》，这是根据我发表在《新闻与传播研究》杂志1997年第一期上的一篇论文改写而成的。

（三）对全书各部分的稿件进行了润饰、加工和修改。有的稿件改动很大。

（四）2002 年 10 月，中共河北省委党校举办了全省新闻单位领导干部马克思主义新闻观学习班，参加学习的都是各报社的总编辑或副总编辑、各电台、电视台的台长或副台长，以及各地市委宣传部的相关负责人。我为这个学习班作了一次辅导报告，报告的题目是《马克思主义的新闻自由观》。

这部书编定之后，本来已确定由河北教育出版社出版，但由于上层领导意见分歧，未能如愿，只在河北省记协与河北日报社主办的《采写编》杂志上以"增刊"的形式公开发表（2002 年 10 月）。不过，这也算达到了预期目的。

在人民大会堂参加学术会议

2004 年 9 月，原北京广播学院更名为中国传媒大学。为庆祝这一盛事，中国传媒大学举行了"中国传播论坛"大型学术研讨会。我和我的研究生周远帆应邀参加了这次会议，并提交了论文《软控制：西方国家新闻自由的背后》。

学术研讨会定于 9 月 5 日上午 9 点在人民大会堂开幕。听到这个消息，我的心情不免有些激动。过去我参加过许多次全国性学术会议，但在人民大会堂参加这样的会议还是第一次。

为了确保开会前准时到达大会堂，会议的组织者便于上午 7 点 30 分安排我们乘大巴前往。也算是好事多磨吧，那天天公不作美，我们的汽车刚上马路，便下起了大雨。北京的路无雨堵，下雨更堵，我们的大巴被死死地堵在长安大街上，动弹不得。从中国传媒大学到天安门广场不到 20 公里路程，却艰难地跋涉了整整两个小时，致使会议不得不延迟至 9 点 30 分召开。

学术研讨会开幕式会场设在人民大会堂的新闻发布厅。这是一个可以容纳数百人的长方形大厅，国家一些重要的新闻发布会、国家领导人答记者问等活动，经常在这里举行。每年的"两会"结束后，我总是从电视里收看国务院总理答记者问的情景，想不到今天我也有机会来到这个神圣庄严的会场上。当主持人宣布会议开始后，我坐在紫色的沙发椅上，心潮澎湃，浮想联翩，觉得只有在工作中百倍努力，才对得起党对自己的培养。

开幕式结束后，大会堂工作人员引领我们到国家宴会厅去用午餐。这个以象征高贵典雅的黄色为主色调的宴会厅，是用来举行大型国宴的地方，比如一年一度的国庆招待会、春节团拜会等，就是在这里举行。走进宴会厅，只见整齐地摆放着一排排硕大的圆形餐桌，其规模之宏大，气氛之庄严，令人震撼。记得那天吃的是自助餐，几十种美味一字排开，摆放在那里，一时间我有些眼花缭乱，不知所措，在我的学生周远帆的悉心帮助之下，我才将美味一一品尝了一遍。

9月6日上午，我在"宣传与传播效果研究专场"学术研讨会上宣读了我们的论文《软控制：西方国家新闻自由的背后》，这篇论文分为三个部分：

第一部分，论述什么是硬控制和软控制，以及各自的基本特征。硬控制主要是法律控制、行政控制、垄断新闻源等。硬控制具有刚性和显性特征，不得违反。软控制则主要是经济控制，如资本控制、广告控制等。软控制具有柔性和隐性特征。

在当今世界上，无论坚持什么样的社会制度的国家，都要对新闻传播进行控制，只不过控制的方式和手段有所不同而已。

第二部分，集中论述中国与西方国家对新闻传播控制手段的区别和各自的本质。我国以硬控制（行政控制）为主，辅之以软控制。而西方国家则以软控制为主，辅之以硬控制。

第三部分，深入剖析西方资本主义新闻自由的虚伪性及其本质。西方国家对新闻传播的"软控制"是一种资本控制、利益控制、价值观念控制，它的基本特征是使新闻人在被控制中感到很"自由"，很"舒服"。正如美国传播学家赫伯特·席勒所说，要想使操纵最最有效，就需留下最不操纵的假象。操纵需要一种假象，就是否认操纵的存在，就是千方百计地让善良的人们相信新闻工具是中立的，是所谓"社会公器"……

关于新闻自由问题，此前我先后发表过十几篇文章，这一篇是我和我的研究生周远帆用力最勤、写得最深入的一篇，因而在会上宣读后受到广泛好评。会后这篇论文发表在国家中文核心期刊《河北学刊》2005年第五期上。

9月7日晚上，中国传媒大学在本校大操场举行了声势浩大的校庆晚会。这是一场名副其实的明星晚会。参加演出的几乎囊括了央视那些明星大腕，诸如李瑞英、鲁健、李湘等，他们都是传媒大学的老校友。我和我的学生周远帆目睹了这场晚会的一个个精彩场面。

据说中国传媒大学有一个"传统"，老校友返校，不管他们在社会上名气有多大，当他们在公共场合出现时，在校学生总要用"喝倒彩"的方式表达对他们的爱。在这次规模盛大的晚会上，李瑞英、鲁健等在主席台上亮相并简短发言后，台下也是一片怪叫和嘘声，其场面之诡异，令人咋舌。

研讨会现场留影（2004 年摄）

我遇到一个好女孩

　　我遇到的这个好女孩姓沈，姑且叫她"小沈"吧。其实，她的名字和工作单位我都知道，因没有征得她的同意，暂时不予公布（这也是出于对她的尊重）。她目前在北京某著名大学做博士后研究。

　　2011 年 10 月中旬，我因患病住进北京大学人民医院，打点滴治疗。我所住的那间病房还算比较大，三张病床一字排开，我居中而卧。我左手边的病友是一位老者，正在等待做胆囊手术。我右手边那位病友看上去是个不过二十几岁的小伙子，人称"小兵"。

　　前不久小兵因肠穿孔刚做完腹部大手术，脸色惨白，极度消瘦，静静地躺在病床上，很痛苦的样子。一个肤色白皙、面容姣好、端庄大方、气质高雅的女孩日夜陪护在他的身边，这个女孩就是小沈。我看到小沈一有闲暇时，就不停地抚摸小兵的脸颊、手臂，为他做按摩，尽量减轻他的痛苦。有时小沈还帮助他在病床上大小解。忙活完了之后，小沈便躺在小兵的身边，对着他的耳朵笑眯眯地说些什么。当时我想，多好的小两口啊！小兵虽然身患重病，但小沈给予他的爱情的巨大力量会使他很快战胜病魔的。

　　一天上午，小沈用轮椅推着小兵到外面去散心，一时间病房里鸦雀无声。药液缓慢地一滴一滴流进我的体内。我仰望着天花板，思潮奔涌。小沈的一举一动深深地感染了我，打动了我。我侧过身去，对我左手边那位老年病友说："这个女孩太好了！小兵有这样一个好妻子，真是太幸福了！"不料老者对我说："啊啊，你误会了，他们还没有结婚呢，目前还只是朋友关系。"这位老者和小兵在同一病房住院多日，彼此之间比较了解。

啊啊，原来是这样！我感到小沈的精神更加可贵了。稍停了一会儿，老者继续对我说："小沈的确是个好女孩。小兵家里经济条件一般，小沈家比较好。小兵住院、做手术，几十万元的花费，还主要是小沈拿的呢。"听了这些，我的心头受到一种强烈的震撼。在这物欲横流、金钱至上的社会环境中，有道是"夫妻本是同林鸟，大难临头各自飞"。相比之下，小沈的品质是多么高尚，多么纯洁！

"逆境之中见真情。"病友之间是最能够互相理解、互相关心的。住院那几天，我们几个病友，包括陪床的家属，相处得都很好，很亲切，彼此之间也就有了一些交流。小沈对我说了许多宽慰、鼓励的话，帮助我解除思想负担，勇敢地去战胜疾病，使我十分感动。

小沈还从网上浏览了一些我的博客文章，了解了我本人的基本情况，居然提出要拜我为师。她这样说我当然感到很高兴，很荣幸，但我愧不敢当。"有志不在年高。"小沈虽然比我年轻很多，和我根本不是一辈人，但她那光鲜的性格、可贵的品质，对爱情、对朋友的忠贞，是很值得我学习的。

退休变奏曲

（一）

1996 年 4 月，张留成同志出任河北大学校长。为了尽快了解学校的基本情况，张校长召开了一系列座谈会。在一次文科系主任座谈会上，我简要向张校长汇报了新闻系加强实践教学、与新闻单位联合办学的思路、做法和所取得的成果。张校长从河北大学建设和发展的战略全局考虑，觉得河大的基础学科历史悠久，实力雄厚，但应用学科相对薄弱。为了更好地适应社会需要，在不断强化基础学科的同时，学校应大力加强应用学科的建设。

我的汇报恰好契合了张校长的这一思路，因此他对我的汇报给予了充分肯定。1996 年 10 月 10 日，张校长在全校中层干部会议上明确提出：河北大学要"外学河北农业大学的'太行山道路'，内学新闻系与新闻单位联合办学的经验"。他还强调指出："冲破封闭僵化的办学思路，主动适应社会需要，不刻意追求所谓学术水平，最后不一定没有水平。"在以后的几年时间里，校党委吴家骧书记和张校长对我们新闻系、经济系、法学系等应用学科的发展予以重点关注和支持。

正是在这一背景下，校党委吴书记和张校长几次要求我要服从工作需要，做好"超期服役"的思想准备，将来即使到了退休年龄也暂不能退休。

（二）

1999 年河北省委对河北大学的领导班子进行了调整，吴书记和张校长退居二线。新任校党委书记詹福瑞（后来从河北大学调到北京，被任命为国家图书馆党委书记兼馆长）和校长王洪瑞上任伊始，便对河大的管理体制进行了大刀阔斧的改革，由原来的"校、系体制"改为当时已经通行的"校、院、系体制"，这就意味着各系的系主任均需下马。

2000 年 10 月 27 日上午，詹书记找我谈话，高调对我的工作给予充分肯定，之后宣布校党委的意见：我不再担任新闻系主任，由于年龄的原因，也不再任命我为新闻传播学院院长，但暂不退休，继续在教学、科研第一线工作。当天下午，河北大学召开了全校教职工和学生代表电视直播大会，校领导在会上宣布了校党委关于院系调整改革的总体方案。我没有想到的是，校长王洪瑞在会上点名表扬了我的"奉献精神"，并说："如果大家都像吴庚振先生这样工作，河大还能搞不上去吗？"实际上，我并没有做出什么突出成绩，这是校领导对我的鞭策和鼓励。

正当我怀着对校领导报答"知遇之恩"的心情奋发工作的时候，2000年 12 月 8 日，河大人事处突然来电话，让我前去办理退休手续。当时我觉得有点突然，因为学校主要领导一再表示我暂不退休，怎么在没有向我打招呼的情况下又变了呢？不过，我还是按人事处的要求填写了退休的相关表格，并很快调整好心态。新闻学院的白贵院长听说我要退休的消息之后，很着急，马上向人事处和校长写了请求延聘我的报告，并很快得到校领导批准。于是，我继续在教学、科研第一线工作，并被新闻学院任命为新闻学硕士研究生导师组组长和新闻研究所所长。

（三）

2001 年 6 月 29 日，新闻学院党委书记通知我办理退休手续，并交给我三张人事处发来的退休表格，让我填写。对此我早有思想准备，心想我的退休问题几起几落，这一次可能要一锤定音了。可是我万万没有想到，事情竟然又有了变数。退休表格我还没有来得及填写，院党委书记又发给我一张延聘表格，并说：新闻学院正在向国家申请博士学位授予权，考虑到吴老师在学术界的影响，希望吴老师暂不要退休，支持这项工作。

要使河北大学新闻传播学院获得博士学位授予权，能够招收和培养博士研究生，是我多年来的一个夙愿，是燃烧在我胸中的一团火焰，所以我毫不犹豫地答应了下来。很快，王校长批准了新闻传播学院关于继续延聘我的报告。我很高兴，立即投入到整理和修改申报博士学位授权点的相关材料、为研究生讲授学位课程等工作中去。

（四）

2004 年 1 月，我正式退休，我的"退休变奏曲"也终于画上了句号。此前新闻学院召开教职工大会，院党委书记传达了学校关于我退休的文件，并对我在教学、科研、培养青年教师、指导研究生、特别是在创办和发展新闻学专业和新闻传播学系等工作中所作出的贡献，给予高度评价。并说吴老师虽然退休了，但还继续指导研究生，继续工作。

那一刻，我心潮澎湃，感慨万千，一生中所走过的弯弯曲曲的道路，一下子涌现在脑海！喜耶？悲耶？我莫可名状，只觉得热血在周身放纵奔流。我怀着极其复杂的心情，在会上答谢了领导和广大师生多年来对我的关心、支持和帮助。

会后，几位青年教师护送我回到家中。我在沙发上稳稳坐下，顿感如释重负，浑身轻松。也就是从那一刻起，我开始了人生的一个新阶段。

编外篇

余韵缭绕　知音回响

小 引

　　作为我的人生回忆录，到这里已经基本结束。但是，我还有话要说。河北大学中文系和新闻传播学系的一些同学和校友，以及我在网络上结识的一些网友、知音等，看了我在新浪博客上发表的回忆录、了解了我的人生经历之后，颇有所感，并热情地写下了许多感想和评论性文字。

　　挚友史桂森在其新浪博客"津坤小龙女"的《令人尊敬的吴庚振教授》一文中说："吴庚振教授多年来全身心地贡献于党的教育事业，不为名，不图利。您因开拓而闪光，因奉献而充实。您的人格魅力足以让人们受益一生。""吴教授面对坎坷的人生经历，用自己的聪慧和毅力与命运进行了一次次搏击，赢得了家庭的幸福和事业的成功。"

　　百忙之中，史桂森还写了一首美丽动人的七绝：

吴公笔墨昆山玉，

仁志耕耘治学殷。

磊落襟怀鸿鹄远，

花红桃李梦圆欣。

　　诗人梁淑艳也满怀激情，为我的书斋雅号"苦豆斋"赋诗曰：

不忘当年铭苦豆，

且栽桃李腹经纶。

何当立雪鸿鹄志，

捷报传来复几春。

　　读了这些文字之后，我很受感动和鼓舞，以致心情久久不能平静。我在这里向他们表示深深的谢意！这些文字对我的评价基本都是正面的，但我知道，我的缺点和不足其实是很多的，权当是对我的鞭策和鼓励吧！

　　下面附录几则诗文，作为"编外篇"，以飨读者。

一叶潜航的小舟

——读吴庚振先生《我的童年》

周 英

按：这首诗原载新浪博客"诗人周英"2014年9月4日。

周英，女，1966年生，河南省开封市警官。国家一级诗人、河南省作家协会会员、影视编导、中华诗词学会会员、全国公安文联会员。擅长旧体诗词和楹联创作。著有旧体诗集《周英诗选》等。主创、编导影视剧《警戒》《相约诚信》等。曾多次荣获全国诗词和楹联大奖。

我和周英素昧平生，至今也未曾谋面。但我从网上浏览了她的大量诗作、了解了她的创作情况之后，被她那"生命与诗歌相约"的创作精神深深感动。她在网上看了我的一些回忆性文字之后，也心有所感，并写了一些诗歌作品。这里选录其中的两首（另一首《闪光的脚印》见编外篇5）。——吴庚振

童年
你从未唱过一首欢乐的歌

稚嫩的幼苗

经历了战火硝烟的洗濯

日寇铁蹄，踏遍中国

山河破碎，血流成河

连年战争，水深火热

黑暗中，你渴望黎明

苦难中，你顽强挺过

华北平原上一个名叫阎家庄的小村子
位于保定的一角
那是你的诞生地
你辛酸的童年
就在那里度过
生活的磨难
造就了你
勤劳俭朴、坚韧善良的品格
家庭的熏陶，环境的影响
为你拓开一条漫长的求知路
八路军、游击队教你识字
诗人哥哥引导你学习写作
知识的海洋里
你求索不止、如饥似渴
小学、中学、大学
一路走来
逆境中你却成了时代的幸运者

很难相信
一个文弱书生
你的童年却是在劳动中度过
耕耩锄耪、犁地送粪
砍柴打草、养猪喂马
样样农活你全都干过

童年
就像一叶永不停息的小舟

穿越岁月的长河

任浪花飞奔、橹声放歌

你从容地写下历史的波澜壮阔

你对大海庄严宣告

笑傲重重烟雨

跨过叠叠险阻

你说：坚毅

就是一种斗志

就是一种豪迈

就是一种勇气

就是一种气魄

童年

就是一叶潜航的小舟

你用坚强的橹

拨开千重的雾霭

坚定地对太阳作出承诺

让波做太阳的光芒

让浪做太阳的圣火

永远向着光明

让那怯懦与脆弱

都一同在海底埋葬

为新闻战线培养人才

——记河北大学教授吴庚振

赵林涛

按：这篇文章原载河北日报 1996 年 3 月 15 日"燕赵之星"专栏。该专栏系专门报道河北籍专家、学者、社会名流的不定期专栏。

赵林涛，河北大学教授，档案馆馆长。著有《顾随研究》、《师者顾随》、《长者顾随》（与马玉娟合著）、《卢纶研究》等，系著名文献学专家。

——吴庚振

吴庚振自 1962 年河北大学中文系毕业后，一直从事新闻学的教学与研究，是河北大学中文系新闻专业的主要创办人之一。经过十几年的努力，去年 6 月，河北大学新闻传播学系正式成立，吴庚振出任系主任。

"治学严谨，操觚为文，刻意求工"，是吴庚振教授追求的信条。几十年来，他兢兢业业，辛勤耕耘，曾连续三次获得省部级科研成果奖。到目前为止，他已撰写和主编了新闻学著作、教材十余部，发表论文七十余篇。所著《说理艺术漫谈》一书把新闻评论的议论说理作为一门艺术来研究，在新闻学界具有首创意义。

三十多年来，吴庚振为我省新闻宣传事业的发展倾注了大量心血。他提出了与新闻单位联合办学的思路。他主持的"建立实习基地，深化教学改革"科研项目，获河北省普通高等学校优秀教学成果奖，为扶植和培养新闻工作者做出了积极的努力。

说说吴庚振先生

杨状振

按：该文原载新浪博客"易木晨风"2016年1月15日。

杨状振，男，河北大学新闻传播学院副教授，四川大学文学与新闻传播学院博士、复旦大学研究生院"教育部博士生访学计划"学员。河北省首批"青年拔尖人才"，河北省委宣传部"四个一批"人才，河北省教育厅、河北省人力资源与社会保障厅"三三三"人才，入选河北省委组织部"青年拔尖人才"支持计划、河北省教育厅"青年拔尖人才"。承担国家和省级重大科研项目多项。著有《中国电视批评史》《话语重组：新媒体时代的中国电视批评》《中国网络电视台发展研究》等专著多种，并发表学术论文数十篇。曾获国家广电总局"飞天奖"电视评论奖等多个奖项。——吴庚振

吴庚振先生的名字，相信对于今天河大新闻传播专业的学子来说，早已经变得遥远、近乎湮灭。就如人民大学的学子对于张隆栋、复旦大学的学子对于王中、传媒大学的学子对于赵玉明一样。而在上世纪80年代中国新闻传播学科的草创阶段，恰是他们这批人奠定了中国新闻传播教育的基本面貌和格局，也是他们赋予了这个学科以最初的轮廓，无论道路走多远，无论我们当下身处何方，我们都不应该忘记他们筚路蓝缕的开创之功。从这个意义上说，拣拾他们，拣拾那段历史，其实就是书写我们自己的当下和明天。

我只说说自己有限的和吴庚振先生的几次交往。

吴庚振先生是河北大学新闻传播学教育的开拓者和奠基人，也正是在他的努力下，河北大学在上世纪 80 年代便成为地方大学中最早开办新闻传播学相关专业的知名院校之一。从 80 年代算起，历经两三代人的努力，河北大学新闻传播学教育终有今天的小成气象。这其中，吴庚振先生当属动手最早、用力最勤、目光最远、寄情最深的领导人之一。我同吴先生交往不多，但有限的几次交往，却都成为了我记忆中的经典桥段。——印象最深的，是吴先生不带半点私心爱护后辈的拳拳惜才护才之心，除了治学上的异常严谨，作为老辈儿学者的脾气和禀性在几次交往中，让我感动。

为事业长远发展计，先生曾在我一度发生动摇的关键时刻，扛鼎举贤，向学校有关部门和领导机关亲笔手书长信，举才力荐，今天读来，信中的文字依然让我感慨万端，——并不是每一个人都可以做到这样！我们常说活人要活出境界、做事要做到专精，两者兼具的人其实是少之又少的，吴先生无疑当属其中之一。

事过境迁，吴先生当时的推荐信，再加上另外三位校内外国务院政府特贴专家的联名推荐，我最终得以在激烈的竞争中入围。今天，除对个别关键词做处理外，原信内容存照于此。或许，这也可以解答很多人的一个疑问。很多事，也不用我再一一解释，譬如"为什么来此、为什么留下"等。

附：推荐书

河北大学人事处并转
省委人才工作领导小组办公室

2007 年我在四川成都参加学术会议时，四川大学文学与新闻学院一位和我一同参会的老师知道我是河北人后，便对我说，他们学院有一位河北籍的学生，十分优秀，科研潜质很突出，读硕士研究生期间即发表了大量有分量的学术论文，刚被川大批准破格提前直升博士阶段学习。他的名字叫杨状振。

说来也巧，2010 年杨状振在川大获得广播影视艺术博士学位后，应聘到河北大学新闻传播学院任教，我对他的情况也就格外注意，并对他有了比较全面的了解。

杨状振热爱党，热爱社会主义，爱岗敬业，勤奋刻苦，学风严谨，基础理论扎实。据我所知，他是目前我省乃至全国十分稀缺的广播影视艺术方面高水平专门人才之一。目前他主持完成国家和省级社科基金课题等 6 项，出版学术专著 2 部，在本专业权威学术刊物《新闻与转播研究》等期刊发表学术论文数十篇，其中 CSSCI 多篇。他的《中国电视批评史》《重组话语：新媒体时代的电视批评》等著作和论文，具有重要的开拓性价值，达到国内先进水平，有的论文还被译介到国外。

更为难能可贵的是，杨状振的学术研究和学术活动，具有密切联系实际、主动为社会主义文化建设和发展服务的鲜明特色。他所主持的国家社科基金项目《"三网融合"背景下网络电视台的建设、发展与影响研究》、省社科基金项目《河北网络电视台的建设路径、发展模式及媒介影响研究》等，既具有重要的理论价值，又具有广阔的应用前景。此外，他还参加了诸如第九届四川国际电影节 / 长春电影节等业务交流活动，曾为国家广电总局领导起草讲话稿，表现出非凡的影视艺术专业水平和组织能力。

人才难得。杨状振符合河北省青年拔尖人才选拔条件，特予郑重推荐。

吴庚振

2015 年 7 月 21 日

吴庚振，原河北大学新闻系主任，教授。1993 年起享受国务院政府特殊津贴。

我与恩师吴庚振教授

张锡杰

按：该文原载 2017 年 9 月 7 日衡水晚报。9 月 15 日河北日报将标题改为《我的老师》，小有删节，重新发表。

张锡杰，1972 年毕业于河北大学中文系。毕业不久，即被调到河北日报驻衡水记者站当记者，1983 年被评为河北省优秀新闻工作者，后被调回编辑部，先后任记者部副主任、总编室副主任、科教部主任。1991 年调中共中央办公厅工作，曾任中央办公厅调研室政治组组长、调研室副主任，北京电子科技学院党委书记等职，研究员。著有《感悟人物通讯》《迈向科技发展的新世纪》《在"三个代表"指引下前进》《遗孤残妇大寻亲》《走进母亲河》和《红枫集》等多部著作。——吴庚振

在第 33 个教师节前夕，我怀着感恩的心情看望了大学恩师吴庚振教授（以下简称吴老师，因是上学时的称呼，感到亲切）。吴老师是河北大学新闻传播学院原院长、新闻评论家，在河北大学从事教学工作达 45 年，著作颇丰，德艺双馨，可谓桃李满天下。而我与吴老师的师生情，跨越了近半个世纪的时空，是人世间不是父兄而胜似父兄的一种纯洁真挚的情谊。提起我们相识相知相交的佳话，则溯源于 47 年前的那个冬天。

那是 1970 年冬天。尽管国家还处在"十年动乱"之中，但在毛泽东"大学还是要办的"指示下，我作为河北大学中文系首届工农兵学员，怀着美好的大学梦走进了校园。吴老师是在翻阅新生档案时认识我的。他在

为《十年浪花集》写的序言中写道："其中发现一位叫张锡杰的，枣强县人，入学前是公社通讯员，曾在省、地报纸上发布过几十篇新闻作品；材料上还说他自幼酷爱写作，勤奋好学，朴实、刻苦，云云。我是教写作课的，自然对这个学生发生了兴趣。"

我对吴老师的熟悉则是因为"野营拉练"。入学后不久，按照上级的要求，学校要对新生进行军训式"野营拉练"。时值三九严寒，朔风刺骨，我们背上行李和小米（拉练路上的口粮），从所在的河北大学邢台唐庄校区出发，直奔巍巍太行山。一路上，红旗引路，歌声震天，"下定决心，不怕牺牲"的口号此起彼伏。当时条件很艰苦，老师分到各班（当时仿效部队叫法），和同学同吃一锅饭，同睡老乡大炕，晚上还一起站岗守夜。吴庚振等老师就分在我当时在的二班。吴老师身体不算太好，背着大行李包（除了被褥，还有大衣和脸盆碗筷），累得腰酸腿肿，脚上起泡，但坚持不上收容车。为了搞好拉练途中的宣传鼓动，系里办了一份油印的《野营战报》，写作教研组的几位老师承担起了编辑任务。所以每到驻地，吴老师和张瑞安、谢国捷老师，脸顾不上洗、饭顾不上吃，立即坐到老乡的大炕上开始编辑稿子。谢国捷老师字写得好，就戴上老花镜刻蜡板。作为学生代表，我的任务除积极投稿外还帮老师印刷和发行战报，几乎每次都是干到深夜。看到老师们的敬业和精益求精的精神，我深受感动，心里暗暗发誓：要像老师们那样"有颗红亮的心"！

人生没有浪费的经历。一个月军训结下的真挚、纯洁的师生情，不仅让我终生受益，也影响了我的人生。吴老师在回忆"野营拉练"的一篇文章中这样写道："到了宿营地，我们'编辑部'开始工作了，张锡杰总是不失时机把他采写的一篇篇稿子送到我们手里，而这些稿子又大多很合用。当时我们想，张锡杰有较强的新闻敏感，笔头又快，并对宣传报道工作十分喜爱，也许将来会成为一名出色的记者呢。"没想到，真被老师们说中了：毕业不久，我就被调到河北日报当了记者，不谦虚地说，后来还"小有名气"了，写出了被评为全国好新闻的《"飞"来的闺女》及《好大嫂》等一批感人至深的人物通讯，1983年曾获得河北省优秀新闻工作者称号。此是后话，暂且不提。

回到学校，我感到要读的书和学习的东西太多，不知从何入手。吴老师根据我理论基础不够扎实的问题，启发我说："要当一名出色的记者，恐怕需要两个基础，一个是生活基础，一个是马克思主义基础。"尔后，我就按照老师的教导，一边学好各门功课，一边利用课余时间，一本接一本地读马列和毛主席的著作：《共产党宣言》《国家与革命》《法兰西内战》《哥达纲领批判》《毛泽东选集》……为了加深理解，我还把学习体会写成文章，而吴老师每次都是认真地批改，让我受益匪浅。我们上学时，"四人帮"干扰，学习环境并不好，但因为有一批像吴老师一样的好老师，尽职尽责地为我们传道、授业、解惑，帮我们"遮风挡雨"，排除种种干扰，终于使我们在非常困难的环境下完成了学业。

毕业后，我与吴老师的师生情不仅没有中断，反而像陈年的老酒，随着岁月的增长而更加浓郁。时间到了 1989 年。有人建议我把改革开放以来写的人物通讯收本集子。我整理了一下，感觉能拿得出手的有 39 篇。由于河北新闻界人才济济，而我还"比较嫩"，怕人说是妄自尊大，心里忐忑不安。于是，我带着这些作品，到母校求教。吴老师热情地把我领回家，师母杨老师准备了丰盛的饭菜，让我有种回家的感觉。吴老师看完我带去的材料，高兴地说"完全站得住脚"。他不仅答应为该书写序言，而且还邀请杨秀国老师一起为每篇通讯配评介。整整一个暑假，他为写评介没有休息。此情此恩，怎不让学生感动万分！这年 10 月，由吴庚振、杨秀国老师编辑的《十年浪花集——主任记者张锡杰人物通讯选评》，由中国新闻出版社出版后，在河北省新闻界乃至全国引起较大反响。中国人民大学新闻系教授蓝鸿文，《河北日报》老总编辑、中国社会科学院原秘书长杜敬等新闻界前辈，都对该书给予了充分肯定。

1991 年，我离开眷恋的新闻行业，来到北京的红墙里，当了一名文稿起草人员。由于工作的性质，这段时间虽然与吴老师见面少了，但仍心心相印，经常通信息。本世纪初，吴老师退出工作岗位后，也随儿子搬到了京城。我听说后，非常高兴，有空就去看看他。这本是人之常情，比起老师的恩情实在是沧海一粟。没想到吴老师却上心了，他在《小记张锡杰》的博文中写道："我对他的赞佩不因他的升迁，而因他而今虽是年逾花甲之人，且也已退休，但几十年来一直没有忘记我这个老师——一个既无钱又无权的普普通通的知识分子。每到节日，他总是来信或来电话问候。他出了新书或发表了他比较中意的文章，也总是给我寄来让我过目。2007年春节期间，他来给我拜年，抱着一个鲜花盆栽，那花盆足有五六十斤重，当他抱着花盆气喘吁吁走进我的房间时，我的心颤抖了，竟连一个'谢'字也说不出来了。"

　　2014年11月，凝聚着我几十年心血的散文随笔《红枫集》出版了。第一时间我送给吴老师指正。因为此前，吴老师看到我发在博客上的一些散文后"很兴奋"，曾发短信鼓励说："过去我较多地关注你的新闻通讯，其实，你还很擅长写散文尤其是游记散文呢！""语言很有味道，散文特有的那么一种味道。"正是在吴老师的鼓励下，我才把散文结集出版的。令我没想到的是，拿到书后，吴老师不顾年老体弱和身患感冒，戴上老花镜，日夜突击阅读。半个月后，近80岁的人，竟写出了长达5000多字的评介文章：《峥嵘人生谱华章——张锡杰与他的新著〈红枫集〉》，为我这个40多年前的学生撑腰张目。当吴老师的评介文章在《文艺报》《河北日报》《组织人事报》和《衡水晚报》等报刊发表时，我的心震撼了，眼睛湿润了，感激之情，怎是一个"谢"字能表达的？！

闪光的脚印

——读吴庚振先生感怀

周　英

三尺讲坛上

有这样一位老人　博学　勤奋

安静得就像一潭秋水

身外 风雨敲不响您的轩窗

红尘 只能从您的鬓角掠过

执着地坚守着自己的静谧

任岁月 由青翠渐渐地变黄

翻开一页页泛黄的长卷　发现

每一道年轮　都镌刻着

一部青春的轨迹

平平仄仄　歌行跌宕

思绪沉静　诗眼亮丽

情怀一腔忠诚

挺拔一颗初心

用奋斗　催开无数梦想的花蕾

饱经风霜　始终与时代的脉搏共振

眷恋着故乡的泥土　深情地留下

一串串豪迈的跫音

瀚海无垠　您以坚定的方向领阅
世态炎凉　您以善良的真情领阅
风霜如刀　您以无畏的意志领阅
光阴似箭　您以谈笑的风姿领阅
领阅中　您分享欢欣与陶醉

您
一生沉稳　不沾一缕浮华
刚正廉洁　磊落坦诚
从不溢美　从不拔高
从不遮拦　从不违夙
走进您的心海
看不到喧嚣张扬的浪花
依然葱茏的　是那优美犀利的笔锋

啊
我　我们　多想
追逐您留下的每一个脚印
这些脚印
横跨两个世纪
是那样沉实　闪光
像一座座鲜活的路标
讲述着一个沧桑老人的
人格风范　博大胸襟
……

附 录

附录（1）

吴庚振传略

吴庚振，男，1937 年 10 月 10 日生，河北定州人，河北大学新闻传播学院教授。1962 年毕业于河北大学中文系，同年留校任教。曾任河北大学中文系主任、新闻系主任兼系党总支书记，河北大学学术委员会委员、学位委员会委员、学报编辑委员会委员。曾兼任中国新闻教育学会理事、中国古代写作理论研究会副会长、河北经济日报顾问、山西《未来园丁》顾问、河北省记协及河北省新闻学会常务理事、河北省新闻学术委员会副主任、河北省新闻奖评审委员会副主任等职。曾任全国中文核心期刊《写作》杂志（武汉大学）第一届编辑委员会委员。保定市劳动模范。吴庚振主持创办了河北大学新闻传播学系，是河北省新闻传播学教育和研究的开拓者和奠基人之一。

吴庚振于 1956 年前后在保定一中读高中期间，曾以"曾繁美"为笔名，在省级以上报刊发表小说、散文作品数十篇，旋即受到错误批判，遂搁笔文学创作。大学毕业留校任教后，致力于辞章学、文艺学和新闻传播学的教学与研究，先后为本科生和研究生主讲基础写作、文学创作、应用写作、新闻学概论、新闻评论学、传播学研究、新闻业务专题研究等多门课程。

吴庚振的主要著作有：《新闻评论学通论》（河北大学出版社，2001）、《说理艺术漫谈》（河北教育出版社，1993）、《广播电视评论学》（河北人民出版社，2005）、《新时期新闻学论稿》（与李广增合著，河北教育出版社，1997）、《古代文章学概论》（主编之一，武汉大学出版社，1983）等。他独著或主编、参编的专著、教材、工具书共计23部，此外还在《新闻与传播研究》《中国记者》《新闻战线》《现代传播》等报刊发表学术论文、学术随笔等文章180余篇。有9项成果获省部级以上奖励，其中《建立实习基地，深化教学改革》获河北省高等学校优秀教学成果一等奖（集体项目，吴庚振为项目主持人），《新闻工作者要有大局意识》获中国新闻奖学术论文奖，专著《新闻评论学通论》及论文《论典型报道》《论新闻工作者的大局意识》获河北省社科优秀成果二等奖。《新闻评论学通论》一书被《新闻战线》《采写编》、河北日报等报刊重点推介，在学术界产生较大影响，并被多所大学选定为教材或教学参考书，其"新闻评论"定义被高中语文课本采纳。《〈剃光头发微〉赏析》《〈和尚动得我动不得？〉评析》两篇文章分别入选高中语文第二册和中等师范学校《阅读与写作》第五册教学用书。

吴庚振曾担任河北大学新闻学专业硕士研究生导师组组长。1993年起享受国务院政府特殊津贴。1996年荣获全国新闻教育系统韬奋"园丁奖"。2008年被评为全国新闻教育贡献人物，授予奖章。

附录（2）

吴庚振所获奖励及荣誉称号

（一）综合性奖励

1. 享受国务院颁发的政府特殊津贴。1993年10月起
2. 荣获中国新闻教育学会"园丁奖"三等奖。1996年5月

（二）教学成果奖

1. 《建立实习基地，深化教学改革》项目获河北省普通高等学校优秀

教学成果一等奖（集体项目，吴庚振为项目主持人）。1993 年 4 月

2. 荣获河北大学 1997 年度教学工作贡献奖。1998 年 5 月

3.《在为地方经济和社会发展服务中培养高质量的应用型人才》项目获河北大学优秀教学成果一等奖。2003 年 1 月

4.《毕业论文写作》（吴庚振主编）获河北大学 1986—1988 年度优秀教材奖。1990 年 10 月

5. 荣获河北大学 1986—1987 年度教学优秀奖。1987 年 10 月

（三）科研成果奖

1.《新闻工作者要有大局意识》获第七届中国新闻奖论文三等奖。同年获河北省新闻奖论文一等奖。1997 年

2.《论新闻工作者的大局意识》获河北省社会科学（以下简称"社科"）优秀科研成果论文二等奖。1998 年

3.《论典型报道》获河北省社科优秀科研成果论文二等奖。1988 年

4.《新闻评论学通论》获河北省社科优秀科研成果专著二等奖。2002 年

5.《试论新闻的真实性原则》获河北省社科优秀科研成果论文三等奖。1985 年

6.《新闻评论写作片论》获河北省社科优秀科研成果三等奖，同年获河北省新闻学会新闻论文一等奖。1991 年

7.《新闻传播中的典型和典型报道》获河北省新闻学会新闻论文一等奖。1988 年

8.《古代论辩文的写作技巧》获河北大学优秀科研成果一等奖。1986 年

9.《我与石家庄日报的情结》获石家庄日报社征文一等奖。1997 年

（四）荣誉称号

1. 荣获"中国新闻教育贡献人物"称号。2008 年 12 月

2. 荣获"保定市劳动模范"称号。1996 年

3. 荣获"河北大学先进党务工作者"称号。1996 年

附录（3）

吴庚振著述目录（上）

几点说明

由于家庭和社会环境的影响，幼年时代我幻想当一名作家。为了实现作家梦，读初中时我便阅读了大量当代作品和中国古典小说名著，还涉猎了一些外国短篇小说名篇。在保定一中读高中时开始试笔文学创作，并先后在报刊上发表小说、散文作品十余篇。不过，这些作品大部分已亡佚，列入本目录的仅是其中一部分。

1962 年我于河北大学中文系毕业留校任教后，先后从事辞章学（写作学）、新闻传播学等多门课程的教学工作，并结合教学进行科学研究。随着教学任务的变化，我的主要研究领域也几经变化。为了不把研究成果分得过细，考虑到写作学也可以纳入传播学范畴，编制本目录的论文部分时，遂将写作学论文也整合到新闻传播学之中。

这份著述目录中，包括独著或主编、参编出版专著、教材等书籍 23 部，在省级以上报刊发表学术论文、学术随笔、作品鉴赏等文章 180 余篇。9 项成果获省部级以上奖励。两篇评论文章分别入选高中语文第二册和中等师范学校"阅读与写作"课程第五册教学用书。拙著《新闻评论学通论》被多所高校选定为教材或教学参考书，该书关于"新闻评论"的定义被高中语文课本采纳。

半个多世纪以来，我在担任河北大学校报业余记者、带领学生在新闻单位实习以及平时，采写和发表新闻、通讯、杂文、评论等文章百余篇，未予保存，暂无法收入本目录。

（一）专著、教材、工具书等（23部）

1. 新闻评论学通论（独著），河北大学出版社，2001年6月

2. 说理艺术漫谈（独著），河北教育出版社，1993年12月

3. 广播电视评论学（独著），河北人民出版社，2005年5月

4. 新时期新闻学论稿（与李广增合著），河北教育出版社，1997年7月

5. 喻巧而理至——比喻在新闻评论中的应用研究（吴庚振、要清华著），河北大学出版社，2006年12月

6. 写作基础知识（参编并协助谢国捷先生通稿、定稿），河北人民出版社，1979年9月

7. 新闻传播学论集（主编），河北大学出版社，1998年6月

8. 记者的思维空间（主编），花山文艺出版社，1990年8月

9. 开拓者的风采（主编），河北大学出版社，1992年12月

10. 写作与辞章（合编，第一作者），山西人民出版社，1983年7月

11. 古代文章学概论（主编之一），武汉大学出版社，1983年10月

12. 高考作文选评（主编），天津人民出版社，1982年3月

13. 高考作文评改（主编），《语文教学之友》杂志增刊，1982年1月

14. 高考优秀作文简评（主编），《语文教学之友》杂志增刊，1982年10月

15. 杂文评论写作（主编），河北教育出版社，1991年7月

16. 毕业论文写作（主编），经济管理出版社，1988年4月

17. 十年浪花集——主任记者张锡杰人物通讯选评（吴庚振、杨秀国编），中国新闻出版社，1989年10月

18. 中国杂文鉴赏辞典（当代卷副主编），山西人民出版社，1991年1月

19. 中国随笔鉴赏辞典（当代卷副主编），山西人民出版社，1996年9月

20. 当代新闻学（副主编），长征出版社，1987 年 3 月

21. 宣传舆论学大辞典（参编，全书编委），经济日报出版社，1992 年
8 月

22. 中国序跋鉴赏辞典（参编），河北教育出版社，2003 年 1 月

23. 毕业论文写作指导（参编），河北教育出版社，2003 年 1 月

（二）新闻传播学论文（97 篇）

1. 廓清帮八股　长征打先锋，《河北日报通讯》，1978 年 12 月

2. 谈"启发"，《河北日报通讯》，1979 年 12 月

3. 谈"由头"，《河北日报通讯》，1980 年 1 月

4. 思路的开拓——联想，《河北日报通讯》，1980 年 2 月

5. 再谈思路的开拓，《河北日报通讯》，1980 年 3 月

6. 提倡实论　力戒空谈，《河北日报通讯》，1980 年 4 月

7. 怎样使论点鲜明，《河北日报通讯》，1980 年 5 月

8. 论据的品格，《河北日报通讯》，1980 年 6 月

9. 论证的方法，《河北日报通讯》，1980 年 8 月

10. 要有分寸感，《河北日报通讯》，1980 年 9 月

11. 思路与结构，《河北日报通讯》，1980 年 11 月

12. "外文绮交，内义脉注"，《河北日报通讯》，1981 年 1 月

13. 服之以理，动之以情，《河北日报通讯》，1981 年 2 月

14. 论如析薪，贵能破理，《写作》杂志，1981 年 3 月

15. 关于新闻文体的改革，《新闻工作通讯》，1981 年 4 月

16. 怎样写读后感——兼谈近两年的高考作文，武汉《中学语文》杂志，
1981 年 6 月

17. 思路的开拓——议论文写作教学漫议，《河北教育》杂志，1981 年
8 月

18. 漫谈文章的气势——古文学习札记，《写作》杂志，1982 年 3 月

19. 古代论辩艺术初探，《河北大学学报》，1982 年第四期

20. "启发"小议，《大学语文》杂志，1984 年 1 月

21. 定体则无，大体须有，《逻辑与语言》丛刊，1984 年 3 月

22. 古代论辩文的写作技巧，《写作论》，北京师范大学出版社，1984 年 4 月

23. 试论新闻的真实性原则，《河北大学学报》，1984 年第四期

24. 一本开拓性著作，北京师范学院《中学语文教学》杂志，1984 年 5 月

25. 谈评论的"由头"，《逻辑与语言》丛刊，1985 年 2 月

26. 新闻传播中的典型和典型报道，《当代新闻学》，长征出版社，1987 年 3 月

27. 有益的探索　可喜的成果——在建设日报新闻文体改革研讨会上的发言，《河北日报通讯》，1987 年 4 月

28. 漫谈文章的气势——古文学习札记，《文章新潮》，河南教育出版社，1988 年 8 月

29. 经济报道有学问，《采写编》杂志，1989 年第一期。同年中国新闻出版报 4 月 24 日摘要转载

30. 资产阶级新闻自由果真那么迷人吗？《河北日报》，1997 年 8 月 19 日

31. 杂文创作三题，《杂文界》杂志，1990 年第一期

32. 新闻评论写作片论，《探索新闻改革之路》，河北人民出版社 1990 年 4 月。该文获河北省社科优秀成果三等奖

33. 一个重大突破，《采写编》杂志，1991 年 7 月

34. 一篇颇具特色的好评论，《采写编》杂志，1991 年 2 月

35. 杂文散论，《河北大学学报》，1991 年第三期

36. 从《希望》看到的另一种希望，《中国文化报》，1991 年 12 月 15 日

37. 视角：经济报道的茫昧与困惑——经济报道研究之一，《采写编》杂志，1993 年 2 月

38. 历史性的接轨——经济报道研究之二，《采写编》杂志，1993 年 3 月

39. 新闻小言论论纲，《河北大学学报》，1993 年第四期

40. 论新闻工作者的大局意识，《新闻与传播研究》杂志，1997 年第一期

41. 树立大局意识，《采写编》杂志，1997 年 1 月

42. 新闻工作者要有大局意识，《新闻战线》杂志，1997 年第三期

43. 社会主义初级阶段理论与舆论导向的宏观把握，《采写编》杂志，1997 年第 1 月

44. 重视培养高层次人才，《中国新闻出版报》，1997 年 9 月 25 日

45. 谈谈怎样撰写新闻论文，《采写编》杂志，1998 年 2 月

46. 我与石家庄日报的情结，《石家庄日报》，1997 年 11 月 18 日

47. 开拓创新，办出特色——河北大学新闻系在探索中前进，《中国记者》杂志，1997 年第七期

48. 开发民意资源，服务新闻改革，《河北日报》，1997 年 8 月 10 日

49. 河北大学新闻系开展受众调查，《中国新闻出版报》，1997 年 8 月 25 日

50. 重视培养高层次人才，《中国新闻出版报》，1997 年 9 月 25 日

51. 转变作风，改进文风，《中华新闻报》，1998 年 4 月 13 日

52. 任重道远话有线，《采写编》杂志，1998 年 2 月

53. 认清资产阶级新闻自由的本质，《乡音》杂志，1998 年 9 月

54. 论新闻工作者的大局意识，《新闻传播学论集》，河北大学出版社，1998 年 6 月

55. 论典型报道，《新闻传播学论集》，河北大学出版社，1998 年 6 月

56. 新闻界应大兴勤奋学习之风，《采写编》杂志，1999 年 2 月

57. 必须警钟长鸣——谈坚持马克思主义新闻观，《河北日报》，1999 年 6 月 16 日

58. 以邓小平理论为指针，找准位置，办出特色，《河北大学学报》，1999 年增刊

59. 署名中的"猫腻"（吴庚振、焦江方），《河北日报》，2000 年 3 月 28 日

60. 题材与技法，一个都不能少（吴庚振、李广增），《采写编》杂志，2000 年 4 月

61. 论报业生存环境的变化及其对策（吴庚振、商建辉），该文 2000

年 10 月在"新闻传播 100 年"国际学术会议（北京）上宣读，2001 年 4 月 2 日至 7 日在《中华新闻报》连载

62. "软新闻"要"软"起来，《新闻出版报》，2000 年 11 月 16 日

63. 探索广告学教育的改革创新之路（吴庚振、丁晓正），该论文 1999 年 12 月在全国广告学教育改革研讨会（厦门大学）上宣读，后被收入会议论文集，由厦门大学出版社出版

64. 我国报业面临新一轮结构调整（吴庚振、商建辉），《河北大学学报》，2001 年第 2 期

65. 试论党报社论的改革——为纪念建党 80 周年而作（吴庚振、刘赞），2001 年 6 月在中国社科院"中国共产党与党报"学术研讨会上宣读，后在《新闻与传播研究》杂志 2001 年第三期发表

66. 简论党报社论的改革，《新闻视野》杂志，2001 年第二期

67. 大主题　大制作　大气魄（吴庚振、丁晨明），《中国记者》杂志，2002 年 2 月

68. 希望，《新闻战线》越办越好（吴庚振、门晓燕），《新闻战线》杂志，2002 年 3 月

69. 新闻宣传的另类——新闻炒作（吴庚振、陈丽芳），《采写编》杂志，2002 年 4 月

70. 与时俱进——马克思主义新闻观活的灵魂，《采写编》杂志，2002 年增刊

71. 树立大局意识，《采写编》杂志，2002 年增刊

72. 关于电视主持人评论界定的几个问题（吴庚振、何其聪），《声屏经纬》杂志，2003 年第一期

73. 报纸周刊的哲理艺术（吴庚振、杨彬），《采写编》杂志，2003 年 2 月

74. 评论的嬗变（吴庚振、杨彬），《河北大学学报》，2003 年第三期

75. 领导干部应学点新闻学（吴庚振、要清华），《河北日报》，2003 年 5 月 28 日

76. 电视主持人评论论辩（吴庚振、何其聪），《现代传播》杂志，

2003 年第五期

77. 建议领导干部学点新闻学，《党员　干部　人才》杂志，2003 年 8 月

78. 记者维权，任重道远，《报业文讯》杂志，2003 年 4 月

79. 新时期舆论监督的生存空间与生态环境，第四届全国舆论监督研讨会，2003 年 12 月（北京）

80. 毕业论文写作基础知识，《毕业论文写作指导》，河北教育出版社，2003 年 12 月

81. 论报业生存环境的变化及其对策（吴庚振、商建辉），方汉奇主编《世界新闻传播 100 年》论文集，中国人民大学出版社，2004 年 3 月

82. 树立马克思主义新闻自由观，《采写编》杂志增刊，2004 年 4 月

83. "软控制"：西方国家新闻自由的背后（吴庚振、周远帆），《河北学刊》杂志，2004 年第 5 期

84. 舆论监督与党的执政能力建设（吴庚振、高海英），《河北日报》，2005 年 1 月 27 日

85. 试论新闻传播学研究的创新之路（吴庚振、张恋恋），在全国第九次传播学研讨会（保定）上宣读，并收入该研讨会论文集，河北大学出版社，2006 年

86. 党报社论改革刍议（要清华、吴庚振），《新闻知识》杂志，2005 年 1 月

87. "超女现象"的社会心理分析（吴庚振、郭芳），全国传播心理学研讨会论文，2006 年 10 月（北京）

88. 一篇给人以深刻启示的论文（吴庚振、郭咏梅），《传媒》杂志，2007 年 12 月

89. 一篇文风清新的好论文（吴庚振、张华念），《中华新闻报》，2007 年 8 月 17 日

90.《党报改革发展的辩证统一观》评析，《传媒》杂志，2008 年 1 月

91. 牢固树立"以人为本"的新闻理念（吴庚振、王慧娟），《采写编》杂志，2008 年 3 月

92. 把握好灾难报道的"心理尺度"，全国传播心理学研讨会，2008 年 10 月（昆明）

93. 学术不端如同滋生裂变的病毒，《中国社会科学报》，2010 年 1 月 25 日

94. 摒弃浮躁方能写出好书序，《中国社会科学报》，2011 年 9 月 13 日

95. "走基层"不只是去农村，《中国社会科学报》，2011 年 9 月 29 日

96. 综合治理学术腐败，《中国社会科学报》，2011 年 4 月 29 日

97. "老板"博导要不得，《中国社会科学报》，2012 年 9 月 7 日

附录（4）

吴庚振著述目录（下）

（三）作品赏析（51 篇）

十年浪花集——张锡杰人物通讯选评（吴庚振、杨秀国编），中国新闻出版社，1989 年 10 月。本人执笔的篇目如下：

1. 中华民族传统美德的颂歌——通讯《模范丈夫》评析

2. 触目惊心，意义重大——通讯《流浪女安家记》评析

3. 角度独特，细节感人——通讯《彩云归》评析

4. 李杏格的"价值观念"——通讯《冀中子弟兵的母亲——李杏格》评析

5. 诗意浓浓谱颂歌——通讯《酿蜜的人》评析

6. 抓住特点，深入开掘——通讯《校园一枝梅》评析

7. 既"见事"，又"见人"——通讯《青春的脚步》评析

8. 一篇散文式小通讯——通讯《我认识的田真纪》评析

9. 要理直气壮地宣传社会主义的优越性——通讯《邻里情》评析

10. 入情入理才有说服力——通讯《幸福　美满　光荣》评析

11. 看似容易却艰辛——通讯《郭令春采访录》评析

中国杂文鉴赏辞典（楼沪光、来克让主编，吴庚振为当代卷副主编），山西人民出版社，1991 年 1 月。本人执笔的篇目如下：

12.《日记何罪》赏析

13.《"帮"式上纲法》赏析

14.《有感于卡玛罢宴》赏析

15.《剃光头发微》赏析（该文入选高中语文第二册教学用书）

16.《"和尚动得，我动不得？"》赏析（该文入选中等师范学校"阅读与写作"第五册教学用书）

17.《封建余音》赏析

18.《尊重"隐私权"》赏析

19.《酒不醉人人自醉》赏析

20.《文学的自由与功利》赏析

21.《"钱"与"权"的竞走》赏析

22.《放下"十字架"》赏析

23.《古今灶王》赏析

中国随笔小品鉴赏辞典（杜文远、常士工主编，吴庚振为当代卷副主编），山西人民出版社，1996 年 9 月。本人执笔的篇目如下：

24. 聂绀弩《圣母》赏析

25. 聂绀弩《早醒记》赏析

26. 丁易《哀夹竹桃》赏析

27. 丁易《读史随笔两则》赏析

28. 刘金《颂兰先生说黄精》赏析

29. 萧乾《吆喝》赏析

30. 柯兰《不寻常的补偿》赏析

记者的思维空间——王锦安通讯特写选评（吴庚振主编），花山文艺出版社，1990 年 12 月。本人执笔的篇目如下：

31. 记者的思维空间——通讯《伟大的创举》赏析

32. 笔锋所至，神志毕肖——通讯《市委书记的思维》赏析

33. 批评报道的一个范例——通讯《张恩才访谈录》赏析

开拓者的风采——李振芳经济报道选评（吴庚振主编），河北大学出版社，1992年10月。本人执笔的篇目如下：

34. 蕴意深广的错位——通讯《创业艰难昭后人》评析

邯郸日报获奖作品选评，新华出版社，1999年1月。本人执笔的篇目如下：

35. 搞清楚事实的"外部联系"与"内部联系"——消息《农民杜勇进城自费办书展》评析

36. "软新闻"要写得"软"——消息《大名县十名贫困村娃登上天安门》评析

37. 一篇出色的人物消息——《李老汉为交公粮动家法》评析

38. 新闻标题的传播功能——消息《四大首脑机关卫生检查见分晓》评析

39. 流畅之美——消息《金童玉女演唱会票价昨晚"冷炒"》评析

40. 独辟蹊径，特色鲜明——消息《董培成四得奥迪车》评析

41. 贵在短小精粹——消息《小山村唱大戏欢度劳动节》评析

42. 一篇妙趣横生的经济报道——消息《一斤馒头是几两》评析

43. 正义的赞歌——通讯《晴日朗朗岂容歹徒逞凶狂》评析

44. 慧眼识珠——通讯《自考：今番景不同》评析

45. 一篇全景式抗洪图——通讯《众志成城缚蛟龙》评析

46. 短小精粹，冷静客观——系列报道《优秀企业家李殿朝被杀害》评析

感悟人物通讯——张锡杰采写经验50谈，西苑出版社，2006年3月。本人执笔的篇目如下：

47. 一往情深颂"芦苇"——通讯《芦苇颂》赏析

48. 平实的冒险——通讯《"国母"忙国事》赏析

49. 淡极始知花更艳——通讯《永不凋谢的灵芝草》赏析

50. 形神兼备，感人至深——通讯《描绘母亲的形象》赏析

51. 一篇成功的时政通讯——通讯《让干部受教育，使农民得实惠》赏析

（四）书序（7篇）

1. 与时代的脉搏共振——张锡杰《十年浪花集》序，中国新闻出版社，1988 年 8 月

2. 王锦安《记者的思维空间》序，花山文艺出版社，1990 年 12 月

3. 积极探讨经济报道规律——李振芳《开拓者的风采》序，河北大学出版社，1992 年 10 月

4. 要建军印象——要建军《新闻采访写作》序，河北教育出版社，1993 年 3 月

5. "风格就是人"——陈联宗《声屏实践研究》序，中国广播电视出版社，1994 年 12 月

6. 标题学研究的一个收获——要建军《新闻标题制作原理与实务》序，中国统计出版社，1997 年 3 月

7. 新闻界也应大兴勤奋学习之风——李成书《零点采访》序，河北人民出版社，1999 年 1 月

（五）文学评论（23篇）

1. 艺术概括的功力，《河北文艺》杂志，1978 年 9 月

2. 同心同调复同时——读《天安门诗抄》，《河北文艺》杂志，1978 年 12 月

3. 师承与独创，《河北文艺》杂志，1979 年 12 月

4. 生活之树上的艺术花朵——读《紫苇集》，《莲池》杂志，1980 年 2 月

5. 有益的探索 可喜的成果，《长城》季刊，1980 年 4 月

6. 冀中文苑的一朵新花，《河北日报》，1980 年 5 月

7. 政治风云与艺术流派，《河北日报》，1980 年 10 月 15 日

8. 是什么扣动了作家的心灵之门，《莲池》杂志，1981 年 2 月

9. 试把小说的头一半撕掉，《新港》杂志，1981 年 3 月

10. 试论形象思维中的"飞跃"，《河北师大学报》，1981 年第 4 期

11. 通过艺术的"关卡"，《百泉》杂志，1982 年 4 月

12. 融贯作品的道德力量，《莲池》杂志，1982 年 4 月

13. 要抓住可贵的"心头一动"，《小说创作》杂志，1985 年 1—2 月

14. 截取的技巧，《小说创作》杂志，1985 年 7—8 月

15. 创作中的苦恼，《小说创作》杂志，1986 年 1—2 月

16. 信息与灵感，《小说创作》杂志，1987 年 5—6 月

17. 文学创作不能起哄，《小说创作》杂志，1987 年 4 月

18. 诗歌回暖，势在必然，新华网副刊，2012 年 5 月

19. 旧体诗创作三境界，新华网副刊，2012 年 7 月

20. 诗歌创作门外谈，新华网副刊，2012 年 10 月

21. "诗神"周英，新华网副刊，2012 年 11 月

22. 读杨振喜《枥下集》随感录，《当代人》杂志，2013 年 11 月

23. 峥嵘人生谱华章——拼读张锡杰散文新著《红枫集》，上海《组织人事报》，2015 年 2 月 5 日。文艺报 2015 年 3 月 18 日小有删节重新发表

（六）文学作品（11 篇）

1. 割猪草（小说）以笔名"曾蘩美"发表，河北日报，1956 年 10 月 10 日

2. 打猪草（小说）同上，保定日报，1956 年 1 月 8 日

3. 高大印卖粉条子（小说）同上，天津日报《文艺周刊》，1956 年 10 月

4. 卖粉条（小说）同上，保定日报，1956 年 11 月 23 日

5. 高洛堂开粉房（小说）同上，河北日报，1957 年 1 月 5 日《布谷》副刊创刊号

6. 七月里高粱红（小说）同上，河北日报，1957 年 6 月 1 日

7. 鞋（小说）同上，《保定文艺》杂志创刊号，1957 年 7 月 5 日

8. 光复道的早晨（速写）以"天津师大中文系社会调查小组"名义发表，天津日报《文艺周刊》，1960 年 3 月

9. 修配站的服务员（报告文学）同上，《新港》杂志，1960 年 5 月

10. 二虎接树（小说）以笔名"曾蘩美"发表，河北日报，1963 年 6 月 29 日

11. "老技术"（小说）以本名发表，《莲池》杂志，1979 年 2 月

（七）校内印刷教材

1. 新闻与新闻写作（主编），1983 年 10 月

2. 写作（参编），1973 年 6 月

小跋

回望我的长达半个多世纪的笔墨生涯（从 1956 年在河北日报发表处女作算起），百感交集。我与文字打了一辈子交道，可以说付出的心血是相当多的，但走了许多弯路，做了许多无用功。例如我在各个政治运动（如"整风整社"运动、"四清"运动等）中为领导所写的那些应景的计划、总结、报告、讲话稿等各种材料就多达数十万字。这些东西早已随风而逝。又如我还多次受领导的指派，搞了许多"命题作文"（如去天津西右营、河北太行山、承德围场县、中国少年儿童出版社等地方和单位去采写报告文学），所写出的作品多达数万字，但这些作品也因政治风云的变幻而"胎死腹中"，未能和读者见面。

另外，我担任河北大学中文系和新闻系的行政职务长达近 20 年，占去了我大量精力和时间，我的许多科研成果都是利用"开夜车"、节假日搞出来的，其中的甘苦，只有自己知道。

编完我的论著目录，心里突然涌出一种感觉：这份目录也许是为我一生的学术活动所画的一个句号。由于年龄关系，今后很难再从事重大科研项目的研究了。但是，我不会停笔。我还会用我的笔和人生对话，和社会

对话，和未来对话。我将继续写一些学术随笔、时事评论、散文等作品。

今天重新审视我出版或发表的那些大大小小、长长短短的论著，不管其价值如何，有一点可以自慰，那就是每一件作品都是我的精心之作，对其中的思想、结构、语言，乃至一字一词一标点，都是经过反复提炼、反复推敲、修改而成的。在任何时候、任何情况下，写作时我都没有东抄西捡走捷径。

由于政治或工作变动的原因，我的研究方向几经变化，致使我的科研成果显得有些"杂"。但它真实地反映了我的学术轨迹，也反映了我服从工作需要、忠于职守的那么一点敬业精神。当然，这是我们这一代人共有的精神。

附录（5）

《河大简报》第254期

找准位置，开拓前进——河北大学新闻系为地方经济建设和社会发展服务的一些做法

编者按：

目前，全国高校正展开一场学习河北农大"太行山道路"的高潮。河北大学从自身实际出发，在踏踏实实学习河北农大经验的同时，努力寻求内部的生长点，把学科发展的生命力建立在社会需要的基础之上。我校新闻专业自1982年创办以来，在办学思想、办学道路上找准了自己的位置，走出了一条开拓创新、服务地方的特色之路，其经验对我校各院系具有普遍的指导意义。现将新闻系的做法转录如下，请各单位结合学习农大经验，结合本单位实际，认真组织学习。

河北大学新闻传播学系是我省唯一培养新闻宣传人才的基地，在河北省的经济建设和社会发展中占有特殊重要的位置。它的前身中文系新闻专

业始建于1982年，迄今只有十几年的历史。这样一个年轻的学系，和我校的一些老学科相比，在师资力量、办学条件等方面有很大的差距，和一些全国名牌大学实力雄厚的新闻院系相比，差距更大。在这种情况下，新闻系并没有跟在别人后边走一条现成的老路，而是根据实际情况，找准自己的位置，走出了一条开拓创新之路。

新闻专业自创建以来，始终把为地方经济建设和社会发展服务的本领高低和贡献大小作为衡量办学好坏的标准。在校党委的领导下，系党政领导班子认真分析研究，在办学思想、办学道路、科学研究以及社会活动等方面，逐步明确了全面贯彻党的教育方针，全方位为河北省经济建设和社会发展服务的根本宗旨，并扎实有效地开展了一系列工作。

在办学思想上，牢固树立为我省的宣传思想战线培养人才，为推动我省的经济建设和社会发展作出应有贡献的观念。

河北省是新闻大省，现有公开出版发行的报纸61家，县市级以上电台、电视台130余座，新闻从业人员达数万人。这支新闻队伍基本上是在战争年代工农兵通讯员的基础上发展起来的，过去虽然作出过重大贡献，但在改革开放的新形势下，其思想、业务素质显得愈来愈不适应。河北大学新闻专业就是为适应新时期新闻宣传工作迫切需要而创办的。它应该责无旁贷地为培养我省新闻宣传队伍服务，为提高我省的新闻宣传水平贡献力量。扎根燕赵大地，服务河北人民，不争名位争贡献，这就是新闻系的最佳位置，也是他们的唯一选择。

第一，锐意政革，大胆创新，走出一条与新闻单位联合办学之路。

1982年新闻专业刚创办时，只有几名原来在中文系教写作课的教师和几名刚从北大、复旦新闻系分配来的大学毕业生，实验设备、图书资料更是一无所有，是地地道道的白手起家。在这种情况下，怎样才能有所作为？怎样才能培养出合格人才？经过充分调查分析，他们一方面派人去名牌大学进修，学习人家丰富的办学经验；另一方面又不照抄照搬别人的做法，而是锐意改革，大胆创新。在各级领导的关怀支持下，新闻系决定走一条与新闻单位联合办学之路，探索一种新的办学模式。

思想明确之后，关键是不务虚名，扎实工作。早在1985年，他们就与河北日报社在联合办学问题上达成了共识，并起草了联合办学的一些条文。到 1987 年底，新闻专业先后建立了河北日报、保定日报、河北电视台、建设日报等一批实习基地，并聘请了一批经验丰富的老记者、老编辑兼任教授或副教授，经常安排他们来学校讲课或作业务报告。这时，联合办学的模式已基本成型。1990 年 10 月，新闻专业与河北日报社正式签订了联合办学协议。1992 年广播电视新闻专业建立之后，又与河北省广播电视厅签订了联合办学协议，协议内容主要包括：新闻单位提供实习基地、并在经费上给予支持；双方互派人员兼任职务，进行业务交流与合作。共同承担一些重大科研项目等。

新闻系的这一做法在全国同类学科中搞得最早，具有首创意义，因而受到各级领导的肯定和支持。1990 年国家教委在《关于全国高校新闻教育改革的调查》中指出：河北大学新闻专业"在新闻教学中，加强与社会的横向联系，争取新闻部门的支持和帮助，一方面请有经验、有理论的新闻行家来校讲学，另一方面也急社会之需，采取办专修班、委托代培、咨询等形式为社会多作贡献，这对改善办学条件起了一定作用，增强了办学活力"。1990 年省教委编选的《河北省普通高等学校教学改革经验材料选编》一书，也全文收录了河北大学新闻专业《加强社会实践，深化教学政革》的经验性文章。1992 年 10 月，以国务院学位委员学科评议组成员、中国人民大学新闻学院教授、博士生导师方汉奇为组长，以中国社科院新闻研究所前所长戴邦教授为副组长的高级专家组，在考察了他们的联合办学情况之后说："河北大学新闻专业与新闻单位联合办学，使学生实习有了保证，这在全国新闻院校中是第一家，具有首创性和示范意义。""我们亲身感受到河北大学新闻专业与新闻单位相处的关系非常好，双方互相合作，优势互补，这对培养高质量的应用型人才是很有意义的。"专家组还指出："河北大学新闻专业作风朴实，不搞花架子，像革命老区的作风，值得提倡。"

由于有稳定的实习基地，新闻专业历届学生的业务实习都取得了可喜成绩。据不完全统计，先后 11 届 346 名学生在实习中共采写稿件 12000 余篇，在各级报、台、刊发表 7000 余篇，其中 20 篇获得新华社、人民日报、中央电台等中央新闻单位的好稿奖或河北省新闻奖，这在全国新闻院校中是相当突出的。1993年新闻专业《建立实习基地，深化教学改革》项目，还获得了河北省普通高校优秀教学成果一等奖。

第二，急社会所急，大力开展岗位培训和各种形式的成人教育。

为了尽快改变我省新闻队伍学历层次低、思想业务素质不适应新形势需要的局面，新闻系在全日制教育任务相当繁重、人手紧缺的情况下，发扬艰苦奋斗精神，大力开展岗位培训和各种形式的成人教育。先后承担省委宣传部委托举办的新闻干部专修科一个班、新闻专业证书班三个班、新闻函授大专班一个班、新闻学专业"专升本"四个班，协助学校举办新闻学硕士研究生课程班一个班，并一直开展新闻学专业自学考试，还为保定有线电视台进行了编采人员系统的业务培训。为了适应我省广播电视事业发展的迫切需要，最近他们又举办了"播音与节目主持人培训班"，利用本系的一些优势条件，培养特色人才。近10年来，新闻专业在岗位培训和成人学历教育方面共培养各种层次的人才800余人，为河北省的新闻队伍建设作出了一定贡献。

第三，从新闻实践第一线寻找课题，大力开展科学研究。

新闻系的科学研究工作一直坚特面向实际，注意研究解决新闻实践中的一些重大问题，特别强调为我省的新闻工作服务。党的十四大提出建立社会主义市场经济体制之后，新闻报道的价值取向、工作路线、内容形式都将发生一系列重大变化，广大新闻工作者普遍感到不适应。在这种情况下，研究社会主义市场经济体制下的经济报道，就成为一个急待解决的课题。于是，新闻专业领导及时组织力量，开展对这个课题的研究。1992年，他们承担了省教委下达的《经济报道研究》重点科研项目。经过师生的共同努力，撰写出专著1部，编著2部，并围绕这一课题发表了《经济报道有学问》《视角：经济报道的茫昧与困惑》《经济报道与创造性思维》等十几篇论文。江泽民同志在全国宣传思想工作会议上提出"以正确的舆论引导人"之后，舆论导向问题又成为新闻界的一个热点问题，1994年他们又及时组织力量，承担了河北省社会科学研究规划项目《新闻舆论导向研究》。目前，这一研究取得了一些阶段性成果，已发表《舆论导向的结构模式》等论文，并获得省社科优秀成果奖。

新闻系还一直参加河北省报纸系统新闻奖和全省新闻科研成果奖的评审工作。在这一过程中，他们注意把新闻学研究与新闻工作实践结合起来，力求从理论的高度探讨我省新闻宣传工作中的一些重要经验和问题。此外，他们还花费精力扶植和帮助我省年轻记者成长，帮助他们总结经验，提高业务水平。这为开展联合办学、合作研究创造了有利条件，对提高科研水平起了促进作用。

1985 年以来，新闻系现编制内教师有 12 项成果获得省部级科研成果奖，其中获省级奖 10 项，获国家教委优秀教材奖 1 项，获省文艺振兴奖 1 项。此外，还有 20 余项成果获河北省新闻学会，河北大学科研成果奖。

第四，积极参与我省新闻界的各种活动，开展咨询服务。

除前边提到的新闻系教师参加一年一度的河北省新闻奖评审之外，他们还争取一切机会，参加河北省新闻界的各种业务活动，提供咨询服务。他们先后组织教师赴河北日报社、建设日报社、保定广播电视局、沧州市日报社、张家口广播电视局等多家新闻单位以及省女子记者协会，同他们一起论证新闻改革举措，探讨新闻业务工作中的问题。在全系教师中，有的还被省委宣传部、省记协聘为河北省报纸审读员、河北省新闻奖评委会副主任、河北经济日报顾问等。

河北大学新闻传播学系在为河北省的经济建设和社会发展服务方面做出了应有的贡献，同时也实现了自身的跨跃式发展。

报：省高校工委、省教委

送：党委常委，学校行政领导

发：校内各单位

抄送：省内兄弟院校

附录（6）

河北大学新闻传播学系大事记

第一阶段：新闻专业时期

（1）

1980 年 5 月，国家教育部批准河北大学中文系创办新闻学本科专业。

（2）

1980 年 12 月，河北大学中文系成立新闻专业筹备组。筹备组以原中文系写作教研室为基础。原写作教研室主任谢国捷先生为组长，河北大学教务处教学科科长楼沪光为副组长。成员有：吴庚振、张松之、乔云霞、王瑞棠、申德纪等。

（3）

1981 年 2 月，吴庚振、乔云霞赴中国人民大学新闻系进修。筹备组决定：吴庚振进修的专业方向是新闻理论，乔云霞进修的专业方向是中国新闻事业史。

（4）

为了加强新闻专业的资料建设，并密切与兄弟院校新闻系（专业）的联系，1981 年 5 月，筹备组决定出刊不定期内部交流刊物《新闻教学研究资料》。共出刊 3 期，第一期的主要内容是我国近现代史上的新闻学著作目录，包括徐宝璜、邵飘萍、戈公振等人的著作数十种。

（5）

1981 年 5 月，楼沪光同志调任光明日报社驻河北记者站工作。

（6）

1981 年 9 月，得知新闻专业将于 1982 年暑期招收第一届新生的消息后，新闻专业筹备组结束历史使命，正式成立新闻教研室，谢国捷先生任教研室主任。

（7）

1981 年 9 月，崔福隆老师由保定惠阳机械厂调入新闻专业，准备讲授新闻摄影课程。崔福隆 1963 年毕业于复旦大学新闻系新闻摄影专业。

（8）

1981 年 10 月，由谢国捷先生主持、吴庚振起草，制定了第一个新闻专业教学方案。这份教学方案主要是参考中国人民大学新闻系的经验并根据我校新闻专业的实际情况制定的。主要是适当精简了新闻专业课时，增加了人文社科方面的课时。新闻专业和人文社科课时比例大致为 1 : 1。

（9）

1982 年 3 月，北京大学中文系新闻专业毕业生李广增，复旦大学新闻系毕业生焦国章、杨秀国分配到我校新闻专业任教，师资队伍建设取得重要进展。

（10）

1982 年 4 月，建立中文系摄影实验室，王玉琪为实验员。

（11）

1982 年 6 月，吴庚振被任命为新闻专业学生政治辅导员。同年 7 月，吴庚振即赴秦皇岛招收新闻专业第一届新生，共录取新生 30 名。

（12）

1982 年 12 月，谢国捷先生因年龄关系退休。中文系领导决定并报请校领导批准，由吴庚振同志接替谢国捷先生担任新闻教研室主任，统筹新闻专业全面工作。

（13）

1983年4月，汤智敏同志从河北大学生物系调到新闻专业，任资料员，同月建立新闻专业资料室。汤智敏自己设计、自己联系木工打制了5个书架，并将堆放的新闻专业图书资料一一登记编号、上架。

（14）

1983年9月—1984年7月，李广增回母校中国人民大学新闻系进修深造。乔云霞再赴人大新闻系进修。

（15）

1983年6月，中文系党总支任命崔福隆同志为新闻专业1983级政治辅导员，并负责当年的新生招生录取工作。

（16）

1983年10月，由吴庚振主持，对教学方案进行了全面修订，明确规定学生在第七学期到新闻单位实习半年。初步建立起具有"宽口径、厚基础、重实践"特色的课程体系（主要是比人大、复旦等新闻系更注重人文社科的教学和新闻业务实践）。

（17）

1984年6月，中文系党总支任命李广增同志为新闻专业1984级政治辅导员，并负责当年的新生招生录取工作。首次为秦皇岛、保定招收委托代培生。

（18）

1984年10月30日至11月2日，吴庚振代表新闻专业赴京参加中国新闻教育学会成立大会，被选为学会理事。时任中共中央政治局委员胡乔木同志、中宣部部长邓力群同志在中南海接见了与会代表。

（19）

1984 年 12 月 7 日，吴庚振、申德纪等赴省委宣传部新闻处联系、商讨筹办"河北省在职新闻干部专修科"事宜，受到韩凤英处长的热情欢迎和支持，初步达成共识。

（20）

1985 年 1 月 8 日，吴庚振等赴石家庄与省委宣传部新闻处韩凤英处长商讨申请专修科开办经费问题。1 月 21 日韩凤英函告吴庚振，称省委、省政府领导高占祥等已对专修科开办及所需 6 万元开办费做了批示，同意我们的意见。

（21）

1985 年 3 月 8 日，签订了《河北大学与河北省委宣传部关于举办新闻干部专修科协议书》。1985 年 4 月 17 日省委宣传部正式发出了（1985）10 号文件《关于报考河北大学中文系新闻干部专修科的通知》。同时同意拨付开办费 6 万元。

（22）

1985 年 6 月，中文系党总支任命焦国章同志为新闻专业 1985 级政治辅导员，并负责当年的新生招生录取工作。

（23）

1985 年 7 月，胡连利同志留校任教。

（24）

1985 年 9 月初，新闻干部专修科 34 名学员入学。由吴庚振提名，中文系党总支任命张松之同志为该班政治辅导员。

（25）

1985 年 9 月 5 日，1982 级学生赴河北日报社等新闻单位实习，由胡连利同志带队。

（26）

1985 年 11 月 27 日，吴庚振起草了《河北大学与河北日报社联合办好新闻专业协议书》（草案），这是全国最早的联合办好新闻专业的协议书。此前胡连利同志主动与河北日报社联系关于联合办好新闻专业事宜，得到报社领导的支持。河北日报总编辑叶榛同志原则同意协议书内容。河北大学领导也批示同意。

（27）

1985 年 11 月，郝春蓉同志由河北大学体育教研室调到新闻专业任教，讲授逻辑学课程。

（28）

1986 年 6 月，中文系党总支任命杨秀国同志为新闻专业 1986 级政治辅导员，并负责当年的新生招生录取工作。

（29）

1986 年 7 月，1982 级 30 名学生毕业，这是新闻专业第一届毕业生。曹茹留校。

（30）

1987 年 6 月，中文系党总支任命胡连利同志为新闻专业 1987 级学生政治辅导员，并负责当年新生的招生录取工作。

（31）

1987 年 9 月—1988 年 7 月，胡连利赴中国社科院新闻研究所进修。

1988 年 9 月至 1989 年 7 月曹茹赴中国社科院新闻所进修。

（32）

1988 年 1 月 13 日，美国布恩纳维斯塔大学代表团参观河北大学新闻专业，听了李广增讲授新闻理论课程。

（33）

1988 年 10 月，第一届新闻"专业证书"班开学，共招收学员 120 余人。在石家庄上课。

（34）

《中国高等教育》杂志 1988 年第四期刊载河北省教委撰写的一篇关于加强大学生社会实践的经验性文章，肯定了河北大学中文系新闻专业实行的教学、科研、社会实践三结合的办学体制。同年 11 月国家教委在南宁召开的全国新闻教育座谈会上，介绍了河北大学新闻专业与新闻单位联合办学的经验。国家教委在《关于全国高校新闻教育改革的调查》中，肯定了这一经验。

（35）

1989 年 10 月，由吴庚振提名，中文系党政领导批准，张松之同志担任新闻教研室副主任，并兼任教研室党支部书记。

（36）

1990 年 10 月 11 日，河北大学与河北日报社正式签订了《联合办好中文系新闻专业协议书》。这在全国高校中是第一家。河北大学校长李志阐、河北日报社社长刘海泉，分别代表双方在协议书上签字。

（37）

1990 年 9 月至 1991 年 8 月，河大新闻专业在保定市报社举办了第二届新闻"专业证书"班，招收学员40余人。

（38）

1991年9月13日，河北大学党委报请省委高校工委批准，任命吴庚振同志为中文系副主任，分管科研、行政和新闻专业的工作，从此新闻专业的建设和发展步入新阶段。

（39）

1991年10月，张松之同志接任新闻教研室主任，李广增任教研室副主任。同年7月王玉荣留校。

（40）

1992年10月29日，召开庆祝新闻专业创办10周年大会。莅临大会的嘉宾贵客有中共河北省委宣传部、保定市委宣传部的领导和省记协、河北日报社、河北经济日报社、河北电台、河北电视台以及各地市新闻单位的负责同志，约计200余人。河北大学党委书记兼校长吴家骧同志亲临大会指导。大会开得很成功，产生重大影响。

（41）

1992年10月28—29日，召开了向省教委报送的《建立实习基地，深化教学改革》项目优秀教学成果鉴定会。专家组由中国人民大学新闻系方汉奇教授、中国社科院研究生院新闻系戴邦教授、河北日报总编辑叶榛等组成，方汉奇任组长。专家组对这项成果给予高度评价，认为在全国具有首创意义和推广价值。

（42）

1992年10月，选派1990级新闻专业杜友君、李亚虹、丁晓正和中文系1989级郎小平去北京广播学院进修。

（43）

1992 年 12 月，省教委正式下达文件，批准河北大学中文系增设广告信息和广播电视新闻两个专科专业。同年 10 月与河北省广播电视厅签订了联合办学协议书。

（44）

1993 年 4 月 12 日，省教委批准我专业《建立实习基地，深化教学改革》项目获省级优秀教学成果一等奖。

（45）

1993 年 8 月，广播电视和广告信息两个新专业招收第一届新生（专科自费）。同时，郎小平从广播学院进修结业回校，并正式留校任教。

（46）

1993 年 9 月，建立广播电视教研室，教研室主任为王瑞棠，副主任为杜浩，同时建立广告学教研室，主任为崔福隆，副主任为胡连利。同年 7 月张松之老师退休，李广增接任新闻教研室主任，乔云霞为副主任。

（47）

1993 年 9 月，王俊杰同志由河北大学电化教研室调广播电视教研室任教。

（48）

1994 年 1 月 26 日，校党委决定并报请省委高校工委批准，由吴庚振任河北大学中文系主任。从此加快了建立新闻系的步伐。

（49）

1994 年 7 月，杜友君、李亚虹、丁晓正在北京广播学院进修结束，回到学校，正式留校任教。

（50）

1994 年 12 月，省教委下达同意建立河北大学新闻传播学系的 (1994)57
号文件。1995 年 4 月初校领导研究决定建立新闻传播学系。

第二阶段：新闻传播学系时期

（51）

1995 年 6 月 8 日下午 3 点 30 分，中文系召开全系教工和学生代表大会，
校党委副书记、常务副校长李星文宣布校党委决定：在原中文系新闻学专
业、广播电视新闻学专业和广告学专业基础上，建立河北大学新闻传播学
系。组织部长俞锡扬同志宣布校党委对新闻系的人事安排：吴庚振同志主
持新闻系党政全面工作，张伟同志负责新闻系学生工作。

在这次大会上，吴庚振以中文系主任身份，宣布原中文系党政领导班
子决定：新闻教研室、新闻资料室整编划归新闻系。同时决定：贾文学、
颜士义、李济中、邓家林、梁志林、郝亦民、徐明、杨同用、管三元、马
金平、李秀英等到新闻传播学系工作。

（52）

1995 年 6 月 19 日，校长办公室通知启用新闻传播学系公章，我系工
作开始正常运转。

（53）

1995 年 6 月，校党委决定并报省委高校工委批准，任命李广增同志为
新闻传播学系副主任。

（54）

1995 年 7 月 6 日，新闻传播学系召开全系党员大会，选举产生第一届
党总支委员会，吴庚振、张伟、李广增同志当选为总支委员。不久，校党

委下达文件，决定吴庚振同志兼任新闻系党总支书记，张伟同志任党总支副书记。

（55）

1995年7月6日，马晨莲由河北师大艺术系分配到我系广告教研室工作。

（56）

1995年7月30日，我系向学校报送了申报新闻学硕士研究生授权点的材料，10月通过了专家通讯评议。那一年全国申报硕士点的高校有几十家，通过通讯评议的只有我系和杭州大学新闻学院。当时硕士点评审放在文学组，国家只给了一个新闻学硕士点指标，我系在评审组正式评审中功败垂成。

（57）

1995年9月28日，日本国信浓每日新闻社矢岛贞雄先生来我系讲学，讲题为《新闻传播与新闻工作》。矢岛先生向我系捐款10万日元，用于购买图书资料。吴家骧校长向矢岛先生颁发了河北大学新闻系兼职教授聘书。

（58）

1995年9月，我系正式建立了中外文化教研室，这在全国是第一家。李济中和梁志林同志分别担任该教研室主任、副主任。

（59）

1995年10月6日，吴庚振、李广增、李济中、杜浩等赴石家庄与省记协商讨召开庆祝河北大学新闻系成立大会事宜，得到省记协领导王子英、安孟吉等同志的大力支持。返校后决定11月下旬召开庆祝大会。

（60）

1995年10月14日—15日，吴庚振、李广增赴邯郸参加全省报纸质量评比会。吴庚振在大会上发言，恳请各新闻单位支持刚诞生的新闻系，讲完后深深向大家鞠了一躬，引起强烈反响。河北教育报以《吴教授鞠躬》为题，报道了当时的盛况。会后全省各新闻单位为我系捐赠办学经费30余万元，大大缓解了我系办学经费所面临的严重困难，为刚诞生的新闻系开好头、起好步发挥了重要作用。

（61）

1995年11月25日，召开庆祝新闻传播学系成立大会。莅临大会的领导、嘉宾有省委宣传部、保定市委宣传部、省记协的相关负责同志和省内30多家新闻单位的领导，以及河北大学各系代表、部分校友等，共计250余人。校党委书记兼校长吴家骧同志亲临大会指导。系主任吴庚振教授在大会上作了题为《艰苦创业，玉汝于成》的报告。大会开得隆重，热烈，激情洋溢，在校内外产生广泛影响，为办好新闻系创造了良好的社会环境。

（62）

1995年11月，新闻系党政领导班子研究决定：李广增同志不再担任新闻教研室主任，由乔云霞同志接任该教研室主任。

（63）

1995年12月，杜浩同志辞去广播电视教研室副主任。经系党政领导班子研究决定王俊杰同志接任该教研室副主任。

（64）

1996年1月，新闻系报请校党委批准，任命贾文学同志为新闻系办公室主任。贾文学同志不为名，不为利，长年累月踏踏实实、勤勤恳恳为师生服务，但他此前只是新闻系办公室负责人。

（65）

1996年3月7日，新闻系党政领导班子研究决定，焦国章同志任新闻教研室副主任。

（66）

1996 年 3 月，由河北省教委批准，我系广告信息专科晋升为广告学本科专业。

（67）

1996 年 4 月，校党委决定并报请省委高校工委批准，任命胡连利同志为新闻系副主任。至此，新闻系行政系统的领导班子基本配齐。

（68）

1996 年 4 月，我系在成人教育学院楼建成广播电视实验室，并将原来的新闻摄影实验室扩建为新闻摄影与广告实验室。学校拨款 20 余万元，购置了比较先进的摄像机、照相机等设备，教学条件得到进一步改善。。

（69）

在学校领导的支持下，1996 年 4 月下旬，新闻系办公地点由成人教育学院楼迁至第八教学楼二楼。

（70）

1996 年 7 月 6 日 (周六)，新闻系资料室由第九教学楼迁至第八教学楼，资料室面积也明显扩大。资料室主任马金平同志亲自设计并联系木工打制书架，使资料室的阅览条件得到极大改善。

（71）

1996 年 8 月下旬，学校将第八教学楼的一个约 60 平方米的小教室拨给新闻系作为会议室。9 月 4 日，新闻系会议室装修完毕，交付使用。

至此，新闻系的党政办公室、资料室、实验室、会议室等都集中到第八教学楼，办学条件得到明显改善，全系师生欢欣鼓舞。

（72）

1996 年 7 月，崔福隆老师退休。9 月新闻系党政领导班子研究决定：由邓家林同志接任广告教研室主任。

（73）

经省教委批准，1996 年 10 月，我系举办"播音与节目主持人培训班"，共招收 20 余名学员。培训班课程由李亚虹老师主讲。

（74）

1996 年 10 月 29 日，日本国信浓每日新闻社记者、我系兼职教授矢岛贞雄先生第二次来我系作学术报告。

（75）

1996 年 11 月 16 日，时任中共河北省委书记程维高视察我系实验室。当时李亚虹老师正在广播电视实验室给播音与节目主持人培训班学员上课。程维高对学员发表了讲话，勉励大家努力学习，成为播音与节目主持方面的优秀人才。

（76）

1996 年 7 月，新闻 1992 级被评为全国高校先进班集体。同年 12 月，我系学生工作综合评估列全校各系第一名。

（77）

1996 年 10 月，河北大学党委作出决定，号召全校各系学习新闻系的办学经验。10 月 17 日，校党委办公室和校长办公室联合编发的《河大简报》第 254 期加编者按语转发了新闻系的经验性文章《找准位置，办出特色——新闻系为地方经济和社会发展服务的一些做法》。按语指出："我校新闻系自 1982 年创办以来，在办学思想、办学道路上找准了自己的位置，走出了一条开拓创新、服务地方的特色之路，其经验对我校各院系具有普遍的指导意义。"

（78）

1996 年 12 月 9 日，我们荣幸地请到中国人民大学新闻系教授、著名学者方汉奇先生来我系作报告。同时，经李亚虹联系，中央电视台节目主持人梁艳也来我系作报告，受到全系师生的热烈欢迎。

（79）

1997 年 1 月 8 日，省委宣传部发出《关于委托河北大学新闻系对我省河北日报、河北经济日报和河北电台、电视台"两报两台"进行受众调查的通知》。一次大规模的受众调查活动随即展开。

（80）

1997 年 1 月 18 日，经胡连利同志联系，我们荣幸地请到著名社会调查和新闻传播专家、中国社科院新闻研究所陈崇山研究员、北京广播学院柯惠新教授来系作关于问卷调查的学术报告，对师生进行专业培训。

当天晚上，我系党政领导班子连夜召开全系师生大会，向学生布置了调查任务。会议开至深夜 11 时多。

（81）

1997 年 1 月，李济中教授退休。

（82）

1997 年 3 月，新闻系党政领导班子研究决定：梁志林同志接任中外文化教研室主任。

（83）

1997 年 3 月 11 日，系主任吴庚振、系副主任李广增、胡连利赴石家庄向省教委汇报关于拍摄《学苑春潮——河北省高校精神文明建设巡礼》电视系列专题片的设想，得到省教委领导的大力支持。省教委副主任曹树珍同志热情接待了我们。

（84）

1997 年 3 月 18 日，经李亚虹老师联系，我系荣幸地请到著名中华文化传播专家靳羽西女士来系作形象设计与节目主持人专题报告。詹福瑞副校长向靳女士颁发了新闻系兼职教授聘书。

（85）

1997 年 3 月 26 日，省教委、省委高校工委联合发出《关于协助河北大学新闻系摄制《〈学苑春潮——河北省高校精神文明建设巡礼〉电视系列专题片的通知》。此后，由李亚虹、杜友君、王俊杰等老师组成的电视片摄制组分赴全省相关高校，进行了长达半年多艰苦的采访摄制工作。

（86）

1997 年 4 月 10 日，校党委书记吴家骧、组织部长孙鸿涛来系宣布党委决定：同意吴庚振同志辞去系党总支书记职务，任命张伟同志接任系党总支书记、颜士义同志为党总支副书记。

（87）

1997 年 4 月 29 日下午，省教委副主任、省考试院院长何长法，原省教委主任周治华及全省 40 余所高校副校长、教务处长来我系参观教学改革成果展，对我系教学改革的经验给予高度评价和充分肯定。

（88）

1997 年 5 月 29 日，王艳玲同志调我系广播电视教研室任教。

（89）

1997 年 7 月 2 日，王婷婷留校报到，做新闻系学生工作，兼教学任务。

（90）

1997 年 7 月 3 日，吴庚振、胡连利、李广增代表新闻系与澳大利亚留学归国人员张威博士谈判来系工作问题。经过长达一天的谈判，初步达成张威博士来我系任教意向。

（91）

1997 年 7 月 14 日，李广增、胡连利和张威博士，去北京广播学院拜访了国务院学位委员会新闻学科评议组成员丁淦林和赵玉明教授，向他们汇报了我系的基本情况，并交给他们三份材料：《河北大学新闻系 1992 年以来科研成果简目》《河北大学新闻系师资队伍简介》《河北大学新闻系办学特色》，为申报硕士点打下了一定基础。

（92）

1997 年 7 月 28 日，胡连利将张威博士从北京接来，我系正式和他签订了录用协议。根据协议，张威博士目前任我系副教授，协议期 5 年。从此结束了我系没有博士的历史，师资力量得到明显加强，为申报硕士点创造了更为有力的条件。10 月底或 11 月初张威将由澳大利亚回国，承担教学、科研任务。

（93）

《中国记者》杂志 1997 年第 7 期刊载我系《开拓创新、办出特色——河北大学新闻系在探索中前进》一文，介绍了我系的改革成果与办学特色。

（94）

1997 年 8 月 10 日，河北日报在一版显著位置，刊载了由吴庚振撰写的《开发民意资源，服务新闻改革——河北大学新闻系开展新闻传播受众调查》的消息，报道了我系对河北日报、河北经济日报、河北电台和电视台"两报两台"进行受众调查的情况和重要意义。

（95）

1997 年 8 月 25 日，新闻出版报在一版以《河北大学新闻系开展受众调查，结果显示：主要获取新闻》为题，报道了我系对河北省受众调查的情况。

（96）

1997 年 8 月 26 日下午至 27 日上午，省委高校工委副书记、省教委副主任靳宝栓、省委组织部高副部长等一行四人，在校党委书记吴家骧、校长张留成、校党委副书记陈启军等的陪同下，审看了我系录制的大型系列电视专题片《学苑春潮——河北省高校精神文明建设巡礼》，并听取了李广增副主任代表系领导班子的工作汇报。省教委领导对我系的教学和科研改革、办学道路，给予高度评价。

（97）

1997 年 9 月 7 日，保定有线电视台台长谭祝平、副台长郭荣生等，送来价值 2000 余元的体育用品，向新闻系教师祝贺教师节。系领导班子全体成员、校工会主席钟贵元及师生代表出席了捐赠仪式。

（98）

河北电视台于 1997 年 9 月 8 日至 10 日，播放了我系录制的电视系列专题片《学苑春潮——河北省高校精神文明建设巡礼》前四集，在校内外引起较大反响。

（99）

1997 年 9 月 17 日，《河大简报》刊出《我校新闻系摄制的〈学苑春潮—河北省高校精神文明建设巡礼〉电视专题片在河北电视台播出》的消息。

（100）

1997 年 10 月 4 日，我系将申报新闻学硕士点材料报送给学校，包括申报新闻学硕士点简况表和三个附件：《河北大学新闻系的办学特色》《河北大学新闻系师资队伍简介》《河北大学新闻系科研成果简目》。这些材料是几个月前就着手准备的，因此整理得是比较好的，受到学校的表扬。

10 月 17 日，学校正式将材料上报给国务院学位委员会。

（101）

1997 年 12 月 4 日，保定市丽的影楼向我系捐赠人民币 1 万元，用于帮助贫困学生求学。

（102）

1997 年 12 月 19 日，张威博士从澳大利亚回国，正式来我系报到上班。

（103）

1998 年 3 月 11 日上午 11 时 30 分，副省长刘健生视察河北大学新闻系。刘副省长听取了系主任吴庚振的汇报后说：新闻系办学方向、办学路子是好的，潜力是很大的，前途是远大的，应该把新闻系办成重点学科。

（104）

1998 年 3 月 23 日，河北大学党委决定将河大电视台交由新闻系承办，系副主任李广增兼任台长。

我系承办河大电视台一年，取得骄人成绩，共播出新闻 60 多小时，摄制电视专题片 4 部，为河北电视台送播新闻 10 条，并对我校的重大活动进行了 3 场现场直播。

（105）

1998 年 3 月 25 日，北京广播学院原常务副院长、国务院学位委员会新闻学科评议组成员赵玉明教授来我系考察座谈，对我系的办学思路很感兴趣，充分肯定。

（106）

1998 年 4 月 8 日，吴庚振、李广增、胡连利赴石家庄省委宣传部，向李振台副部长面陈对全省县市以上电台、电视台播音与节目主持人分期分批进行培训的意见。受到李副部长的充分肯定与支持。

（107）

1998 年 4 月，经河北大学党委推荐，我系被评为保定市先进集体，授予荣誉杯，并颁发奖金 2000 元。这是对全系师生的极大鼓励和鞭策。

（108）

1998 年 5 月 7 日，系党政领导决定任命杜友君同志为广播电视教研室副主任。同日，凌维德同志从数学系调到我系实验室工作。

（109）

1998 年 5 月，乔云霞老师提供信息，经资料室马金平老师主动联系，我国台湾省新闻学专家向我系资料室无偿捐赠价值达 5000 元人民币的图书资料。这些图书资料大多为我国近现代新闻学著作，当时在大陆很难买到，因而特别珍贵。

（110）

1998 年 5 月 22 日夜 11 时 20 分，校长办公室主任张玉柯给吴庚振打电话称：张留成校长给他打电话，让他转告吴庚振，新闻系申请硕士学位授权点，国务院学位委员会新闻学科评议组经过评审，已获得通过。次日 (23 日) 上午 9 时许，吴庚振给人民大学新闻学院一位教授打电话询问此事，得到了证实。这位教授说，此次全国共评审通过了 6 个新闻学硕士点，河大新闻系是全票通过的。从此，新闻系的发展步入了一个新阶段，上了一个新台阶。

2000 年 10 月，我系又申报成功传播学硕士授权点。这样，我系在新闻传播一级学科框架内都有了硕士学位授予权。

（111）

1998 年 7 月 4 日，我系向学校研究生处报送了新闻系第一届硕士研究生招生计划。拟开设 5 个专业研究方向；新闻评论学（吴庚振）、新闻理论（李广增）、比较新闻学（张威、郝亦民）、新闻采访与写作（王瑞棠）、中国新闻事业史（乔云霞）。

（112）

1998 年 5 月，我系师生开展了为期一个月的教学改革大讨论，师生们写出十几份教改方案。在此基础上，9 月 13 日向河北大学和省教委申报了《新闻传播学科本科生培养模式综合改革研究》项目。学校评审意见为："此课题具有水平较高、基础较好、特色明显、能起示范带动作用等特点，学校决定拨专款 1—2 万元予以资助，并推荐申报河北省高等学校面向 21 世纪教学内容和课程体系改革计划立项。"同年 10 月 23 日省教委正式批准立项。

（113）

1998 年 7 月，张雅明老师从保定师专调到我系任教。彭焕萍在四川大学获得新闻学硕士学位后回系工作。我系教师中现有博士 1 人、硕士达到 6 人。

（114）

1998 年 8 月初，我系进行播音与节目主持人方向考生面试。前来应试的共 140 多人，经过严格考核，筛选出 15 名考生，上报省考试院待批。这是我系首次开设播音与节目主持人方向。

（115）

1998 年 9 月 21 日，通过专家组评审，学校决定上报李广增参评教授任职资格、胡连利参评副教授任职资格。不久，他们分别被评为教授、副教授。

（116）

1999 年 10 月，省教委批准我系广播电视新闻专业晋升为本科，并于 2000 年开始招收第一届本科生。

（117）

2000 年 5 月 13 日，由刘焱同志联系，荣幸地请到原人民日报总编辑、清华大学新闻与传播学院院长范敬宜同志来我系作报告。报告结束后，我们还请范敬宜同志题写了"河北大学新闻传播学院"院名。

（118）

2000 年 5 月，学校决定对管理体制进行改革，由原来的"校、系体制"改为当时全国高校已通行的"校、院、系"体制。学校规定按相近学科组建学院。6 月下旬，学校召开全校中层干部会议，讨论组建学院的具体方案。系主任吴庚振抢先在会上发言，力陈新闻系单独建立学院的必要性。

（119）

2000 年 10 月 27 日上午，河北大学党委书记詹福瑞召集新闻系主任吴庚振教授、艺术系主任梅宝树教授和数学系主任张知学教授谈话，对他们的工作充分肯定，但因年龄关系，不再担任系主任，也不安排新建学院领导班子成员的人选。

（120）

2000 年 10 月 27 日下午，河北大学召开全校教职工和学生代表大会，校党委宣布学校管理体制改革的具体方案，方案明确新闻系单独组建为新闻传播学院。

后 记

这本小书是我的人生回忆录，而不是自传。如果写自传，那就需要严格按照时间顺序，详尽叙述自己的成长过程和发展历史。像我这样的普通知识分子，普通教师，是不值得"树碑立传"的。

我写这本回忆录的目的，是想从自己的人生节点上，选取一些自己认为是比较重要的事情，从中引出一些经验教训，以供读者朋友们参考。平心而论，我的人生经历中，经验也有，但不算多，而教训却不少。不过许多伟人说过：教训也是经验，是一种反面经验。从某种意义上来说，反面经验有时比正面经验更有参考价值。

任何人都是时代的人，社会的人。所以，人们所经历的一些事情，特别是那些比较重要的事情，都具有时代的烙印和社会的痕迹。正是从这个意义上，我希望在这本小书中所记录的一些事情，能够从一定角度、一定侧面反映出时代的特征和面貌。而重温那个时代，走进那个时代，也许会有所助益的。

我从1962年7月河北大学中文系毕业留校任教，到2004年1月退休，总计在河北大学中文系和新闻系工作了长达40余年。期间，这两个系所发生的事情，所经历的变迁，何其纷繁复杂！这本小书所写的只是我先后在河北大学中文系和新闻系工作的一些情况，所经历的一些事情，只是从个人的角度、个人的视野，所写的个人的所见、所闻、所感，而不是为中文系和新闻系撰写历史，更不是为这两个系的某些人和某些事做出评价。这就是说，我在这本小书中所提到的一些人，一些事，未必都是最重要的，而没有提到的那些人和事，未必都是不重要的。限于个人的视野，个人的所见，挂一漏万，在所难免。请我的同事和老师们给予谅解。

　　我想着重说明的是：在较长的时间内，我先后担任河北大学中文系和新闻系的领导职务。在工作中，这两个系的师生给了我极大的关心、支持和帮助，在此我向大家表示最诚挚的谢意！

　　这本小书能够和广大读者见面，是与河北大学新闻传播学院的领导和许多师生的关心、支持、帮助分不开的，在此我向他们表示衷心的感谢！

　　十几年来，我在新浪博客上撰写回忆录的过程中，帮助过我的新闻学院的师生有很多，难以一一列出。这里简单说一下我校管理学院的一位学生，她叫丁丹林。有一天，我的博客突然出现故障，当时我心急如焚，坐卧不宁，但毫无办法。无奈之下我到操场上去找学生求助，遇上了丁丹林。是她帮助我排除了故障，后来又多次帮助我编辑、校对书稿，付出了大量辛劳。她的精神令我十分感动。

　　最后，我还要特别感谢人民日报出版社的领导和相关编辑为本书出版所付出的辛劳。

吴庚振

2018 年 8 月于北京